U0584282

MISSEE LEE

ARTHUR RANSOME

逃离龙虎岛

〔英〕亚瑟·兰塞姆——著　茹静 顾文冉——译

人民文学出版社
PEOPLE'S LITERATURE PUBLISHING HOUSE

图书在版编目(CIP)数据

逃离龙虎岛/(英)亚瑟·兰塞姆著;茹静,顾文冉译.—北京:人民文学出版社,2024
(燕子号与亚马孙号探险系列)
ISBN 978-7-02-018674-7

Ⅰ.①逃… Ⅱ.①亚… ②茹… ③顾… Ⅲ.①儿童小说-长篇小说-英国-现代 Ⅳ.①I561.84

中国国家版本馆 CIP 数据核字(2024)第 100516 号

责任编辑 **朱卫净 周 洁**
装帧设计 **汪佳诗**

出版发行 **人民文学出版社**
社 址 **北京市朝内大街 166 号**
邮政编码 **100705**

印 制 **山东临沂新华印刷物流集团有限责任公司**
经 销 **全国新华书店等**

开 本 **720 毫米×1000 毫米 1/16**
印 张 **25.5**
字 数 **279 千字**
版 次 **2024 年 7 月北京第 1 版**
印 次 **2024 年 7 月第 1 次印刷**

书 号 **978-7-02-018674-7**
定 价 **88.00 元**

目录

第一章

第一百个港口

“半小时后起航。”弗林特船长说。

和他们在野猫号船舱里一起吃告别晚餐的港务长身形瘦削，皮肤黝黑。他闻言抬头看了看船舱里的挂钟。“你们出港时会有灯光照明。”

“晚间循着灯光航行可比白天找寻地标航行容易多了。”南希说，“可以的话，我们总是在夜间出航。”

“你们的航行经验很丰富，”港务长说着伸手弹走他白色衬衫上的面包屑，面包屑又掉落在他的白色裤子上，他又弹了一下。

“第一百个港口。”南希说。

“在这次航行中。”罗杰说。

“要离港了，开心吗？”

他们看着彼此，怀疑地笑了笑。

“我没太睡着。”南希说。

“我们很喜欢来您家，能看到这些蝴蝶，”提提说，“但就是有点吵。”

“没有呀，我没觉得吵。”港务长说，“我来这里已经很久了，都注意不到周围的嘈杂声了。但我想对于你们来说，这里还是太吵了些。”

“您听听外面的声音！”南希说。

整个港口就属野猫号的船舱最安静了，但就算在这里，声音也还是震耳欲聋。这艘小巧的绿色双桅纵帆船就停泊在码头边。野猫号前面不远处停着一艘日籍商用蒸汽船，船上的日本水手身子悬挂在木板上，正

在铲除船身上的铁锈，发出像锅炉厂生产时一样的声音。一百米开外，一艘蒸汽式挖泥船正在作业。一架打桩机在离码头更远的地方作业，轰隆隆的声音不断传来。伴随着轰隆声，打桩机升高，积蓄重势，然后骤然落下，只听砰的一声巨响，打桩机上沉重的铁块落在柚木桩顶上。另一艘蒸汽船似乎改变了心意，不再喷发蒸汽。起重机嘎吱作响，把三分之一的货物从船中吊出。货运小车在固定得松松散散的轨道上运行。中国籍、日本籍、荷兰籍和马来西亚籍装卸工、海员和码头工人相互间扯着嗓子喊话，以免话音被嘈杂声淹没。不远处有人在收锚索，可以听见那伙人在高声喊着“嘿呀，拉……嘿呀，拉……”。苦力们肩负重物，艰难地拖着脚前进：“哎……呀……嘿，哎……呀……嘿……”

“这些人似乎认为大声叫唤可以让干活轻松点。”弗林特船长说。

“你们不该介意这些吵声呀，”港务长说，“以前可没少听。”

“那可是很久以前的事了。”弗林特船长说，“我没跟你说吗？我现在住在湖上的船屋里，那里一点噪声都没有，鸭子都不许靠近……除非南希船长去捣鼓那些烟花。”

“到达中国海岸后，你们会听见很多烟花声。”港务长说，“一有船舶进港，他们就要放烟花。”

“听着不错。”罗杰说。

“我想不明白你们为什么不直接去新加坡。”

“嘿，听着，”南希插话说，“我们已经离中国这么近了，既然要环游世界，怎么能不去中国看看……”

“汕头挺好的呀，”弗林特船长说，“通商口岸……我在那儿有个老朋友。”

“开蒸汽船去吧，看看老朋友。”港务长说。

“第二斜桅和船头斜桅支索[①]！”南希惊呼，“但这有什么好玩的?”

“呃，祝你们顺利登陆。对了，要避免与李小姐碰面，更不能与她起冲突。”

“李小姐?”大家全都带着疑问抬起了头。

“李小姐是谁?”罗杰问。

“我还以为你们都听说过她。”港务长说，“她是中国女人口中用来吓唬小孩子的妖怪……就像我们曾祖父辈的保姆以前常常会告诉我们令人尊敬的祖先，要是再不安静下来，骷髅怪就要来找他们了。”

“她在哪一带出没?”

“我不知道，中国人说他们也不知道。反正就在中国海岸的某个地方。我三十年前去的时候，那个地方是一个叫李奥洛的人领头，现在换成李小姐了，可以算是海盗。你了解中国人的，他们口风紧得很，套不出一点消息。如果以前能知道她在哪儿，我们早就开着炮舰追击她了，但是他们就是不说。他们非但不说，还给李小姐钱，让她放过他们。他们当然一个字也不会透露给我们，这些奇怪的中国人。”

“我们会避着她的。”弗林特船长说着，视线扫向他随身带进船舱的一张绘有港口入口的航海简图，“看一下这个，你认为这两条水道哪条更好?”

① 南希常用的水手语，表示感叹。

港务长的指尖顺着虚线移动。“这条更好，”他回答，“红色灯光在右舷方向，向白色明暗灯前进……当视野中两处白色固定光源连成一线时，立即驶入无船水域……我想你是在催我赶快走人了？”

“呃，”弗林特船长说，“见到你很开心，老伙计，但是……时间真的不早了。”

“再见啦，波利。”港务长对提提那只被关在笼子里的绿鹦鹉说，“你们的猴子呢？”

“它在放哨呢。”罗杰回答。

他们一个接着一个爬上升降梯，离开船舱来到甲板上，迎面撞上港口海面吹来的强风。天已经黑了，弧形灯光从头顶上方照射下来。码头边的小镇有灯光，山上树林里分散的人家有灯光，岸边停泊的船上有灯光，港口入口也有闪光的浮标。远处的海面上，遥远的礁石和海岛上的灯塔也散发着灯光。

在弧光灯的光亮下，他们看见了吉伯尔，它坐在野猫号的栏杆上，抬头与几个站在码头上的日本海员气愤地说着什么。也许是看见同伴后很开心，它蹦蹦跳跳地来到了他们一行人的身边。

“准备好了就吆喝一声，”港务长说，“我好帮你们把船绳解开。”

“我们已经准备好了。”弗林特船长说，“这里风不大，得靠引擎驱动。准备就绪了吗，轮机手？”

“是的，长官。”罗杰回答。

“那么，再见了。”港务长说，“下次环游世界记得再来看看我呀。”

“再见……再见……”他和船员们一一握手，包括吉伯尔，然后爬上

升降梯，来到码头顶端。他吹响口哨，有人跑到系船柱处，野猫号的系泊缆绳就牢牢地拴在上面。在这艘小小的双桅纵帆船上，人们各司其职，每个人都清楚地知道自己的职责所在。弗林特船长掌舵，罗杰已经去启动引擎了。现在，引擎启动时的轰鸣声已经在甲板下方响起。约翰和南希在前甲板上，提提、佩吉和苏珊在后甲板上，提提站在悬挂着的护舷板边上，其他人准备好收回锚索和倒缆。

“向前开，”弗林特船长吆喝着，“船尾人员请注意，拉紧倒缆……好，现在听我指挥……松手……慢慢向前行驶……”野猫号正在驶离码头。

“再见，”港务长喊道，“记得避开李小姐！”

“冲啊！”日本海员们大声呼喊，停下了手上铲铁锈的动作，目送这艘小小的双桅纵帆船在码头周围灯光的照拂下缓缓驶离港口。

“再见！”忙碌的苦力们也向他们大声喊。

然后，震耳欲聋的铲铁锈声再次响起。打桩机、挖泥船和起重机从头至尾都没有停止工作。这艘小小的双桅纵帆船缓缓驶出港口，驶向深黑静谧的远海。

船绳被仔细卷好放在甲板上。舷灯此时已然打开。弗林特船长瞥了一眼手上的罗经刻度盘，目光在罗经箱灯闪耀的光芒中游移，接着望向远处的闪光浮标，然后又望向另一只更远的浮标。

“佩吉，你过来。”苏珊唤道，“提提，你也来。我们在入海前把餐桌收拾一下，用不了五分钟。”

约翰来到船尾。“船只启动前进，”他汇报说，“南希在瞭望。”

“很好。”弗林特船长说，“你来帮我掌舵，这样我可以腾出手来在船出港后检查浮标。保持现状行驶，浮标位于右舷方向……”

他溜进甲板室中，将门半掩着，这样灯光不至于过分晃眼，影响约翰的视线。他在航海图上勾掉这只浮标，过了一会儿，他又从甲板室出来，站在负责掌舵的约翰身边。

罗杰沿着升降梯爬出轮机舱，又迅速溜进甲板室。

“船行驶得很平稳。”他说。

“好的……你最好让你的猴子睡觉……我们待会儿就要扬帆了。”

半小时过去了，又一小时……最后一处闪光的浮标也被抛到船后，此时，在前方很远的地方，距船数千米的礁石上，一束光在地平线下闪耀。海风轻柔地迎面拂来。

“我们把主帆升起来。”弗林特船长说，“提提，你来掌一会儿舵。”在约翰和苏珊的帮助下，他拉紧升降索，升起主帆来增加前进的动力。南希升起支索帆。佩吉为弗林特船长准备好升降索后，在前桅的底部待命，苏珊帮着升起前桅帆。艏三角帆已经升起来了，但是还束在一起，由小捆线绳系着，此时只要拉动一下线绳，三角帆就能张开。

“张开三角帆。”弗林特船长下令。

“是，长官。”

弗林特船长在船上的各处系绳间走来走去，把这里的绳子松一下，又把那里的绳子系紧些。风势不大，未对船身造成阻力，野猫号笔直前进，越开越快。大家都很了解野猫号，也很开心能乘着它再次一道出海远航。

这时弗林特船长回到船尾，重又掌舵。“我们要不要关掉引擎？”提提问，“这样就安静了……”

“驶过那处灯光前先开着吧，”船长说，“我想尽快行驶出去。”

“又能出海的感觉是不是很棒？”提提说，“还能远离那港口的喧嚣！我多么希望就这么在海上一直航行下去……”

“噢，听好了，”南希说，“你有时候非得进入港口。”

“多久能到下个港口？”苏珊问。

“这得看风势了。”弗林特船长说，“不过，要是幸运，四天之内我们就能看到中国的海岸了。”

“太好了，”南希说，“我很开心你还是坚持我们去中国看看。”

“大家听我说，”船长说，“我们已经在海上了，要保持警惕，但也没必要都不睡觉。在驶过一切障碍前，我来值守，约翰和南希在八击钟①后来替我的班，你们最好现在就去休息。苏珊和佩吉在我们驶过前面那处灯光后继续站岗，没必要所有人都守在甲板上……”

“我不困。”罗杰说。

“这才是在海上的第一夜。”提提说。

“那好吧，你们两个就在打第一个哈欠前先守着吧。但是记着，打了

---

① 八击钟，航海学用词，轮船上值班的报时方法，一天分为六班，每班四个小时，每半小时击钟一次，分别在四点半、八点半及十二点半，其后每半小时递增一击，逢四点、八点及十二点刚好八击。此处应指午夜十二点。

第一个哈欠就马上离开去休息。这样可以吗，苏珊？”

“只要他们能睡够八个小时就行。”苏珊回答。

“罗杰，你打哈欠了。”半小时后，提提说道。

“我打了吗？”罗杰说。

“又来？你别想再抵赖了。”

罗杰在打了第三个哈欠后，终于离开去了船尾，向弗林特船长道晚安。

提提一人留在前甲板上。在熠熠星光下，野猫号穿行于海上，她脚下的海水暗不见底却涌动不息。提提感受着脚下有规律的升降、起伏。港口和陆地上的喧闹声已经淹没在茫茫大海上，天际的些许微光隐隐约约指示着那第一百个港口的方位。他们要经过的那座灯塔建得高高的，闪烁的光芒清晰无比。驶过灯塔后，就是公海了。再后面呢？接下来看见的陆地就该是中国的海岸了。提提想到了绘有垂柳图案的盘子。会像那样吗？她有点疑惑。那里的港口也会像他们刚刚离开的那个港口一样，喧闹而拥挤吗？会像帕皮提港一样，棕榈树和房屋紧挨着码头吗？她希望和帕皮提一样，也希望很晚才能抵达那里。今晚的风刚刚好，他们行进的速度很快……他们待在海上的时间越长越好……不过要是弗林特船长能让那台突突不停的引擎停下来就更好了。

那束闪烁的光越发近了，每次灯光扫过，整个甲板都被照亮了。现在光束与船身呈直角，灯塔里的某个人正在用闪光灯发出信号。她看向船尾，是的，弗林特船长正在回应，闪光，闪光……闪光。闪光停止了。

她听见甲板室里传来一阵低语声，接着野猫号改变了路线。现在他们前方什么也没有了，什么也没有……只有暗不见底的海水以及繁星点缀的夜空。提提打了个哈欠，察觉到了，自觉去了船尾。

佩吉和弗林特船长在掌舵。

“你也下去吧。”船长说，“现在不用任何人值夜了。约翰值守前，我会看着。佩吉马上也可以去休息了，苏珊已经去了。”

“引擎怎么办?”提提问。

“等离陆地远些时再看，”船长说，“这样的风帮不了忙。”

提提沿着升降梯下去了，她穿过船舱，看见挂在天花板上的防风灯，灯身纹丝不动，船身平稳可见一斑。她发现苏珊留着她们船舱的灯，睡着了。提提脱了衣服，吹灭了房间里的灯，爬上自己的下铺床位，还不忘将她的手电筒放在枕头下，以防夜间甲板上需要帮忙。

她可以听见海水滑过船身两侧的声音以及那令人讨厌的引擎的突突声。她躺在那里，睡意全无。虽然已经航行了这么多次，进出过一百个港口，她仍然很享受出海的第一个晚上。她静静躺着，思绪回到了过去：港口的喧闹声、挽着袖子坐在船舱桌旁吃饭的港务长，还有他口中的那位李小姐。“很可能根本没有这号人，”他这样说，“李小姐……中国妈妈告诉她们的孩子要听话，不然李小姐就……”提提睡着了，她很久后才醒来，这时引擎已经关了。此时，除却绳子的拍击声和船外的水流声，万籁俱寂，她又开心地进入梦乡。

第二章

失去野猫号

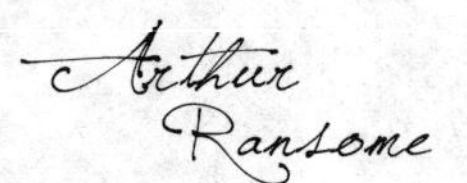

四天后，这艘绿色的小帆船一动不动地停在水平如镜的海面上。眼前既没有陆地，也没有其他船只。时间逼近正午，弗林特船长站在甲板室旁边，眼睛盯着他的六分仪，约翰拿着秒表站在他旁边。从现在起，太阳随时可能升至最高点，弗林特船长和约翰就可据此算出经度和纬度，并且很快就能在地图上画出一个新的红圈，以标示他们的确切位置。提提和罗杰注视着这两位导航员，苏珊坐在天窗上做针线活，南希则站在前桅横木上，满怀希望地用望远镜向外望着。

“现在。”弗林特船长喊道。

约翰按下秒表上的按钮，以得到准确的秒数，然后他俩走进甲板室，计算出各自的位置。

“你们瞧瞧吉伯尔。”罗杰笑着说。

“在导航呢。”提提说着，看向那只猴子，它两脚分开站着，像极了弗林特船长刚刚站立的姿势，还有它的眼神，像是在看六分仪。

“吉伯尔，你这个淘气鬼！”苏珊喊道，“它拿走了我的剪刀。”

“过来，吉伯尔。”罗杰说，“不，不要碰它，苏珊，它会跑开，然后拿剪刀刺自己的眼睛。”

“把它拴在那儿！你在大喊什么？”他们抬头望着南希，此时她正位于高高的前桅上。

“吉伯尔把苏珊的剪刀当六分仪了！”罗杰大叫，“现在没事了，它把

剪刀扔了，太好了，真棒！佩吉！佩吉拿到剪刀了。”

佩吉不声不响地从厨房里走出来，迅速捡起甲板上的剪刀。猴子对她叽叽喳喳叫个不停，之后又跳上栏杆，顺着栏杆跑上主桅索具。它在那里停了下来，望向下面的甲板，又是一通叽叽喳喳的叫唤，直到看见待在前桅上又在看望远镜的南希，才忘了六分仪的事，开始学着南希的样子，通过自己的指缝往外看。

从甲板室里传来导航员们的低语声，其中夹杂着“天顶”“子午线”“正矢”“对数”这样的词，苏珊、提提、罗杰和佩吉甚至都不愿假装懂这些词的意思。南希知道其中一些词是什么意思，但她永远对不上号。但是野猫号全体船员都知道，正是他们嘴里低声说着的这些奇怪的词，外加由弗林特船长和约翰进行反复运算另加两次验证才得出的结果，奇迹般地帮助他们获得了野猫号的位置。就他们在海上航行多日什么都没看到的情况而言，这看起来总是个奇迹。在航海图上标注好位置后，弗林特船长会派约翰或南希登上高处留意甲板上看不到的三棵棕榈树，或是一块高高的岩石，或是一座灯塔。无论船长让他们看什么，他们最后总能看到。但是现在，甚至从桅顶上也看不见陆地。整整四天，他们什么也没看见，只有白天的烈日、晚上的灿烂星辰，以及一直延伸到天际的海水。在过去的二十四个小时里，没有一丝风。

“他们完事了。”罗杰说，这时甲板室里的说话声停了下来，他听到书被放回书架的声音，以及弗林特船长把他的六分仪放进箱子时盒盖的咔嗒声。

“没有变化。”弗林特船长通过甲板室的窗户说。

导航员们

“我们能看看吗?”罗杰说。

“基本上就是我们昨天待的地方。”弗林特船长说。他们挤进逼仄的甲板室看桌上的地图，显示他们位置的新标记几乎就贴在前一天正午所做标记的顶部。

“一天的行程为……零。”弗林特船长说。

“我们只是漂了一点距离，”约翰说，“然后又漂回来了。”

“好在我们还看不到陆地。”弗林特船长说。

“怎么说?”提提问道。

“这样就不会有人从暗处窥见我们的行踪。不过，你也别担心，苏珊，我们在这里很好。而且中国式帆船没有引擎，而我们总是可以启动这头‘小毛驴’。”

“不行，我们启动不了。”罗杰说，“油箱里的油第一天晚上就耗尽了，早就滴油不剩了，而你又一直没加油。”

“我是没加油，”弗林特船长说，“但是主油箱还是满的。等天气不这么热的时候，我们再加一些油。好了，大家都离开这里。今天谁做饭?”

“佩吉。”罗杰说。

“她去哪儿了?”

“回厨房去了。”

“好姑娘。”她的舅舅说。

“咖喱蛋，”罗杰说，“我看见她把壳剥了下来，还有橙子给我们焦灼的舌头降温。”

“相信你说的。”弗林特船长说着从闷热的甲板室出来，走进灼热的阳光里，“嘿，南希，如果你还待在那么高的地方，会中暑的。过来帮帮忙。我们把斜桁甩下来，系在索具上，用帆作遮阳篷。”

南希慢慢地沿着横索的梯绳走下来，加入其他人的行列。

“我们做了什么？哪个知道的能大声告诉我，从昨天到现在我们走了多远？”

“不远。”罗杰说，“我们根本就没动。但是我们要把油箱加满，然后启动引擎。”

“我们不需要引擎，”提提说，“这里的情况已经比港口好多了。”

“引擎开着的话，甲板下面会很热。”苏珊说。

“无论怎样都热。”佩吉说，“听着，饭好了，我们在哪儿吃？”

弗林特船长已经把降下的主帆变成了类似帐篷的东西。“把那根绳子拴到侧支索上，约翰。绷帆，系紧。这根给你，南希。把这个固定在船尾，这样我们就有一块阴凉的地方了。”

“如果我们启动引擎，船就能动起来，就会有一点气流了。”罗杰说。

“讨厌的引擎。”约翰说。

“我没说要用它。”弗林特船长说。

“太残忍了，待着不能动。”罗杰说。

“放心，会加油的，”弗林特船长说，“不过得等到晚上。咖喱蛋做好了吗？”他从甲板室的窗户往里瞥了一眼时钟，“一点钟。”

约翰什么也没说，只是敲了敲船上的铃，一下……两下……

当清脆的铃声在寂静的空气中响起时，提提抬起了头。

“这声音听起来真欢快。”她说。

弗林特船长笑了。“我们得镇定点。”他说，“船跑不快，就变得急躁，可急躁又有什么用？这又不是第一次要忍受没有风浪。”

“却是最热的一次，”南希说，“烤熟的公山羊都没这么热。当心，佩吉，你不能坐在那儿，沥青从甲板上冒出来了。”

“咖喱蛋煮好的时候，我们会凉快些。”弗林特船长说，“火蜥蜴热昏过去的时候，没有什么比马来咖喱更美味的了。”

搭在斜桁和帆桁之间的船帆在他们头顶上舒展开来，向地面投下一大片阴影，他们就聚集在这片阴凉下，吃着热咖喱，吮着橙汁。现在他们感觉好多了。整个下午，他们都睡着断断续续的觉，醒来后，第一件事是半眯着眼朝远处地平线瞅，看看有没有风吹起涟漪的迹象。鹦鹉只用一只眼观察，那只猴子起初模仿罗杰，最后也沉沉睡去。一小时又一小时过去了，但是这艘绿色小船依然一动不动，就像置于镜面上的玩具船。

快到晚上的时候（热带地区天黑得早），一阵烟草味唤醒了提提。她睁开眼，看见弗林特船长正在吸他自帕皮提港购来的雪茄，却没有抽他惯抽的烟斗。

“嗨。”她揉了揉惺忪的睡眼。

“嗨。”弗林特船长微笑答道。

“还没风吗？”提提问。

“这风连羽毛都吹不动。”弗林特船长说，“不管你说什么，我都要启动引擎了。罗杰说得对，如果我们还要继续在正午测试方位，而每次结果都显示同一个位置，那航海图上的那块地方迟早要被我们画出个洞。等轮机手醒来，我们就从主油箱里调出些油来，让‘小毛驴’推动野猫号前进。”

“我醒了，”罗杰说，“我们赶快让野猫号动起来吧。”

“就这么办。”弗林特船长说着，又吸了一口手里的雪茄，“有谁愿意搭把手吗？”

“看吉伯尔！”罗杰惊呼。

现在每个人都醒了，他们看着那只小猴子发笑，它这样瘦，腰围这样细，一点也不像弗林特船长，却偏要模仿他的每一个动作：他拿雪茄的动作、一脸享受地慢慢吐出烟雾的样子，还有弗林特船长说“就这么办。有谁愿意搭把手吗？”时，嘴里喷出的气流使雪茄烟的燃烧倏的一旺那一瞬间的动作。

“吉伯尔想帮忙。”罗杰说。

“要是能帮上忙的话。”南希舒展着身体说。

“那更好。”弗林特船长说，“我们明天去汕头，之后去香港和新加坡。大家都动起来，我们要从主油箱取出八罐油，每罐两加仑[①]，嗯……就是十六加仑……不对，我不该抽这支雪茄。”他说着起身，准备将烟扔出船外。

“别浪费啊。”提提说。

“这种雪茄不错呢。”弗林特船长说着，探身进入甲板室，把雪茄放

---

① 加仑，英美制容量单位，英制 1 加仑等于 4.546 升。

在海图桌上的烟灰缸里，“在我们完事之前，先把它放在那儿。”

两分钟后，弗林特船长拿着装满汽油的罐子从前舱口上来。

“第八罐了。”他说着，拿着最后一罐汽油上来了，“你在做什么，罗杰?”

“闻闻而已。”罗杰答道，“糟糕！对不起！洒得不多!”

“只有大概一加仑。”约翰说。

“不到四分之一品脱[①]。”罗杰说，“要是没人在我拧开盖子闻的时候问我问题，也就不会弄洒了。”

“谁让你现在闻了?”南希说，“这气味臭臭的。”

“别放在心上，”弗林特船长说，“不会留太久的。看，已经开始干了。”

汽油罐被搬至船尾，弗林特船长旋开甲板上的圆形黄铜盖子，把汽油倒进工作油箱。罗杰拿着漏斗，弗林特船长开始倾倒第一罐汽油。苏珊递给他第二罐，不一会儿，第二罐也倒进去了，约翰递来了第三罐，提提递来了第四罐，南希自己往油箱里倒第五罐，就在这时，她听见弗林特船长大声叫道：“抓住它!”

“你叫得我油都洒了。”南希抱怨道，接着便看到了弗林特船长喊叫的原因，“抓住它!”她也叫了起来，“雪茄还燃着呢!”

吉伯尔就站在甲板室的门边，手里拿着弗林特船长那吸了一半的雪茄，末端还冒着一缕细烟。

---

① 品脱，英、美计量体积或容积的单位。用作液量单位时等于（1/8）加仑，即英制等于0.5683升。

弗林特船长伸手去抓那只猴子，但是没抓住。吉伯尔在甲板室里东躲西藏，罗杰在甲板室里左冲右突，差一点就抓住它了。就在那只猴子跳到帆桁上时，约翰也差一点就逮住它了，可是那淘气鬼又跳上用作遮阳篷的船帆，在上面又跑又叫，之后借着主桅跳了下来，弗林特船长差几厘米又没抓住它。

“把它赶到索具上去，”他大叫，“那样就可以抓住它了。把它往前赶，让它离开甲板。抓住你了！”

但他还是慢了一步。吉伯尔被逼至船头，走投无路下，气得吱吱叫个不停，躲避着弗林特船长伸出来的手臂，在罗杰和苏珊间闪避，一下跳上主桅侧支索，之后又跳下升降索。它双腿、尾巴连带一只手并用，先是沿着帆桁一通跑，后又越过甲板室的屋顶，但就是一刻也不肯放下手里的雪茄，现在所有船员在后甲板上对吉伯尔形成包围之势。

“约翰，你去左舷那边，”弗林特船长说，“我去右舷，总能抓住它。”

接下来，当船上所有人一步步向吉伯尔包抄过来时，悲剧发生了。吉伯尔寻找藏雪茄的地方，看到了甲板上那个圆圆的开口。

船上所有人都惊恐地吸了口气。

“砰！”

一团火焰自下蹿了上来，那只猴子惊叫着越过甲板室顶，跳上主桅最顶端。佩吉立即默默地从厨房门后取出灭火器，递给弗林特船长，此时他和约翰、南希已经把三罐汽油扔到船外，用放在舷墙下的一桶桶沙子灭火。苏珊揉灭了提提的已经燃起来的衣角。“罗杰在哪儿？”她问。

罗杰沿着升降梯爬上来了。

“情况不妙，”他说，“我灭不了火，轮机舱里到处是火。”

“什么？”弗林特船长惊呼间，迅速沿着升降梯下去。

“你要去干吗？”约翰问。

“当然是去拿灭火器。”罗杰回答，作为轮机手，他知道灭火器都放在轮机舱里。

弗林特船长只离开了一小会儿，就又返回到甲板上。

“罗杰说得对，”他说，“火不可能灭掉了，我们还有四分钟从船舱里救出一些东西。苏珊，你负责这件事，你知道什么该救，非必要的东西就别管了。佩吉、罗杰，还有提提，你们帮助苏珊。火焰从后舱壁烧过来，瞬间就会向前烧到前舱口。你们在后船舱只有一分钟，所以先救那里的东西。约翰、南希，过来帮我。我们要把小船弄出来，现在船上的一切东西都像干柴，一点就着……”

时间太紧，能救出来的东西有限。他们救出了睡袋、几条毛巾、苏珊的急救箱、约翰放罗盘和气压计的箱子。提提救出了那只鹦鹉、一包鹦鹉的吃食，还有袖珍望远镜。此时，火舌差不多蔓延到整间轮机舱，每个人被逼着向前进，罗杰只救出了吉伯尔的牵引绳。最初的几秒间，火舌从轮机舱口探出，开始舔舐甲板室。弗林特船长因为要顾及大家的安危，什么也没想到救，甚至连船上的图纸都忘了，要不是约翰一头冲向火海，一把抓住六分仪和航海历（对他来说是船上最重要的东西）就往回跑，甲板室就真的什么也不剩下了，不过约翰的袖子也因此被引燃，火焰灼伤了他的手臂。万幸的是两艘小船燕子号和亚马孙号在航行中一直被视为救生艇，所以船上配备齐全，每艘小船配有一具海锚、大量淡水、一防水箱军用干粮和一盏防风灯。苏珊和佩吉还在装其他东西时，弗林特船长、南希和约翰正从吊艇柱上升起小船，摇摇晃晃地将小船送出，然后从侧面慢慢放下去。

燕子号是最先被送下海面待命的，此时，弗林特船长正在固定绳梯。

“你们四个最好去你们熟悉的船上，南希和佩吉去亚马孙号上，我跟她们一起，人数平均一下。都挤在一起不好，我们全都在一艘小船上地方也不够。你在干吗，提提？钓鱼？”

“把波利放下去，”提提说，“它现在安全了。”

“但是吉伯尔怎么办？”罗杰说，“我拿到了它的项圈和牵引绳，但是你看看它在什么地方！”说着，指向主桅的最高处。

“我来看看怎么办。”弗林特船长说，“现在轮到亚马孙号了，慢慢放下去，约翰，放松……”

亚马孙号也被送至海面。

“快点，”弗林特船长叫道，“全体人员上小船，大火随时会烧到主油箱。”

“佩吉，你从那架梯子下去。”南希大喊道，“快走，真见鬼，这就是危险的胡闹！”

“胡闹！”弗林特船长惊呼，但没有再说别的，跟罗杰一样盯着那只停留在主桅顶端的猴子。火焰已经挨着舷墙烧起来了，火舌吞没了一根又一根梯绳，连在侧支索之间细短的柏油绳从中间断开了，如火流苏般坠下。系在侧支索底部的沉重的柏油短索也已经烧起来了。

“快上船，”弗林特船长说，“离开野猫号，那根桅杆马上就要倒了。”

“可是，吉伯尔呢？”罗杰哭嚎着。

“这对它是最好的机会。”弗林特船长说，“无论桅杆倒向哪个方向，它都能掉落到安全的地方。大家全部登船。”他摘下自己的遮阳帽，向亚马孙号扔过去，“接得好，佩吉！”

“罗杰，听命令，上船，”约翰说，“你现在什么忙也帮不上。当心，要爆炸了！”

船头果然发生了爆炸，甲板上的木板被掀上天，火焰随即涌了上来。

“约翰，”苏珊从燕子号上喊道，“别等了。”

“快点，吉姆舅舅！”南希也从另一边的亚马孙号上大喊。

“快把小船划走！”弗林特船长喊道。

“来这边。”南希叫道。

“离远点。”弗林特船长生气地喊道。

约翰已经上了燕子号，他拽回栏杆上被烧剩下的缆绳。“继续划，苏珊。”他叫道，“划呀，苏珊，快划。”

“可是，吉伯尔！”罗杰嚎道，“还有弗林特船长！”

“当心！火烧过来了。”

甲板室和厨房已经烧没了。主桅竖立在一大团火焰中，侧支索松松垮垮地悬着，短索也都烧着了。突然响起一声爆裂声，接着又一声，桅杆随即摇晃起来……

“噢，吉伯尔！”罗杰绝望地喊道。

桅杆开始变得倾斜……缓慢地倾斜……然后速度加快……不是直着倒下的，连接主桅顶部和前桅顶部的支索绳将桅杆拉至侧面摇摇晃晃地倒到船上。一个小小的东西从桅顶弹了出去，没人注意到它落水时溅起的水花，但是燕子号上的每个人都看到了弗林特船长溅起的那团大得多的水花。一分钟后，大家看到弗林特船长朝他们游来。

“他抓住它了。”罗杰喊道，“太好了，吉伯尔！”

“好样的，弗林特船长！”苏珊说。

“谢天谢地。”罗杰说，他说这话时弗林特船长的手已经抓住了船尾肋板，那只浑身滴水的猴子连忙手脚并用地爬了上来。

“你不上来吗？”提提问。

“你们把我拉过来，”弗林特船长说，“我去亚马孙号上。我的遮阳帽在那儿。”

“天哪！”罗杰说，“你怎么知道要发生什么？”

“我不知道。”弗林特船长说。他们拉他的时候他嘴里开心地吹着口哨，“我只知道有这种可能，最好守在一边，但我不确定它会落到哪边。”

亚马孙号从熊熊燃烧的帆船后边露出身影。

“啊嘿！”

“吉姆舅舅还在船上！”南希尖叫。

“不在了，”罗杰喊道，“他在我们的小船上，吉伯尔也在。”

“继续划远些，”弗林特船长气喘吁吁道，“前桅随时要倒下。”

“是，长官。”约翰说着，从苏珊手里接过船桨。弗林特船长松开手中的船尾肋板游了过去，很快爬到了亚马孙号的船尾上。距离熊熊燃烧的帆船五六十米处，两艘小船肩并肩在海上漂浮着。

咔……嚓！

燃烧的野猫号

前桅倒下了，伴随着噼里啪啦的轰鸣声，野猫号成了燃起熊熊烈火、没有桅杆的残船，倒映在漂浮着油污的海面上。

“我们还是离远点好，”弗林特船长说，“我不知道是不是所有大油箱都烧掉了。”

“我们真的救不了船了吗？”南希说。

“救不了。”她舅舅说，“船身会一直烧到吃水线处，那将是它的结局。可怜的老姑娘，它要么沉入海底，要么四分五裂。唉，我们一直与它相处愉快，没能乘着它环游完世界，没能让它叶落归根，太遗憾了。”

“救出的东西里有毛巾和睡袋。”苏珊叫他。

“它们干得很快，”弗林特船长说，“毕竟是海水，天气又这么热。我没事。还是要谢谢你，苏珊。”

“我们现在要做什么？”南希问，燕子号全体船员都竖起耳朵，听他接下来的话。

“尽量待在一起，原地等待。”弗林特船长说，“我们知道自己的确切位置，正好在轮船的航行线路上。我们只需要在原地等待，明天这个时间之前，就会有人发现我们。陆地离得不太远，但中国的海岸很奇怪，不是随便哪里都可以登陆的，必须是条约开埠口岸，别的不行，所以还是原地等待让人发现我们比较好。每艘小船都有可供一周饮用的水，省着点喝，够更长时间，食物也有。最有利的是，海面上风平浪静，唯一缺少的就是气压计……”

“我有，”约翰说，“苏珊抢下来的。”

“做得好。”弗林特船长说，“找出来，如果我们要改变计划，它能提

供信息。”

“提提，把它从箱子里拿出来。”约翰说。

“你上一次用它是什么时候？”提提递给他时问道。

“今天早上。”约翰回答，“天哪！一定是撞到或怎么了。我说，弗林特船长，我拿到气压计了，但是好像出了点故障，它自早饭起下降了一厘米……”

“你确定？轻轻拍一下。”

“还在下降。”约翰说。

弗林特船长环视了一圈海平面。“没事，只要我们待在一起就好。”他最后说，“该死，我们要是有一艘大船而不是两艘小船就好了。”

“有支舰队更好玩。”南希说。

“约翰，”弗林特船长喊道，“检查一下海锚，确保已在船头放好，绑在船头的绳子一定要有防摩擦装置，有什么都用上，避免船绳被磨断。”

“是，长官。”约翰郑重说道。

“可能是个不平静的夜晚。”弗林特船长说。

“每艘小船上都有一盏防风灯，”苏珊说，“离港的前一天，我把灯芯都修剪了。”

“做得好，苏珊。风刮起来的时候，我们就抛出海锚，外加燃着的防风灯，我们应该能够保持联系……”

“要是分散了怎么办？”约翰问。

“我们最好还是待在原地直到被发现。”弗林特船长说。

两艘小船在海上挨在一起漂浮着，野猫号全体船员静静地看着这艘年岁已久的帆船，听着它燃烧的声响。环游世界的三段旅程都是驾驶它完成的，它几乎已经成为他们中的一员。刚开始时，弗林特船长雇了一个人手帮忙，但是一段时间后他发现，有他们六个人在，已经不需要其他人了。现在野猫号要离开了，他们漂浮在两艘小船上，目送着它离开。

他们没有时间害怕，还有很多事要做。即便这时他们什么也做不了，只能静静地待在那儿，耳畔响着船只燃烧发出的噼里啪啦的轰隆声，内心却想着即将开始的新生活，而不是如此悲伤的结局。如果野猫号在英国港口着火，那一切似乎就结束了。但这里还不是终点，他们一行人还要回家，而家远在万里之外。这里不是终点，他们既没有追忆过去也没有憧憬未来，而是在想今天晚上怎么办。"如果你的手烧伤了，别舔，罗杰，"苏珊说，"我的急救箱里还有一些单宁酸凝胶。"

"吉伯尔也烧伤了，"罗杰说，"还有约翰。"一两分钟后，苏珊忙着给他们涂抹冰凉的凝胶。

"你们船上有人烧伤吗？"她大声问。

"没有，"佩吉回答，"只烧着了衣服，没有伤到皮肤。"

弗林特船长在亚马孙号的船头检修海锚。他抬起头，看见苏珊正抓着吉伯尔的手给它的胳膊涂凝胶，不由得笑了。

"别笑吉伯尔，"罗杰说，"它的很多毛都被烧掉了。"

"它很棒，是只非常聪明的猴子。"弗林特船长安慰地说道。

"聪明过头了。"南希说着，看向熊熊燃烧的帆船。

"海水开始涌动了。"约翰突然说。

“从东南方向。”弗林特船长说，“起风了，但总比刮西风好。”

有那么一阵，除了木头燃烧的噼啪声，周围一片寂静。接着燕子号的船员听见佩吉说：“你真的觉得我们会没事吗，吉姆舅舅？”他们都听见了弗林特船长的回答：“当然是真的，比珍珠还真。”

“不一定。”罗杰轻声说，“要真是这样，天就该下雨灭火，救了野猫号。”

现在大家都看着那艘着火的船，太阳正从西边沉入海里，顷刻间，从东方涌起的一团黑暗吞没了整个热带地区，暮色中，燃烧着的野猫号仿佛是一排火炬。

“一天之内，太阳落了两次。”提提说。

“真正的太阳现在落山了。”罗杰说。

“风刮过来了。”约翰说。

他们都感受到了东南风的微弱气息。浪涌一次次袭来，他们现在已经感受到了船身在上下起伏。一圈圈的涟漪涌向落日，风助火势，嘶嘶作响。

“火烧到水面了，”弗林特船长严肃地说，“烧到吃水线了，但这一阵阵的浪涌……”

突然，在他说话间，野猫号燃着的船尾从海上掀起，船首斜桁俯冲入海，海水淹灭了上面的火焰。海水涌过野猫号，发出一阵长长的闷息声。嘶——随着最后一团火光湮灭，那艘小帆船永远消失了。

约翰、苏珊和罗杰听到提提上气不接下气的啜泣声，希望其他人没有注意到。

弗林特船长发话了。

“它是一艘好船。”他说，然后他的语调完全变了，“大风就要来了，趁现在风还不大，把海锚抛出去，船绳也不会磨损。把你们的防风灯点上，现在吃点东西。在海上很容易被风吹走，如果风大得厉害，就待在舱底……”

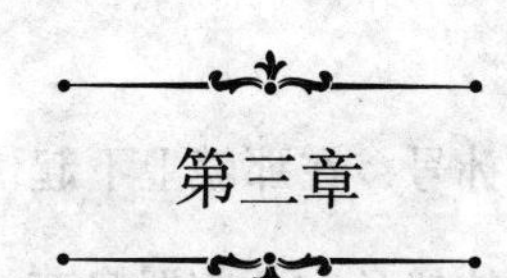

第三章

燕子号发生了什么？

"我现在来开食物箱。"苏珊说。

"好。"罗杰说。

"是时候了。"约翰说。

他们把视线投向亚马孙号，在那艘上下起伏的小船上，看见南希和佩吉在船尾忙活，而弗林特船长和此刻置身燕子号的约翰一样，轻轻划着桨，头抵着风。

"打听看看他们有什么吃的。"罗杰说，"我说，苏珊，我们有很多饼干，是瘦船长牌的吗？"

"是的，"苏珊回答，"两罐都是……还有四罐炼乳……一罐黄油……八罐干肉饼……另外还有许多枣子、巧克力……"

"亚马孙号，啊嘿！"罗杰喊道。

"燕子号，啊嘿！"

"你们大厨的食物箱里装了什么啊？我们有'瘦船长'、黄油，还有许多干肉饼、枣子和巧克力……"

"沙丁鱼。"苏珊提醒道。

"还有沙丁鱼。"罗杰说。

"我们和你们的一样。"佩吉说。

"喂，罗杰，"南希叫他，"弗林特船长说了，我们要靠这些食物支撑很长时间，你可不能图新鲜每样都要尝一下。"

“说得我好像真要吃似的，”罗杰说，“我就是想确认一下我们的食物很充足。”

“今晚每人只能喝半杯水。”弗林特船长说道。

“是，船长！”苏珊回答。

“你现在认为我们什么时候能回家？”提提问。

“如果我们被顺路的班轮救起，”约翰说，“那就能比乘野猫号早好些时候回去。”

“但我们还是想要乘野猫号。”罗杰说。

“你认为什么时候会有汽船路过？”提提问，“我们应该向妈妈报平安……”

“每人四块饼干，”苏珊说，“两罐沙丁鱼……八只枣，还有半杯水。我们轮流用杯子喝水，最好渴极了再喝。”

在热带地区，黑暗降临，就如窗帘落下，瞬间光亮全无。此时风已然很大了。

“把我们的海锚抛出去！”弗林特船长呼喊道，“现在风已经很大了，完全可以把它抛出去了……你们最好也现在抛。”

“是，船长。”

约翰从船头抛出海锚，松开长长的牵绳。海锚是一只圆锥形的帆布袋，顶端有个洞。这种形状的袋子首次入水后末端会被撑开，避免船身漂浮得过快。在燕子号船头放下海锚后，船首就能始终迎着风。现在已经没必要用桨了，约翰把它们收好，然后又用毛巾把接触舷缘的那部分船绳包好（苏珊不得不认同用毛巾比用睡袋好），最后才和大家围坐在一起，享用海难发生后的第一顿晚餐。起伏的海浪上一束微光闪烁。

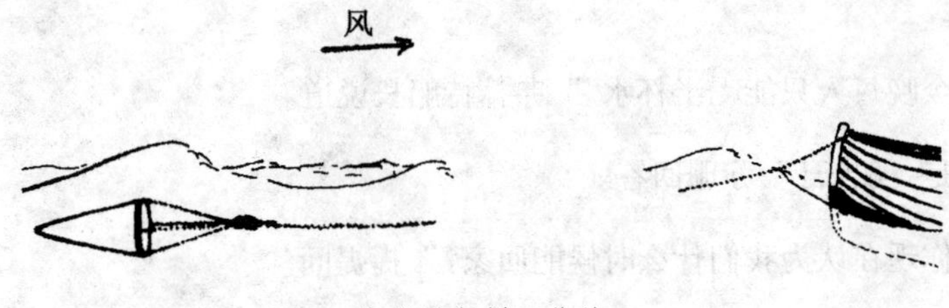

海锚是怎样工作的

“他们点亮了防风灯。”约翰说。

“我们也马上点起来”苏珊说着将灯点燃。

“风越刮越大了。”约翰半小时后说道。

“啊嘿，那边！你们的锚索在水里的流势怎样？”

约翰瞥向船头前的水面，伸手去拉锚索，苏珊则在他身后为他提着防风灯照明。

“笔直向前延伸，拉拽得很紧，我一点也拉不过来。

“不要紧。气压计怎样？”

一段时间的沉默。

“又下降了六厘米，船长。但是如果我拍一下，它能往上回跳一点。”

“看来恶劣天气不会持续太久，但是来势还是很猛烈，所以大家尽量抓紧时间睡觉。”

“我来值夜。”苏珊说。

“没必要。”约翰说。

“我们都不想睡觉。”罗杰说。

“晚安……大家都去睡吧。”黑暗中传来一声呼喊。

“听着，亚马孙号上的人都要睡了。”

“晚安！”燕子号船员回应道。

“把防风灯递过来，苏珊。”约翰说，“他们一定是把防风灯固定在中间的座板上，以防浪花溅到上面，我们也照他们那样做。令人头疼的是没有桅杆和船帆……”

“我们在舱底就不会有事了。”苏珊说，“好了，罗杰，吉伯尔要进睡袋了，你把它推进去。提提，你也马上躺下……”

“但波利的笼子占了地方。”提提说。

“把它放在正中，”约翰说，“我和苏珊负责弄好。”

“快睡觉。”

在经历了那么多事情之后，他们都进入了梦乡。先是罗杰和吉伯尔、提提和波利，接着是苏珊。约翰呢，他下定决心不睡，好看着另一艘小船上亮着的防风灯，但最后抵不住困意也睡下了。

温热的浪花溅到脸上，海水流入口中，咸咸的，弄醒了睡梦中的约翰。有那么一秒，他的脑中一片空白。然后他伸手去摸防风灯，防风灯已经被风吹熄了，或者是被摇晃得熄灭了。黑暗中他四处张望，寻找亚马孙号的防风灯，可是什么都看不到。他把头探出船舷上缘，脸上立即感受到猛烈的风势，大海此刻躁动不安。海浪上下翻涌，燕子号也随之上下起伏，海水一会儿将它高高托起，一会儿又将它重重摔下。又一轮浪潮袭来，此刻这艘小船再不能似往昔一般与海风正面碰撞。约翰把手往前伸，摸到了船头的绞船索。是的，它还在那儿，用毛巾裹着。他又向前伸了伸手，抓住绳子后往回拉，根本没有想到绳子会没绷紧。他用力拉拽了一下，感觉绳子向他这边动了一点。风势较之前更为猛烈了。他又拽了一下，发现绳子已经能一点点拉过来了。最好检查一下海锚的情况。很快地，绳子越来越拉得动了，接着，好像要警告约翰不要这么做似的，一个海浪朝舷侧拍打过来，溅起的浪花越过船舷上缘，海水打醒了每个人，也吓得那只鹦鹉在黑暗中惊叫起来。

"约翰!"罗杰大叫。

"发生什么事了?"苏珊问。

"我的错,"约翰说,"海锚松开了，只剩绳子在风里固定小船。我没考虑就拉了绳子。我现在把绳子放回去，小船很快就能恢复正常。一定是系着海锚的那头松了，这头还好好的。"

他把收回来的绳子又放了出去。绳子上的拉力足以让燕子号迎风航行，此时浪花翻涌得也没那么厉害了。

"小船好像在移动,"约翰说,"可能还移动得很快，船绳会阻止小船，但作用有限。"

"船会没事吗?"罗杰问道。

"只要大家都别动就没事。"

"波利的羽毛肯定都湿了。"提提说。

"亚马孙号在哪里?"苏珊问。

"他们的防风灯也灭了。"约翰说,"现在没有海锚借力，我们肯定已经离他们很远了。"

"我们就不能划回去吗?"

“风太大，划不动的。”约翰说，“就算我们划得动，也可能划不到他们那儿。”约翰大声喊叫，好让大家能听到他的话，“风不可能一直这么大，等风小些时，我们再找他们。只要我们一直待在舱底就会没事……待在舱底……弗林特船长是这么说的。”

“船里进了好多水。”提提说。

“什么？”

“我们需要往外舀水。”

“大家帮忙舀水，但千万别起身，身上潮湿总比淹死好。”这些话通常爸爸会说，现在却是约翰在说。说了这些话后，他自己也感觉好多了，好像爸爸在船上一样。

“水还挺暖的。”苏珊说。

约翰用力思考，他还能做些什么呢？什么也做不了。他想过把船帆和帆桅杆系在绳子一端后抛到船外，后来还是放弃了，因为如果绳子再次断裂，船帆可能会因此弄丢，这样急需使用时就没有了。要是他知道他们在以多快的速度移动、海锚松开后小船移动了多远就好了。提提和罗杰舀出了一些水，这让他们安静了一会儿。如果有更多的水涌进来，他自己也会加入舀水的行列。天啊！亚马孙号要怎么办？它的中插板箱在漏水！他们可能也在舀水。约翰不再说话了，转而继续四处寻找亚马孙号上防风灯发出的微光，但他心里明白，这艘小船肯定已经离得很远了。他尝试着点燃防风灯，但灯刚亮起就又灭了，最后他放弃了点灯，转而用手电筒照看气压计。液柱又升高了，这不是个好征兆。他又用手电筒照了一下罗盘，罗盘显示他们正往东南方向移动，但因为此刻小船是船尾在前，倒着航行，所以他们实际上是往西北方移动，不过当然会受到海流的影响。

“我们现在在朝哪个方向移动？”提提大声问，“现在船里的积水已经不多了，只没到脚踝而已。”

“西北方向，”约翰说，“中国。如果我们漂得够远，就能抵达中国的某处海岸。”

“李小姐，”提提说，“可能是海盗。”

“只要能上岸就行，”苏珊说，“我们会没事的，但是亚马孙号不知道我们在哪儿。他们怎么办？”

“他们会被路过的班轮救下。”约翰说，“弗林特船长能猜到发生了什么，他们会过来找我们的。”

“如果他猜不到怎么办？”罗杰问。

“老天自有安排。”苏珊匆忙说。

那一夜显得格外漫长。一小时又一小时，他们就这样在黑夜里船尾先行漂流着。小小的燕子号随海浪起伏，一会儿被高高顶起，一会儿又跌入谷底。苏珊和约翰用掉了半盒火柴来试着重新点燃防风灯，却没有成功，于是就放弃了。约翰时不时地用手电筒照一照罗盘，发现他们仍然在往海岸方向漂。船头拖着的绳子放缓了船速，但浪花还是会时不时地溅进船里来。猛烈的海风把他们的说话声也吹散了，所以要想对方听见自己说的话，就只能附在对方耳边扯着嗓子喊。但不久后，他们连说话也放弃了。提提尽自己最大的努力护着那只鹦鹉。一直在哀叫的吉伯

尔钻进睡袋，蜷缩在罗杰的臂弯里。一小时又一小时过去了，他们在舱底挤作一团。因为船身晃荡起伏不断，他们的身体也相互碰撞，后来撞得多了，也就撞不走他们的睡意了。黑暗中风不知疲倦地刮着，身心俱疲之下，一行人开始经历打盹、惊醒、舀水又打盹的单调循环。

风突然停了，如此突然，就像一下子从飓风中回到室内一样。大海平静下来了。好几个小时以来，他们第一次觉得可以移动身体，而不用担心下一秒被吹进怒吼的海水中。

“都结束了吗？”提提问。

“八个里亚尔[①]！”鹦鹉尖叫道。

“它这样说了很长时间吗？”罗杰问。

“它之前说了什么我们也听不见。”苏珊说，“我几乎都冲着你喊了，你也没听见。”

“别说话，”约翰说，“你们听！”

“什么呀？”

“仔细听！海浪击岸的声音……就在那边……我以前听过……”

他们仔细倾听，确实是那种声音，那种翻涌的海浪撞击海岸的咆哮声。

“陆地，”约翰说，“已经离得很近了。”

“好希望我们知道自己在哪儿。”苏珊说。

---

① 里亚尔，西班牙古钱币，“八个里亚尔”是小说《金银岛》中鹦鹉的口头禅。

“昨天晚上我们知道，”约翰说，“当时我们就处在汽轮的航线上，当然风暴打乱了这一切，这就是为什么弗林特船长让我们把海锚抛出去，部分原因是想让我们待在原地、待在一起，可是我们的海锚松开了，所以就只能一直漂着了。”

“我猜他们的海锚也松开了。”罗杰说。

“也许他们就在附近。”提提说。

“他们应该喊过我们。”苏珊说。

“风那么大，我们肯定听不见。”约翰说。

“我们再喊喊看。”提提说。

他们一起大声喊：“啊嘿！啊嘿……嘿……嘿！”

没有回应。

“八个里亚尔！”鹦鹉再次叫道。

“波利在黑夜里的叫声太搞笑了！”

“天亮了，”罗杰说，“看那边。”

“已经拂晓了。”约翰说。

“约翰，”苏珊突然说道，“我闻到了肉桂的味道。”

“我闻到了各种味道。”罗杰说。

“我相信我们离中国很近了。”约翰说，“还好风已经停了。”

他们转过头来，不再去看东边天空挂着的那缕微光。

“有东西出现了。”罗杰说。

“是山。”苏珊说。

“到中国了。”提提说。

“要是我们都在一起就好了。”苏珊说，“最好趁现在吃点东西……”

热带地区的黎明来得和黄昏一样快。就在他们吃着各自份额的枣子和巧克力的时候，东方豁然间一片光亮。他们眺望着远方的海岸，又相互看看，那夜的风暴过后，身边的人仿佛都陌生起来了。他们看见了褐色山脉组成的海岸线，正看着，突然又变成了玫瑰灰色，脚下匍匐着绿色森林带。约翰把剩下的巧克力一股脑全塞进嘴里，转身朝向船首，开始双手交替着拉另一端连着海锚的绳子，现在绳子另一头已经没了拉力，整个动作很轻松。

“你们看，”他把绳子拉到底后大叫道，“看来不是我的错，是海锚自己坏了，不是绳子的问题。”他把残破的海锚举得高高的，破损的灰色帆布挂在一只圆木环上，“帆布腐烂了，或者有火星溅在上面，烧出了一个洞，然后这个洞越磨越大。如果我们的海锚松了，那么很可能他们的海锚也松了。”他再次满怀希望地朝四周的海面望去，却什么都看不见。他做了个决定。

“当心，约翰。”苏珊说。

“对不起。”约翰一边说，一边从桅杆和船帆中拽出船桨，“我准备划桨过去。”

离他们最近的一侧陆地上有一片绿色森林，森林后面有一座直插云霄的悬崖。左边陆地的地势要低得多。右边陆地的树木好像生长在海上，树木后面有一座山，但没悬崖那么高，状似一只脑袋枕在爪子上的大猫。约翰拿出船桨，把桨架放好，先划桨调转船头，又回头看了一眼，开始划桨。

“我们去哪边?”罗杰问。

“悬崖下的那片树林,”约翰说,“这个地方最近。”

“我们不能扬帆吗?”提提问。

“风不够大,”约翰说,“还是划桨好,而且朝阳就在我们身后,这样我们登岸时才能大概率不被发现。”

“可是我们不想被发现吗?”罗杰问。

“我们先看看当地人怎么样,”约翰说,“如果他们看起来像一群野蛮人,我们也好躲开。”

“他们不会对遭遇海难的船员怎么样的。”提提说。

“要是亚马孙号也在就好了。”苏珊说。

约翰继续划着桨,罗杰突然大叫一声,于是他停下了手中的动作。“有一条通往那座悬崖上的路……用望远镜看看。”

他们的目光搜寻着那座悬崖的背阴面,发现了罗杰看见的东西:岩石上隐约有一条斜径,上方还有一条小路,再上面另有一条小路,或者是条小径,有小径就意味着有人烟。

“弗林特船长真的说过,如果我们待在原地就能得救。”罗杰说。

苏珊狐疑地看了看四周的大海,连绵的绿色海水一直延伸到太阳升起的地方。

“我们不能回原来的地方,”约翰说,“我们就在这里登岸。如果这里的人很野蛮,我们就沿着海岸线躲避。”

“我到处都看不到人。”提提说,现在正轮到她看望远镜,但是小小的燕子号上下起伏,她很难把望远镜拿稳。

“这样更好。”约翰说着，继续划桨。

他们距离悬崖越来越近。

“那边有一小块伸出来的陆地，”罗杰说，“就是长着树的那块。”

“我就打算去那里，”约翰回答，“我们得找个不会把小船撞坏的地方上岸。”

“向左边划。”几分钟后苏珊说，“我说，约翰，这是岬角……后面的水面更平静。”

约翰往左边划船。岸上生长着各色树木，这些树木近在咫尺，有棕榈树和其他很多他们叫不上名的树种。树下边和海滩上布满了黑色的岩石，海浪撞击这些岩石，发出雷鸣般的轰响，激荡起一片白色水花，他必须远离这个地方。他继续向前划，和岸边保持距离，最终来到了树林尽头，开始转向悬崖的方向，突然间，水面平静了下来。

“天哪！”罗杰惊叫，“这不是岬角，而是座小岛。”

他们现在可以看见树林和悬崖之间横亘着一条平静的宽阔水道。

“很好，”约翰说，“那就是我们要去的地方……小心水里的礁石。”说完他突然开始划右桨，朝一个小海滩前进。

“让我去船头。”罗杰说。

罗杰手脚并用地爬到他通常的位置，约翰停顿了一下，然后接着划桨。苏珊看着船身一侧的水面出神，提提看着另一侧。

“往右边划。”罗杰大喊，约翰照做，提提看见绿色的水里一块黑色礁石滑过。

“向左划。”苏珊大喊，小船又避开了一块礁石。

“大家听着，”约翰说，“如果船底撞到地面，我们要立即从船里跳出来，让船浮起来。无论发生什么，都千万别撞坏了小船。”

片刻过后，船底传来一声轻微的嘎吱声，罗杰随后跳上了岸。被罗杰从睡袋里放出来的吉伯尔踏着一切东西往外爬，终于在罗杰上岸片刻后也上了岸。约翰从船里出来后踩进三十厘米深的水里。

“很接近高水位线，”他说，“但我们还是要尽量把船身抬高。”

四个人一起发力，把整个船身抬到沙滩上。约翰把锚下到树根之间。

“中国。”提提说。

约翰仔细地打量四周。“即使从悬崖顶上看，也没人能发现燕子号藏在这儿。”他说。

登岛

第四章

亚马孙号发生了什么？

I

“说英语，慢慢说。”

狂风和黑夜携手而至，大海波涛汹涌，小小的亚马孙号依靠着海锚，倒也应付自如。经历过那场大火所带来的震惊后，南希和佩吉身心俱疲，在船尾时睡时醒。因为后背有中插板箱的一角戳着，弗林特船长仍然清醒，看着最后一次见到燕子号上灯光的方向。那里没有一丝光亮，但他并不十分担心。这样大的风，船身肯定颠得厉害，防风灯很容易熄灭，约翰也没那么容易把灯点上。有那么一瞬的平静，他立即屏息聆听约翰的呼喊声，同时也喊道：“燕子号，啊嘿！”

南希和佩吉听见船长的喊声后猛然惊醒，抬头往周围看了看，也随他一起呼喊：“燕子号，啊嘿！”

风又刮起来了，更加猛烈。

“事情不妙，”弗林特船长说，“他们听不见我们的声音，我们也听不见他们的声音。”

“我说，吉姆舅舅，他们为什么不靠近我们？”

“他们的防风灯呢？”

“灭了，还好我们的没事。他们有手电筒吗？”

“约翰有。”佩吉说。

“那现在就该用啊。”弗林特船长说。

“我说，你真觉得他们没事吗？”

“情况肯定比我们好，”弗林特船长说，“至少没有中插板箱戳肋骨。”

“燕子号翻过船，只是因为一块岩石……”

“它那时没翻，你个小呆瓜。你忘了吗？就是船底破了个洞下沉了，桅杆从船头脱落了。”

“如果没有立桅杆和张帆的话，它也不会翻船。”弗林特船长说，“只要他们都待在舱底，就不会翻船，约翰也会确保他们这样做的。况且海里又没有礁石，燕子号不会有事的。你们两个别说话了，快去睡觉，在这样大的风里喊叫是没用的。你们现在就只管睡觉，天亮后我们就能找到他们了……”

“但是他们就在几米开外呀……”

“闭嘴，”弗林特船长说，“天亮之前我们什么也做不了。”

南希和佩吉再一次被弗林特船长的咆哮声惊醒了。

“啊嘿！那艘船，啊嘿！”

她们俩坐起身来环视四周，对着弗林特船长手里高高举起并挥舞着的防风灯眨眼睛：他看见燕子号的防风灯了，还是看见手电筒的光了？

“啊嘿！那艘船，啊嘿！”他大声喊叫。

“在哪里？”南希问，“是什么？”

“可能是中国的渔民，”弗林特船长说，“当然没有舷灯，啊嘿！”他再次喊了起来。

“那边，”佩吉喊道，“快看……快看……那艘船朝我们过来了。”

一道微弱的光照向他们。

“那艘船，啊嘿！”弗林特船长近乎咆哮，然后说道，“约翰那个笨蛋，怎么不用手电筒啊？那艘船看不见他手里的手电筒就会撞到他们的。”

那束光自海的那边向他们投射过来，霎时间，周遭一片雪亮。那艘大船上传来一声喊叫，弗林特船长大喊回应。突然间，三四十米开外，一扇门打开了，门里人影幢幢，黑色的人影在一块正方形的亮光里来回穿梭，他们听见船头下方的海面有水花溅起的声音。

“南希，你拿着灯。”弗林特船长说，“佩吉，你来划桨，别站起来……”

南希此刻双膝跪在船板上，一只手紧紧抓住中间的座板，一只手把防风灯高高地举过头顶。弗林特船长先是猛地松开手里的船桨，确认对方的船已经离得很近了，又一把抓住系船缆绳，放在手里一圈一圈地卷，准备好扔出去。

“那艘船上的人看见我们了。”他说。

船上有人大声呼喊着什么，但用着他们完全陌生的语言。很多盏灯笼在那艘怪船的甲板上来回移动，船头靠近时溅起的水花泼洒在他们的小船上。

“停船，救救我们！”弗林特船长喊道。

那艘船一侧的黑色船身高高地耸立在亚马孙号上方。随着小船在海浪中抬升，他们看见大船的甲板、自舱室门向外透出的光亮铺成的一条灯光小路、黑色船帆上忽明忽暗的微光、很多个从舷墙边上探出来的黑

乎乎的圆脑袋以及脑袋后面暗淡下来的光亮。

“等我扔绳子过来！”弗林特船长吼道。他们看见他拿绳圈的右手往后缩了缩，又向前甩了出去。一声喊叫自上方传来，小船被向上猛然一拉。

“这些疯子，”弗林特船长喊道，“你们会把我们的船撞破的！”

虽然大船已经减慢了速度，但船身还是在缓慢向前移动。砰的一声，小船在被往上拉的过程中撞上了大船。下一刻，一人重重地下到小船上，南希手中的防风灯掉落下来。她发现自己被举了起来，上面立即有人把她接住，不知怎么的她四肢着地，落在了甲板上。借着防风灯的微光，她看见一群半裸着的人围在栏杆旁。“嘿……拉！”一声惊叫过后，佩吉也被掷在她身旁。她还听见弗林特船长冲那些人大叫，让他们动作轻一点。不一会儿，弗林特船长也上来了，他几乎是飞过栏杆上来的，此刻他挣扎着爬起来。“小心点，你们……”但还是没能爬到栏杆边上。只听下方一声呼喊，船上这一群人就开始一起吆喝：“嘿……拉……嘿……拉……”

“小心点，”南希尖叫着，“你们会把小船撞坏的。”

亚马孙号从栏杆另一侧落在了船上，船身翻向一侧，船上的东西——船桨、桅杆、帆、食物箱以及其他东西，都一股脑撒在甲板上。

“咦！”什么沉重的东西掉落在一只赤着的脚上，有人尖叫了一声。

“你们的船长在哪儿？”弗林特船长问，“还有一艘小船在附近。”说着他从口袋里掏出一支手电筒，开始往周围探照，希望能得到约翰的回应。

很快，他手里的手电筒就被夺去了。

“谁是这里的船长？”他生气地问。

“燕子号，啊嘿！”南希大喊。

“燕子号，啊嘿！”佩吉大喊。

“啊嘿！”弗林特船长咆哮道。

大船上的其他人一阵喧闹，一边大声叫喊，一边清理亚马孙号的装备。突然船尾传来一声命令，一切都立即停止了。

“糟糕！”弗林特船长惊呼，“这些坏蛋要开船了。嘿！我说，还有一艘船……另一艘……你们的船长在哪里？你们没人会说英语吗？”

“说英语，慢慢说。”一个声音几乎在他身边响起，紧接着又下达了另一个命令，黑暗的船尾有一声应答，船上的人们小跑起来执行命令，前方某处风突然鼓动船帆，簌簌作响。

弗林特船长大喊着奔向船尾。“逆风停船，我说……还有另一艘船！”

砰的一声响，那些光着的脚在甲板上一通跑，然后争抢着，嘴里咒骂着什么，接着传来一声闷响，几个人撞击着甲板上的什么东西。借着防风灯的微光，南希和佩吉看见那“东西”正是弗林特船长，那群人钳制住他的脚踝和肩膀，把他举起来后齐步向舷墙走去。

“不！”南希尖叫。

这一声简单的“不”有力而坚决，如惊雷一般在这些人耳边炸开，吓了他们一跳，也救下了下一秒钟就会被扔出船外的弗林特船长。先前发令的声音又一次平静地响起，人群一阵抱怨后，拖拽着弗林特船长穿过前甲板下的一扇门，消失不见了。船又开动起来，甲板上再次陷入一

“不！”

片黑暗。

“他们杀了他。”佩吉说。

南希一把抓住佩吉的手，快速把她拉到身边，感受那声命令传来的方向，在黑暗中摸索着移动。突然间，她撞上了什么东西，就要倒下时被绳子绊了一下，她顺势保持住了平衡，踉踉跄跄地往前走去。

面前那熟悉的声音响起时，她立刻强迫自己止住步伐。

“说英语，慢慢说。”

“你们杀了他！”她歇斯底里地叫喊，“燕子号怎么了？还有另一艘船。”

“没死……他疯了。”那个声音说道。

“还有一艘船，”南希哭喊道，“你们必须带上它。我们不能抛弃队友……”她急得直跺脚。

那个声音再次响起，说的却不是英语。一双大手紧紧箍住她们两人的手腕，推搡着她俩沿着甲板前进。黑暗中她们跌跌撞撞地走到一扇门前，门打开时，她俩被粗暴地推了进去。这是一间船舱，梁上挂着的灯笼正亮着，门自身后关闭，现在只有她们俩了。

船舱的三面墙边各置有一条矮长凳，长凳的上方还有一只宽阔的架子，凳子和架子都可以用来睡觉。一个角落里还放着一捆毯子，佩吉走近看了看，立马厌恶地转身，在最远的地方坐了下来。

“南希，”她说，“我……我好像要呕吐。”

“不，不行，”南希急切地说，“不能在这儿吐。”

她又去推了推门，可是门关得死死的。“不行，”她说，“你感觉不好

受……可是没什么恶心的东西啊……哎哟，我的脚划破了……”她跛着脚穿过船舱，坐在佩吉边上。

“弗林特船长死了。”佩吉说。

“他当然没死。”南希说。

“那燕子号呢?”佩吉问。

“反正没被关起来。”南希说，“我们被关起来了。你知道我刚刚在甲板上撞到什么东西吗?”

“不知道。”

“大炮，”南希说，“我几乎可以肯定……什么东西在敲?”

“是有人在敲打。”

“别说话……”南希静静地听着，外面风呼呼刮着，海水奔涌着，船桅吱吱呀呀地摇晃着，敲击的声音越来越近，咚咚……就在船的内部……偏下的地方……咚咚……咚咚……有片刻的停息，接着又响起，咚咚……咚咚……

“是绳子吧。”佩吉说。

“就在我们脚下。”南希说，“等等……你听……一长两短……一长两短……是吉姆舅舅……这是召唤信号，谁说他死了?”她屈膝跪在地板上，开始用指节敲击地板，一短两长……一短两长……另一头的敲击声停了一会儿，然后又开始了。

佩吉此刻忘记了病痛，猛地趴在南希身边。敲击声一定是从她们的脚下传来的，但位置还要靠前。地板那头敲出了一个问题，南希也用敲击回答。

“他说什么？”佩吉问，“我听不明白。”

“他很好，”南希轻声说，“我刚刚告诉他我们也很好……别说话……那是什么？他那边又开始断断续续的了。‘保持……头脑清醒……对不起……我……昏了过去……真幸运，其他人没有被抓到……他们会被气派的船救起……我们真倒霉，遇到了渔夫……’”南希猛烈地敲击地板做出回应。“我刚刚告诉了他大炮的事。”她翻译给佩吉听。

她停下来听。

那边传来一个简短的回答。

“他说‘逃走’……没了。”

下面传来了更为密集的敲击声，这次是条长信息。

“让……他们……带……我们……去……港口……到时候……我们……请……一个人……发电报……警告……其他船只……小心……这帮人，我知道……确切的……位置，也许……这些家伙……正赶着……回家。”

南希又敲起来：“我……没有……闻到……鱼味……”

“可能是商船。”那头回答道。

南希再次敲击地面。“再这么敲下去，我指关节上的皮肤都要磨破了。”她收起右手，换成左手敲击，一句话敲到一半突然停住了。她和佩吉都没有注意到此时门已经打开了，借着防风灯的微光，一个戴着无檐便帽的中国人正站在她们身后俯视着她们，短上衣上还挂着子弹带和手枪套。

她们立即跌跌撞撞地爬起身来。

这个中国人向她们微微鞠躬，挥手示意她们去往一边的长凳，然后自己坐在另一边的长凳上面对着她们俩。

“船长。”他说话时微微颔首。

很长一段时间，南希不知道该如何答话。他来了多久了？他知道刚刚她们和弗林特船长通话的事吗？

门再次被打开，另一个中国人走了进来，将手里那支短小的竹管烟斗递给坐着的那位船长，船长把烟斗的一端搭在嘴唇上，进来的中国人立马为他点上火，然后离开了。船长用力吸了吸烟斗，张嘴吐出一个小烟圈。

“怎么来的？”他最后开口说话了，挥舞着烟斗表达他的意思，“你们驾驶那艘小船要干什么？”

南希急切地解释着，开始语速很快。她说到了环游世界、燃烧的野猫号、两艘小船、希望被人救起……但是，看着眼前这位中国船长毫无表情的脸，她的语速越来越慢、音量越来越高……她重复说着……犹豫着寻找合适的字眼……她停了下来。

“说英语，慢慢说。”中国船长说。

“他不明白。”佩吉说。

“我知道。”南希绝望地说道。

“试试画图。”佩吉说着，把手伸进口袋里好一通翻找，终于找到了一截铅笔头。

南希接过铅笔头，寻找可以画画的地方，那个中国人看着她，笑了。他拍了一下手，门开了，船长说了一句中文。一分钟后，一个男人拿着一块白色的薄木板进来了，在那位船长的指示下，他把木板递给南希。南希将薄木板置于长凳上，画起那艘在家里经常画的双桅纵帆船野猫号，被火舌吞灭桅杆的野猫号，接下来，她眼中噙满泪水，开始画没入水中只剩船尾的野猫号、两艘救生艇、看着整艘船没入水中的船员以及海面上漂着的两艘小船……最后，只有一艘孤零零的小船出现在她的画上。画毕，她把木板递给船长，还用手中的铅笔一幅一幅指给他看。

这位船长似乎看明白了。说到最后，南希指着被遗忘的燕子号，这位船长用烟斗指向船尾的方向，仿佛能透过船舱的墙壁以及无边的黑夜看到被远远甩在后面的燕子号。

“对，就是这样。”南希哭喊着，请求他调转方向搜救其他人，他却伸出双手做出一个毋庸置疑的手势——不可能回头。南希又开始请求，船长等待着，不发一言直到她放弃说话。

然后他指着船舱地板。

“他，疯了。”他说。

“他没有。”南希哭喊。

“他，疯了。”他又说，指着南希和佩吉，“囚犯……说英语，慢慢说……”接着站起身来，鞠躬，离开甲板室，消失在黑暗中。

“他们是海盗，”南希说，“早跟你说了。”

“无所谓，只要他能带我们去见一个会说英语的人。”佩吉说。

门再一次打开，一个中国人把一捆亚马孙号上的睡袋拿了进来就又离开了。

南希再次尝试着推了推门，还是关得死死的。她又转而敲击地面想

告诉弗林特船长发生了什么，另一边却没有回音。

“他可能睡觉了。”她说，“我们最好也去睡，现在什么也做不了。”

“现在什么时间了？”佩吉问。

“应该午夜了。”南希说，“去吧，小佩吉，抓紧时间睡觉，我就在这儿待着……天哪，希望其他人没事……但是，我保证，即使他们被路过的班轮救了，知道我们的遭遇后，心里也不会好过。我绝对肯定那是架大炮，我一碰到它就知道了……”

Ⅱ

海盗船

“Chiu fan！（吃饭！）”

南希和佩吉在长凳上翻来覆去。野猫号上舒适的船舱哪儿去了？为什么此刻她们没有睡在自己的铺位上，一个上铺，一个下铺？她们在哪儿？

“Chiu fan！（吃饭！）”

一个中国人站在门边，指着他放在地上的一大碗米饭，在看见她们醒了后就转头离开，关上了身后的门。南希摸了摸屁股上硌得生疼的骨头，坐起身来。

“早饭。”她说，“起床了，已经早上了，我睡着了不到五分钟。你听，风没那么大了。”

尽管门还是关着的，光亮却从一扇小小的方形窗子外照射进来。看来，这扇窗夜间是关着的。

四根筷子，就像长铅笔被插在米饭里。在一两次的尝试后，她们已经饿得没力气再试了，索性就轮流端着饭碗，用微微曲起的食指往嘴里扒饭。

“不知道吉姆舅舅有没有早饭。”佩吉说。

就在那一刻，她们再次听见敲击声从船底某处传来。南希敲击着回应那个声音，几分钟过后，弗林特船长告诉她们自己吃了早饭，虽然看不见外面，但推定这是一艘商船。他还说他们一抵港，他就要让那个不让他说话的中国船长好看。弗林特船长也了解到她们正在吃早饭，南希认为这不是艘商船，因为她的膝盖撞到了大炮，还有她昨天晚上停止给他发信号是因为这艘帆船的船长过来了。“燕子号怎么样?”南希敲击着问。

“抵港前我们什么也做不了，”另一头这样回答，“商船上没有无线电设备。”

“他们是海盗。”南希敲击着反驳。

“好吧。”弗林特船长那边回应。

她们刚吃完饭，那个送饭的人又进来了，这次他的手里捧着一只托盘，托盘上放着两只小碗，他把托盘放在地上，收走了盛米饭的空碗和筷子。

“是茶。”南希说，凑上去嗅了嗅。

“好寡淡呀。”佩吉说，“没有牛奶。”

“没有糖。”南希说。

但是米饭下肚，她们觉得口渴，茶虽然不甜但好歹是液体，于是就喝了起来，一口下肚，脸上立刻浮现出痛苦的表情，接着又是一口。她

们刚喝完，那个男人又进来了，盯着那两只空碗，她们立即明白是在问她们还要不要。

“不了，谢谢。”她们摇摇头说。

男人又一次离开了，但这次没关门，还将门往后推了推，示意她们他是有意留门的。

“我们走。”南希说。

她们迈进门外耀眼的阳光里。海水落潮了，放眼望去，尽是平缓的绿色波浪和偶尔蹿出头来的白色小浪花。看不见陆地，也没有其他船只的踪影。她们此刻身处一艘巨大的中国式帆船的甲板上，头顶上飘扬着一张巨大的棕色主帆，竹制板条如肋骨一般穿插其上，帆布上还打了几处补丁，补丁是用面粉袋缝上的，最为奇怪的是那些面粉袋上还印有几个英国或美国磨坊主的名字。有一个半裸着的水手坐在帆桁上，一只手箍着桅杆保持稳定。南希四处寻找国旗，却只在桅顶上找到了一面随风飘扬的猩红色三角旗。再往前，她们被关的那间船舱上方也有一张同样的帆，但尺寸小些，后舱甲板上方还有第三张帆。甲板上堆着三堆鼓鼓的东西，上面有棕色的席子盖着。亚马孙号躺在右舷那儿，被死死地绑在舷墙上。

“它没事。”佩吉说。

但南希的注意力还在这些形状奇怪的堆放物上。

“枪，”她说，“还有大炮。我早就说了。”

“不是。”佩吉说。

“小笨蛋，”南希说，“你再仔细看看……我保证这就是我那天晚上撞上的东西，你能看见它露出来一点点。”

六个中国人光着膀子坐在甲板上打牌，听见动静后抬头看了看，见是昨晚的两个小姑娘，就又低下头继续玩牌。

“他们并不在意我们出来。”南希说，“快看！那个船长在那边，就在舵手边上。我们去他那里，让他也把吉姆舅舅放出来。”

那位戴着无檐便帽的船长此刻正坐在一张依着矮栏杆的小凳上，看着身边的舵手左右大幅度转动长长的舵柄，视线在手中的罗盘和远处的海平线来回停留。

南希立即说出自己想说的话：为什么弗林特船长不在甲板上？他在哪儿？可以恳求这位船长把他立刻放出来吗？

这位船长等到她说得上气不接下气，才微笑着说道：“说英语，慢慢说。”

南希又从头说起，放慢语速，这次船长一定听明白了她的请求，因为他微笑着说道：“他太强壮了。”说完又重复了那句“说英语，慢慢说”。

“没用的。”南希对佩吉说，“吉姆舅舅昨天晚上发怒的时候吓到他们了。但是等我们到了目的地，他就可以说英语解释了。也许他们真不是海盗……”她的语气中有一丝抱歉，“那些枪……也许是他们用来对付李小姐的。”

“那些船员去哪儿了？”佩吉问，“昨天晚上有好几十人呢。现在除了船长、那名舵手，还有那群打牌的，好像就没人了。”

“还有那个放哨的。”南希说着，用手指着桅顶。

她说这话的时候，一声尖叫响起。那个站在帆桁上放哨的人此刻拼命踮起脚尖，一只手紧紧箍住桅杆，另一只手像块指路牌一样直直地指着前方。

“希望他看见陆地了。”南希说。

“我什么也看不见。”

“我也是。”

但是她们看见船长和舵手交谈了几句，直到那个站在高处放哨的人直直指向船头前的某个方向时，这艘大帆船才改变航线。在甲板上打牌的那群人收好了自己的牌，有人从后舱甲板下的一扇门蜂拥而出，一些人走到前桅的底部，一些人待在主桅的下面，另一些人则爬上了后舱甲板。所有人都齐齐盯着远处海与天的交接线。

近半个小时后，他们都看见了放哨人看见的东西：出现在地平线上的一只小圆球。大帆船向前航行，不久之后，越来越多的陆地从圆球两侧延伸开来。他们继续前进，这时能看见一长排岩石海岸，海岸后面还有座小山。这群人现在转而看着他们的船长，此刻他正坐在那里凝视着越来越近的陆地。突然间，船长说了些什么，那群人立马忙着处理前桅帆和后舱甲板上后桅纵帆的控帆索，帆船偏离了方向。

“天哪！”南希叫道，“他们顶风停船了。为什么呀？就在我们着急进港的时候。”

这艘中国式帆船几乎不动了，那群人盯着前方的陆地和那个似猴一般待在桅顶的放哨人，很明显他们在寻找什么。南希和佩吉也和他们一样凝视着远方的陆地。

“他知道吗？”南希最后说，拉住了佩吉的袖子。

她们穿过那群中国海员，向前走进睡觉的船舱，船员们似乎没有注意到她俩。刚跨过门槛，她们就听见地板下方传来的一阵敲击声。

“风停了吗？”

“顶风停船了，”南希回复他，“看见陆地了。”

“该死！”弗林特船长回敲道，他停了一会儿又继续敲，“糟糕！”

南希大笑。

甲板上突然出现了动静，一阵跑动的声音。

“他们看见什么了。”佩吉说。

南希往地板上跺了跺脚表示“再见”，然后就往外冲。大家在看什么？远处有船帆在海岸线下方移动……中国式帆船的船帆……一……两……三……四艘帆船，一支小舰队沿着海岸航行。传来一声命令，前桅帆和后桅纵帆被拿了过来。他们自己帆船的三张船帆都张开了，正在迎风前行。

“天哪，这船行驶得真快。”南希说，此时浪花正打向船头，“风也没这么大啊。”

“快看，快看……我说的吧，是枪。”

那些半裸着的男人，从席子下面拿走了枪，他们正流着汗，往黄铜枪口里塞东西，往点火孔里倒黑火药。他们互相开着玩笑，不时宠爱地拍拍手里的枪。

“糟了，”南希说，“这是海盗船……他们现在要打劫那些船。我们先前看到的陆地一定是个岬角。他们要抢风调向，抢占有利地形。你看我

们正顶着风转过去，必须让他们……嘿，听我说！”

她和佩吉发现她俩突然被控制住了，有人拎着她俩飞速穿过甲板，又把她们扔进那间船舱。门又被锁上了，百叶窗也自外面关上了。

“一群野蛮人。”一丝光线从百叶窗和窗框的缝隙间透进来，但是她们看不见外面。南希开始敲击消息给弗林特船长，但后者立即打断了她。

“别说话，”他敲击着，“我正在补觉。”

“怎么了？”佩吉问。

“反正我们肯定会错过的。”南希说着，捶打着舱门。

没人过来。外面甲板上热烈的交谈声戛然而止，舱门外静悄悄的，除了帆船破水前进的冲击声和船头下方激起的浪花声，没有一点声音。她们静静地等待着，佩吉越来越担忧，南希越来越生气。“以后再也不会有这样的机会了。”她说。

一个小时过去了，甲板上还是一点声音也没有，她们就像是航行在一艘被遗弃的船上。不知过了多久，她们终于听见一声命令。

“砰！”

有人在她们上方的前甲板上开了一枪。

南希拨着百叶窗，希望通过缝隙看看外面发生的事，佩吉抓着她的手。

“砰！砰！砰！”

外面的甲板上又有三声枪响。

佩吉抽泣起来。

“别当坐以待毙的傻瓜！”南希生气地说道，“是我们船上的人在开

枪，没什么可怕的。那只是枪声，不是雷鸣！”

一分钟又一分钟过去了，除了听到头顶上有人赤脚奔跑的声音外，什么也没有发生。

突然，她们听到有人在喊，但不是在帆船上，而是在不远的地方。有人在她们的舱门附近喊着回答。她们听到发号施令和甲板上突然响起的踩踏声。接着一阵碎裂声响起，似人在痛苦地呻吟。

“其中一艘船被撞了。”南希说，“不，刚刚一定是经历了一场搏斗。哎呀，哎呀呀，要是能看见外面就好了。”

这时传来一阵喧闹，听着就像一群人在划船比赛。接着，雷鸣般的怒吼声响起，盖过了先前的喧闹声，使喧闹声渐渐平息下来，听着就像鸟儿的啁啾。

“我们的船长自带扩音器。”南希说。

接下来是将行李运上船的声音，中间夹杂着说话声、笑声和猛关舱门的声音。不一会儿，又有拉拽绳子的声音、命令声以及船与船的撞击声。再一次，以上声音都消失了，耳畔只剩下帆船破水航行的声音，以及甲板上久久不散的欢声笑语。

敲击声从地板下传来。

“看来要长期和他们打交道了。”弗林特船长敲击道，“这群中国人……可真有趣……说话时紧张兮兮、含混不清……还叫我李小姐……”

“我们又被关起来了。”南希敲击道，“我说得没错，他们是海盗。”

“谁？”弗林特船长敲击。

过了一会儿，一个咧嘴笑的中国人送来一些米饭和剁碎的鸡肉块。

通过开着的门，她们看见远处高高的海岸：岩石直直延伸到海中或分布于海边的绿色密林中。她们不被允许再到甲板上了，但在那个人送完茶后，南希努力向他表达自己的意愿——希望对方至少把百叶窗打开。那个人离开了，锁上身后的门，但是不久后，就有人从外面打开了百叶窗。虽然如此，通过那个小方洞她们也看不到多少外面的情况。斜眼看去，她们能看到海岸，知道在沿着海岸航行。

一下午就这么耗过去了，傍晚来临的时候，船身的移动有所改变，她们立刻意识到帆船进入了平缓水域。小窗外面透进来的光线越来越暗淡，船舱里越来越黑，南希正想着要不要敲门请人送盏灯过来。

突然，外面爆发出一阵欢快的呐喊、划桨的喧闹声以及一连串的噼啪声。

“又枪战了？”佩吉问。

“是鞭炮的声音。”南希说，“不管我们到了哪里，反正是到了。”

起锚机运作时的嘎吱声响起，伴随着重物落水声。“抛锚了。”南希说道，“岸上看不见灯光，但甲板上明亮一片。”

一艘船砰的一声落入一侧的水面，甲板上有很多交谈声，人们忙着搬运船只。

“天哪，他们在做什么？”南希说，“他们要把亚马孙号推入水中，那会把它的每一块漆都撞掉的。我只能看见一条缝……”她发疯似的敲门，但没人注意她。

突然，她们听见弗林特船长发来一条信息：“南希，如果他们问问题，让我来回答。你可能是对的。刚刚有人来找过我，自称‘老爷’，所以我跟他说自己是旧金山市长……让他们有所顾忌……”

“但是为什么？”南希开始锤击地板。

佩吉拉了拉她的胳膊让她停下手上的动作。她抬头往周围望去，发现门口有人正注视着她。那个给她们送饭的人走了进来，并在梁上挂了一盏点燃的灯笼。门口被一个极高的男人堵了个严实，他身上那件蓝色的丝绸袍子在灯光的映衬下闪着幽幽的光。他头戴一顶饰有鲜红色纽扣的蓝色无檐便帽，进门时，帽子擦上了门楣；手提一只鸟笼，笼子里住着一只白色的金丝雀。船长跟在他后面进来了。

“张老爷。”高个儿男人说。

“南希·布莱克特，”南希说，“这是佩吉。”

“美国人？”他问。

“英国人。”南希纠正他。

“一个美国男人和他的两个英国妻子。”

就在这个时候，地板下的敲击声突然变大，弗林特船长显然有些不耐烦了。

那个高个子男人听着。“那个囚犯，”他嘴里念叨，“不要再说话了。”他转身朝向那位船长，她们听见对话里有“旧金山”这个词。“明天你们都到我的衙门来。”他向南希说完这句话后，就和船长一起出去了。

“天哪，”南希说，“不该让他抓到我们用摩斯密码通讯的。”

“他们把门关上了，”佩吉说，“窗子也关了。”

南希再次敲击地板联系弗林特船长，但那头没有回应。

不一会儿，她们听见弗林特船长的声音在门外响起。“你们快带我去

美国领事馆……等下，等下，能听见吗？”接下来的话明显是说给她们听的，“事情总有解决办法的。”

“不能带上我们吗？”南希大喊。

外面又传来像是挣扎的声音，接着，弗林特船长在离她们更远的地方喊了起来：“你们待在原地。不要担心，一定会把事情弄清楚的。”再接着，就只剩下划桨声了。

“他们把他带上岸了。”南希说。

“我们要做些什么？”

“当然是待在原地，”南希说，“只要他见到领事和港务长就没事了。”

“但如果他们是海盗呢？”

“噢，别说了，佩吉，肯定会没事的。”

没过多久，船长又进来了，跟着进来的还有一个男人，手里端着装米饭和汤的碗。

“晚饭。”他说。

“我们为什么不能上岸？”南希暴怒地问道。

“他太强壮了，”他说，“疯子一个，最好还是关起来。”他说话时用指关节敲打着船舱的墙壁，“老爷说了，他不能再说话，旧金山市长也要蹲监狱。你们明天就能看见他了。”他鞠了个躬，微笑着出了门，舱门在他身后关上，她们还听见上门闩的声音。

南希突然笑了。“他以前也被关过。”她说，“你不记得了吗？就是划船比赛那天晚上，他抢走了一个警察的头盔。他不会在意的，我们都会没事的。”

“可是约翰、苏珊，还有其他人又该怎么办？”佩吉问。

“肯定早就被路过的班轮救起来了。”南希说，“他们现在肯定和船长并排坐在一张桌子上，周围全是殷勤周到的服务员和头等舱的乘客，可怜的家伙。”

有船靠近的声音，也有船离开的声音，渐渐地，喧闹声消失了。

“所有人都上岸了。”南希说。

“不是所有人。”佩吉说。

她们还能听见轻轻的脚步声在上下走动。

“是放哨的，”南希说，“守夜人……哎呀，管他呢，谁在乎？又要在这儿过夜了。我们吃了晚饭就睡觉吧，明天早上一切都会好起来的。”

Ⅲ

短暂的自由时光

爬上床很容易，和钻睡袋差不多，不过是在硬板凳上找块柔软的地方。但入睡就难得多了。尽管经历了这么多事情，也不管有没有海盗，南希仍然憧憬着弗林特船长遇到了真正懂英语的人，憧憬着自己下一分钟就能听见有人划船过来带她们上岸。

有很长一段时间，她们意识清醒地躺在长凳上，倾听着甲板上守夜人低沉的脚步声，倾听着岸上的嘈杂声，心里想着接下来会发生什么。她们来到这艘船上的时间已经超过二十四小时了，自野猫号失火后，船上的这些经历让她们第一次感觉到真切地活着。每次迷糊着睡着后又会被新一轮的声音吵醒，守夜人低沉的脚步声消失了，取而代之的是老鼠的吱吱声和疾跑声。她们借着那盏灯笼发出的微光，对船舱的每个角落

进行了搜寻，看看有没有小洞，以确保那些在甲板上下“夜夜笙歌”的小老鼠进不来她们的“牢笼”，做完这些，她们才又满意地躺下。

她们第二天早上醒来的时候不知道几点了。外面的阳光透过百叶窗的缝隙和门缝照射进来，灯笼已经熄灭了。她们听着外面的动静，以为能听见远处的交谈声、鸟儿的啁啾声、松鸦响亮而刺耳的叫声或风筝乘风飞翔时发出的哨鸣声。但是整艘船上静悄悄的，没有一点声响。

“早知道就不把饭吃完了。”南希说着，不由得望向那只空空的碗。

“我们不能出去吗？”佩吉问。

“看那个守夜人怎么说。”南希说着开始猛敲舱门。

没有人回应。

“是不是他也上岸了……”南希一边说一边敲门，随后又开始顺着门的边缘摸索。

“他们不会把我们忘了吧？”佩吉说。

“他们没权利不让我们说话。”南希说。

“你在干什么？”佩吉一两分钟后问道。

“这里好像摇得动。”南希说，她此时正把童子军军刀插进门和门框间的缝隙里，“我好像移动了一点点。”

“还是别弄了。”佩吉说，“要是把门弄坏了，他们会发怒的。”

“这是他们自找的。”南希说，她此时正努力地将小刀插进缝隙用作杠杆，想要撬动什么东西，“不管是什么，反正它动了。”

“那我们出去了以后又要做什么？”

“就在甲板上四处走。”南希说，“为什么不能呢？如果看见谁，我们就朝他大喊，让他快些送早饭来。快看这里，这东西卡住了，你过来用身体往门上压。”

“有什么用?”佩吉说。

“别犯傻了,”南希说,“不是你一直嚷嚷着要出去的吗?现在我们马上就能出去了，别光靠在上面，用劲推呀。对，就这样，我又移了一点，再加把劲……不是……不是那样的……烧烤的公山羊[①]，这又不是瓷器柜，砸了就砸了。加油，一，二，三!”

木板碎裂的声音响起，破裂的门板向外重重落下，她们俩也齐齐落在木板碎片堆起的小山上。南希的脑袋挨着甲板，离她头部约莫两米的地方，有一双赤脚，巨大的脚掌上长着同样巨大的脚趾。她急匆匆地站起身。那个中国守卫此刻正瘫坐在甲板上，他的肩膀倚着舷墙，头偏向一侧，嘴巴张着，旁边放着一只小盒子和一根带竹竿的小金属管。

“嘿,”南希说，“我们要吃早饭!”她向那人俯下身，嗅了嗅，做了个鬼脸，又摇了摇他的肩膀。

她松开他的肩膀时，那男人嘴里嘟哝了一声，但没说话，甚至连眼睛都没睁。

“可能吸了鸦片,”南希说，“有很难闻的气味。”

“不会死了吧。”佩吉说着，害怕地退到船舱里。

“没死，你没听到他的嘟哝声吗?他有呼吸的，喂，你醒醒!”她再次俯下身冲那人大喊起来。

① 南希常用的水手语，表示感叹。

没有应答。无论他是守卫还是守夜人，此刻就只是沉浸在睡梦里。

“猪一样！”南希说，“至少我们能看见外面的情况了，我看这根本不是个港口。”

帆船此刻停泊在河流的入海口。近处的海岸边有连绵不断的绿色森林，一座座山峰坐落其后。另一边的海岸上有一座陡峭的悬崖直插云霄，河流上游几百米的地方分布着一些棕色建筑，掩映在密林中，再往上游走一大段距离，还有许多中国式帆船停泊在那儿。

“也许在河流上游的某处有一个港口，”南希说，“那个看着像一处要塞，另一边的悬崖下面还有一个。看那些圆木头，附近肯定有人。”

“我什么也看不到。”佩吉说。

“我能听见他们的声音，就在这些树木后面，听起来像猴舍，还有敲锣声。”

“那些人是从悬崖顶上来的吗？”

“有架望远镜就好了。”南希说，“天啊！我们好像把那根门闩弄坏了。反正怪他们，把我们锁起来。”

“不能在有人来之前修好吗？”佩吉说。

南希说：“我才不修呢。”她朝另一边望去。“过来，我们去看看亚马孙号的情况。”她爬上后舱甲板，往下看亚马孙号，此时这艘小船由系船缆绳末端紧紧拽着向后漂浮，“这群没人性的！”南希自言自语道，“至少把船座板放平吧。都是些只会躺着的斜眼郎吗？这水流还挺大的呢，船头下面的水直打漩……噢，你看！”佩吉从甲板那头冲到她身边，一眼没看那个睡着的男人。

“有人来就好了。”她说。

“我们拉一下系船缆绳，”南希说，“把亚马孙号拉过来。我等会儿下去把船座板放平，把船里的积水舀出一点来。那些人把亚马孙号运上船的时候肯定对它又摔又掼的。”

南希解开系在系船柱上的缆绳，把船慢慢拉过来，之后又来到甲板中间，佩吉不情愿地跟在她身后。

“就像这样稳住船身。”南希说。

佩吉接过系船缆绳，紧张地回头看了看守夜人。南希爬过横亘在两门大炮之间的舷墙，为自己的双脚找好着力点，之后就跳到自己的小船上。

“第二斜桅和船头斜桅支索，怎么乱成这样了？”她说，“还好我们把戽斗[①]塞在了船尾板下面。”

她开始往外舀水。

“南希，”佩吉的声音自头顶上方传来，“我不能待在船上……和它……他……”

“好吧，”南希说着，手里舀水的动作越发快了，“你下来舀水。”

佩吉翻过舷墙也下来了，南希抓住她晃动的一只脚，帮她下来。佩吉跳到了船上。

“现在，”南希说，“你来舀水，我来把东西理一理。你尽量待在那边，我把底板拿掉。继续舀水，我不信它真的漏水这么严重。水应该是

① 戽斗，用来舀船舱积水的工具。

船侧翻时流进来的，把水舀干净就知道船底有没有洞了……佩吉！你动系船缆绳了？”

“我想确认一下它有没有系紧。”佩吉结结巴巴地说。

“这下好了，绳子松了。”

亚马孙号已经远远地漂离了帆船，系在船身上的缆绳拖在水面上。

“桨架！”南希哭喊道，“桨！”接着又喊，“桨还在中国人的船上！哎呀，只能拼命跳过去了。”

“我们要漂回到海上了。”佩吉说，“啊，我们要是老实待在船舱里就好了。”

湍急的水流已经将她们冲出河流的入海口了。近岸的棕榈树顶端连成一片，像稀稀松松的羽毛，身后的山峰也快速地后退。

“到船中间来，”南希说，“舀水，继续舀，我可以用底板划水……在船尾划。动作快点，别让船翻了。舀出去的水越多，船身越平稳。我们一定要设法回去。”

“我们在和时间赛跑。”佩吉说。

“当然了，我们不能当坐以待毙的小傻瓜。你就不停地舀水。”

她取下一块底板作桨，往上游划去，划到帆船的位置。尖尖的涂漆船尾此时高高翘起，已经随激流漂了好远，此刻也没有停下的意思。南希把底板插入水中，用最大的力气划水，然后抬起，再插入，用力划水，如此反复。但亚马孙号顶多是在水里打圈圈，更多的时候还是顺流漂向海里。南希又尝试了另一种办法：她一只手放在底板的一端，另一只手臂抵在中间，把这个尴尬的东西像桨一样横放在小船的一侧，这样至少能让亚马孙号朝着正确的方向前进。

“我们的方向还是错的。”佩吉说。

“别说了，”南希不耐烦地说，“舀你的水，哇啦哇啦地说话有用吗？”

“有人在看我们，”佩吉说，“我听见叫喊声了。”

“他们得划艘小船过来。”南希说，“继续呀，舀水不要停。”

佩吉继续舀水。南希尽可能地划好手中的底板，每一划都用尽了所有的力气。她向左边瞥了一眼，高高的悬崖已经被她们甩在身后，只剩下大海了。她又扫了一眼右边树木繁茂的海岸，那里的树也在往相反的方向溜走。回到帆船的位置已经没有希望了，但在有限的时间内，也许还能赶到那处海岸。她改变了计划，不再试图逆流而上，而是试着让船身斜斜地穿过水流，靠近海岸边的树林，沿岸的水流不会那么湍急。但是沿岸的树木还在不停地向后退，南希认准一棵树作为目标，然后向它划去，无奈船身还在顺流而下，她不得不再三更改目标树。

“我们离岸边越来越近了。”她最后喘着气说。

“树林里面有人一直在追我们。”佩吉说。

“但我们还是要靠岸，”南希说，“只要我的胳膊还没断。”

突然间，她意识到她们做到了，此刻已经离岸边很近了，这里的水流平缓了很多，她抬眼寻找合适的登陆点。那里有一个缺口，后面是一个狭长的小海湾，海湾边上还长着许多奇奇怪怪的树，这些树木叶子厚实而浓密，茂盛的枝丫一直延伸到海面上。

“水快被我舀完了。”佩吉说。

“快到了。”南希说。

她们已经来到了静水区，肥大的叶子悬挂在她们的头顶上方。佩吉抓住一根枝丫使劲拉，亚马孙号借力向岸边滑去。等到两边都是树的时候，船也停住了。

“我们没桨，撑不了船。”南希说，“跳出来。”

她们跳出来的时候溅起一片水花，双膝也跪在了泥地里。她们拽着小船前进，直到脚下的地面硬实了些才停下。

“太惊险了。”南希喘着粗气说，她拿起系船缆绳，将它紧紧地绑在一棵树上，“这次它再也跑不了了。”

“我真的很抱歉，南希。”佩吉说。

“都结束了。”南希说，“我真想见识一下你打的那个活结。不管怎样，我们还是登上了中国的海岸。”

远处有奔跑的脚步声，三个中国男人穿过密密的树林跑到她们跟前，一把抓住她们的手绑在身后。

“好说，好说，”南希说，“我们没要逃跑，就是想找早饭吃。笑啊，佩吉，别让他们以为我们害怕。”

这三个中国人先是窃窃私语了一番，然后就赶着她们俩在树林里穿梭，往她们刚才来的方向走去。

第五章

“这本书是我的”

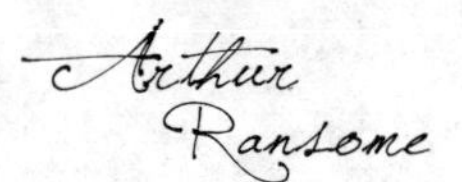

燕子号的船员往周围看了看，热带森林织起来的绿色帘幕把他们登陆的小海湾捂了个严实，什么也看不见。

“要不要把我们的东西都搬上岸？”苏珊问。

“先看看周围的情况吧，”约翰说，“也许还要急着退回海上。”

“早饭不吃了吗？”罗杰说。

“不吃了，”约翰说，“你已经把枣子和巧克力塞进嘴里了吧。”

“但是吉伯尔很饿，”罗杰说，“我要给它弄些这里的香蕉。”

“好吧。”约翰说，“你在干什么，提提？”

“我要把波利带着。”提提说着从小船上取出鹦鹉笼子。

“我只带上罗盘。”约翰说，“天哪！”没过多久，他尖叫起来，“六分仪和航海历在我们这儿，我放错船了，弗林特船长要用的。”

“如果被班轮救起就用不着了。”苏珊说。

“要是没有被救呢？”约翰说，“我希望……”

“别自责了，”苏珊说，“你现在又送不过去。”

“我知道，要是能送就好了。”约翰说，他仔细看了看罗盘，“现在海面上刮的是东南风，如果他们和我们一样被风吹过来，那么就应该差不多在那边登陆。好了，我们去找个理想的观察点吧。大家脚步放轻点，如果岛上有原住民，最好在他们发现我们之前先摸透他们的情况。”

他又看了一眼手里的罗盘，接着把它攥在手里，领着一行人在树林

里穿行，罗杰牵着吉伯尔跟在他后面，提提抱着鹦鹉笼子排在第三个，苏珊则落在队伍的最后。行路很是艰难，藤蔓植物在一棵棵树上爬行，用垂下来的枝条织起了密密的罗网，挡住他们前行的路。他们不时地要攀爬布满湿滑苔藓的岩石，岩石之间还分布着一块块的沼泽地。苏珊提醒他们注意蛇，他们也就走得越发谨慎，沿路遇到了蜥蜴，倒是没见着蛇的踪影。

他们的身边有巨大的蝴蝶轻飘飘地飞过，头顶上有奇怪的飞鸟在尖叫，草丛里蚱蜢和蝗虫的鸣叫像是把木桩打进地里做围篱的声音。

约翰猛然停下脚步，其他人忙踮着脚尖贴在他身后。

“有条小路。”他说。

“说明有人。”提提说。

“这条路肯定通向什么地方。”罗杰说。

小路的拐角处又出现一条岔道，约翰停下来看罗盘。“一条通向西北方，”他说，“另一条大致通向东边。我们去东边看看海上什么情况。有意思，我刚才没在海岸上看到有建筑。”

“跟紧了。”苏珊说。

“要不要刻下标记?”提提说，“防止我们急着回来找不到路。”

“好主意，提提，”约翰说，“我怎么没想到。”

提提已经拿出了她的小刀，抬手在一棵树上划口子。刀刚插进去，立刻就有浓稠的树浆溢出来，那些大蝴蝶还没等她划完，就附在口子上吸食，振动的翅膀拍打在提提的手指上。

“很好，”约翰说，“走吧。”

这下路好走多了。有人为他们除掉了藤蔓，还有人清理了地面上的热带灌木丛。路边突兀的树桩表明有人砍过这里的树。他们一路急行，不时地可以瞥见右手边粼粼的波光。突然间，他们已行至海岸，坚硬的岩石自脚下铺开，眼里所见尽是一片开阔的海面。

“哇，多好的一把椅子。”罗杰说着向前狂奔，临近时猛地抬起屁股，坐了上去。

这是一把由岩石刻成的巨大的扶手椅，扶手末端雕刻成龙头，椅子背面隐隐约约刻有一条腾飞的龙。

“倚在上面还挺硌人的，”罗杰说，“不过是个瞭望的好地方。”

他们四人齐齐望向远处的大海。

“正对着太阳，”约翰说，“这样不好，如果有船过来我们看不见。我们等会儿再过来，另外一条路应该也不长，我们先去看看那条路的尽头是什么。麻利点，罗杰，快起来。”说着，他们沿来路返回。

他们来到了提提划的口子那儿，密密麻麻的蓝蝴蝶正栖息在口子上。约翰走得越发慢了，时不时地停下步子聆听周围的动静。

“我们可不想突然撞见什么。”他说。

“如果听见别人来了我们要怎么办？”罗杰问。

“飞快地逃离小路，然后卧倒，”约翰说，“不要像大象一样留下痕迹，像蛇一样悄无声息地隐藏起来。”

“可是蛇不会跳①。”罗杰说，但只有提提听见了。

---

① 原文是“shakes don't hop”，上一段中约翰用了“hop off”这个词，意为飞快地逃离。罗杰只说了“hop”，意指跳，这是在跟约翰抬杠。

“这座岛真小，”约翰说，“我们差不多已经走到另一边了。嘿……”他突然刹住了。

“怎么了？”罗杰问。

“嘘！”苏珊说。

“房子。”约翰小声说，“你们待在原地随时准备逃跑。”

“千万要小心。”苏珊说，但是约翰已经消失在小路的拐角处。提提和罗杰站在原地，苏珊也和他们待在一起。他们看见约翰小心翼翼地向前走，等到小路终于离开树林的时候，眼前出现了一个绿色砖瓦铺就的屋顶，屋顶的一角盘伏着一条雕刻而成的红龙。屋后矗立着那座他们登岸时见到的悬崖，崖底流淌着黑色的河水。

“往回走一点，”苏珊说，“约翰说我们要准备好随时逃跑。别松开吉伯尔的牵引绳。”

一分钟又一分钟过去了，约翰跑着回来了。

“没人住在那儿，”他说，“我进去过。可真是座奇怪的房子。这条路直通码头，但没船停在那儿。除了这条路，没其他路了。”

“过来点，吉伯尔，”罗杰说，“现在可以放心往前走了。”

他们走近时才发现，房子确实很怪：下垂的屋脊两端都“盘”着一条红色的龙，房屋四周的拐角处还有四条。屋檐悬在横跨整座房子的两级台阶上。台阶后面是一个露台，再往后，房子是开放式的，仅有一堵矮墙，中间有一个开口，好像是一扇门。开口的两边各有一根木柱，所以房子的整个正面看起来好像是由一个没有门的门廊和两扇没有玻璃的大窗户组成的。

夜晚的借宿处

“只有一间房。”苏珊说。

“后面好像还建了一间内室。”约翰说，“整座房子更像是避暑别墅。”

“为什么没人住在这儿？”苏珊问。

“可能房子的主人死于瘟疫了。”提提说。

“瞎说，”约翰说，“可能就是座避暑别墅，这座小房子也作不了他用。”

他们走了进去，踮着脚，窃窃私语，好像房子的主人睡着了，他们不想吵醒他。

“有人住在这里。”苏珊说，眼睛习惯了黑暗的环境后，她看到了房间角落里一只打开的橱柜，“普利默斯汽化炉……水壶和两只杯子……还有一罐石蜡……”她拧开盖子，闻了闻。

“肯定有人住在这里，”罗杰说，“还是个英国人，看看这个。”

在离入口最远的一个角落里，有一张矮木桌和一张雕刻过的凳子。罗杰翻开桌上的几本书。

“有人在上拉丁语课。”他说。

“这只盒子里都是茶叶。”苏珊说，仍然站在碗橱旁。

“看这里，苏珊，”约翰说，“剑桥大学教程。这是维吉尔让人头疼的《埃涅阿斯纪》①。”

“还有一本拉丁语英语词典。”提提说。

罗杰正在看一本薄薄的练习本。“有人在翻译，”他说，“才刚刚开始。我稍微懂一点拉丁语……这里埃涅阿斯神父开始了长篇大论……我们上

① 《埃涅阿斯纪》是古罗马作家维吉尔创作的一部史诗，罗马文学的巅峰之作，取材于古罗马神话传说，叙述埃涅阿斯建立罗马国家的故事。

学期在学校里学过。”

“如果他们是英国人，那我们就没事了。”苏珊说，“那里面有什么？”她正通过开着的房门看向里面的房间。

其他人放下书本，和她一起看。不知道为什么，他们中没有一个人跨过门槛走进那间内室。一束微弱的光线透过侧壁上留下的方形孔洞照进去，他们可以看到房间是空的，只有一只巨大的漆成红色的箱子。箱子上立着一块椭圆形的木头，下半部分叉开，漆成红色，上面写着金色的汉字。

“这像个祭坛。”约翰说。

“我们应该来这里吗？”提提说。

“为什么不能来？”约翰说，“如果有人可以在这里苦学拉丁语，那我们也能来。”

罗杰又走回到书本那儿。“写的是英语还是汉语呢？”他说，“看看这个，她写了很多遍自己的名字。”众人越过他的肩膀看向《埃涅阿斯纪》的扉页——上面一遍又一遍地写着一个名字：

Li	李
Miss Lee	李小姐
Miss Lee，B.A.	李小姐（文学士）
Miss Lee，M.A.	李小姐（硕士）
Miss Lee，Litt. D.	李小姐（文学博士）
Miss Lee，Litt. D.，etc.	李小姐（硕士，博士）

他们盯着边上写着的许多汉字。

“李小姐，”提提说，“你们不记得港务长的话了？”

“噢，他瞎说的，”约翰说，“他说中国人用她来吓唬他们的孩子。那是‘Missee Lee’，不是‘Miss’。谁会怕一个女学生？”

“但那些汉字是什么意思？”

约翰说：“如果我们在中国长大，我们也会懂中文。”

“她懂得不多，”罗杰说，“她只写了前四行。我们在最后加一行，还要画一张画。”

他给一行人指了指写在词典开头的拉丁语诗句——学生们用来警告别人不要偷他们的书：

此书属于我，
上帝是见证，
若人欲盗抢，
必将上绞架。

“没有最后一行是不行的。”罗杰说。

“不管怎样，”苏珊说，“如果是一个女孩在这里做功课，她不会介意我们使用房子的。还是把燕子号上的东西运过来吧。”

“我们驾船绕过来吧。”提提说。

“船还是待在原地的好。”约翰说，“首先，没人能看到船，其次方便我们随时逃跑。最后，我们还要关注岛的另一边，弗林特船长还有其他人可能出现在那儿。”

“我们今晚就睡在这儿吧，”苏珊说，“在燕子号上待一夜已经够受的了，而且我们也没有帐篷。来，大家都搭把手。”

“我们去看看码头吧。”约翰说。

小路自小屋顺势而下至一处小海湾，小海湾里卧着一座石砌的码头，叫人忍不住想把船停在这儿。但约翰已经注意到小海湾的对面有一座陡峭的悬崖，崖底之下也有一处登陆点，此外还有一条小径攀着悬崖绕上去。他指给苏珊看。

“没有房子，”苏珊说，“我也看不到任何人。”

“我们上码头去吧。”提提说。

“别离开树林，”约翰说，“在摸清对方底细前还是不要让他们发现我们的好。”

“我们把东西拿来这里。”苏珊说。

“好的，”约翰说，“我们过去拿。罗杰呢？”

他们转身发现罗杰正好从房子里走出来。

“我把她不知道的那句补上了，”他说，“她应该会很高兴。我还画了图。”

“罗杰！”苏珊大叫，“那是别人的书！”

“我没乱写。”罗杰说，“如果她知道那句话，她自己也会加上去的。”

苏珊匆匆走上台阶，进了小屋，约翰和提提跟着她。此时词典打开着，扉页上的拉丁语押韵诗变得完整了：

此书属于我，

上帝是见证，

若人欲盗抢，

必将上绞架。

接下来是罗杰手写的一行：

下场就如他。

下面还有一幅图画。

Hic liber est meus
Testis est deus
Si quis furetur
Per collum pendetur
Like this poor cretur

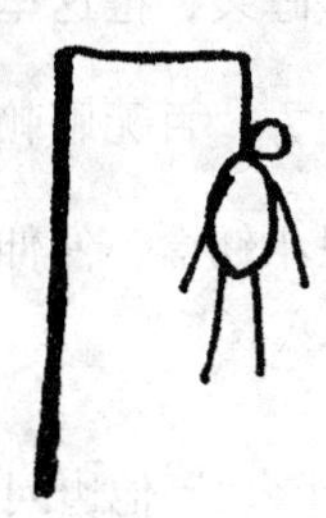

罗杰的杰作原图

“你有橡皮吗，提提？”苏珊冷淡地问。

“我的铅笔是复写笔。”罗杰说。

“的确是，”苏珊说着，把词典拿到了房子的前面，那里有更多的光亮，“我们怎么也擦不掉了。”

“你会越擦越乱，”罗杰说，“而且我写得很认真。”他又看了看边上的图画，忍不住咯咯笑起来。

“但这不是你的书呀。”苏珊说。

“罗杰，”约翰说，“你不是个合格的船员，不值得信赖。你就是一个傻瓜，很傻很傻的那种，我们的好运可能就被你折腾完了。如果那个女孩因为你在她的词典上乱写乱画生气，有你好看的，当然了，也有我们好看的。先这样吧，大家快帮忙搬东西。”

大家都不说词典的事了，包括罗杰，虽然在忘记这件事之前，他还不时自言自语地抱怨大家对自己不公平，最后也闭口不谈了。但他始终认为这是一幅好画，任何人都会喜欢的。

跑一趟足够把他们从野猫号上救出来的东西运过来了。约翰小心翼翼地把弗林特船长的六分仪和航海历堆放在稍大些的那间房里。苏珊开始摆弄那些睡袋，把这里打造成一间宿舍。罗杰呢，他在离放词典的桌子远远的地方，百无聊赖地四处搜寻。突然间，他发现碗橱里的水壶后面放了一只小锡盒，便伸手去拿。苏珊立即向他走去，告诉他离那只碗橱也远一点。

“这是什么？”他边问边打开盖子，闻了闻，“小小的果冻方块。”

“你一块也不能吃。”苏珊说。

“谁要吃了？”罗杰说，“你请便，这是甲基化物质，固态。”

苏珊从他手里拿过盒子，嗅了嗅小方块，又看了看盒盖。“元燃料，”

她读道，“产自新加坡。”看过外面的标签后，她又补充了一句。

“他们一定是英国人。”提提说。

“我要去煮茶了，”苏珊说，“但愿这个东西可以帮着点燃汽化炉。”

“那是别人的汽化炉。”罗杰说。

“这个不一样，”苏珊说，“用完后我会洗干净的。要是房子的主人在，他们也会给我们煮茶的。”

“快点，”约翰说，“我们还要去看看海上的情况。”

“先吃饱了再说。”苏珊说。

她摇了摇炉子，发现里面还有油。她取出两块小小的燃料块，放在炉子上放甲基化固态酒精的地方，接着又找到了清洁剂，擦了擦喷嘴，然后把燃着的火柴置于小方块上。小小的方块立即就融化了，变成了酒精，上面有跳跃的蓝色火焰。他们都盯着蓝色的火焰出神，直到火焰燃尽，苏珊才关上阀门，按压了几下泵，炉子轰的一声燃起来了。

“水呢？”

“快，快，现在就去找。”苏珊说。

“我们登陆的地方有一股细流。”约翰说着，拿起水壶跑开了。他回来时，水壶已经装满了。“是活水，”他说，“附近一定有泉水。”

十分钟后，水开了。苏珊把一小把茶叶放了进去，之后用她的童子军军刀的刀尖搅拌。约翰从定额食物铁盒里取出一罐干肉饼打开，提提则从里面拿出饼干。“一人两块。”苏珊回头说。罗杰在数他们还剩几块巧克力。

“我们把马克杯和烧水杯都忘在燕子号上了。”提提说。

“这里有两只杯子。”苏珊说。

“太迷你了。”罗杰说。

“喝水够大了。”苏珊说。

“是别人的，”罗杰说，“就像炉子、固体酒精、茶叶，以及那本叫人讨厌的词典一样，都是别人的。”

碗橱里没有汤匙和刀叉，只有一把筷子，这使他们又开始想房子的主人是英国人还是中国人的问题。自那次借着野猫号主帆下那块阴凉地吃咖喱、喝橙汁后，他们就再没好好吃过饭。对饥饿的肚子来说，手指和刀叉一样好使。就算约翰再怎么急着去小岛临海的那面也阻挡不了他们此刻好好吃饭。约翰美美吃了餐饭，但是比别人都吃得快。罗杰说觉得自己也可以在约翰后面很快吃完，这时约翰已经走到外面廊檐下，查看是否有人在悬崖的小道上或者水面那边的上岸点活动，其间看了两三次大家有没有吃完。

“我来清洗炉子、杯子，还有水壶。”苏珊最后说。

“听着，苏珊，”约翰说，“我们早就应该去侦查了，我要确保小岛的另一边也没人。东西先放着，回来再清洗吧。”

“要不了多长时间的。”苏珊说。约翰知道说也白说。

“好吧，”他说，“你们忙完了就尽快沿着小路去石椅那边，一块儿过去。我在那边与你们会合。我从海岸边绕过去……我会看着树林边缘，要有人确保安全。一起走可能要多花些时间，但一定要打起精神。”

“我们会比你先到达石椅的。”罗杰说。

“我相信你们会的，”约翰说，“我走的那边连条小路都没有。”

约翰又看了看房子周围，然后尽量贴着海岸走，同时又不远离树林，绕着小岛向北面前进。

约翰走了之后，苏珊尽量加快手里的动作。她让罗杰去外面廊檐下看着，以防有人从对面悬崖底下走过来。不管那些人是中国人还是英国人，她都不想独自和他们打交道。一切都尽可能地物归原位后，她环视了一下房间，想到要把睡袋卷起来，这样宿舍会更整洁。她在口袋里装进一块巧克力以备不时之需，之后就随着罗杰、吉伯尔、提提和波利沿着小路穿过树林。

“我就说我们会先到的。”罗杰说，和上次一样，他又坐上了那把大椅子。

“他绕过来可能要多花些时间。”苏珊说着，似乎已经听到约翰在树林里披荆斩棘开路的声音。

“就好像船还没有被发明出来。”提提说着，视线定格在空荡荡的海面上。

在他们的左手边，树林连成一线，后面有一座小山，一直绵延至远方。在他们前方右手边的地方，波光粼粼的海面从脚下一直延伸到天际。海面上无帆、无船、无从蒸汽船上升起的滚滚浓烟。此情此景，很难叫人相信，就在昨天他们才看着野猫号倾覆。此时此刻，南希、佩吉还有弗林特船长还乘着亚马孙号在不知道哪里的海域上漂流着寻找燕子号的踪迹，除非他们真能被班轮救起，那他们就在去上海、横滨或香港的路上。

约翰走到跟前，他们才发现。

“你好呀，原住民朋友。”罗杰打趣说。

“我绕了一圈，”约翰说，“岛上没人。除了连着房子的那条小路，没别的路了。那座悬崖和那边的陆地之间有一个小海湾还是什么，小山和海岸中间的陆地上有很多树。这些树沿着海岸生长，看着好像离得相当远，还有那座悬崖，悬崖底下的树看着近多了，但也说不准。我到处都看不见房子和人。”

“那我们接下来做什么？”苏珊问。

“我们有食物。”约翰说，“我们目前处境安全，现在要做的就是保持瞭望。弗林特船长发现我们不见了之后一定能猜到发生了什么，他会知道我们往哪个方向漂的，也会试着来寻找我们的。他有罗盘，希望他用不到六分仪……天哪，多希望当时把他往亚马孙号上拖的时候记得把六分仪给他。当然亚马孙号也可能正在海上漂流，离我们不远。他们很可能沿着海岸划船，寻找我们的踪迹。”

“他们要是错过了我们，那就糟了。”提提说。

“所以我们要盯紧点。”约翰说。

“现在风势不错，有利于他们划船。”提提说。

“东北风停了，”约翰说，“也没有浪涌了，我们现在就像受到了庇护。希望这么好的风势也能把他们送到这里来。”

“也许下一分钟就能见到他们了。”苏珊说。

“但如果像弗林特船长说的，他们被班轮救起怎么办？”罗杰问。

“那他们在抵港之前也做不了什么。”约翰回答，“不管怎样，我们是安全的。我们有食物，有住的地方，我们所要做的就是坚持住，做好瞭

望而已。”

“但是房子的主人可能随时会回来。”苏珊说。

“保佑他们别回来。”约翰说，“他们也可能通情达理，那回来也行，但最好还是弗林特船长先找到我们。”

一整天他们都坐在岩石上的那把石椅上瞭望。随着时间的流逝，太阳渐渐西移，更能看清海上的情况了。困意袭来，他们开始轮流充当海岸警卫员，余下的三人就躺在不远处的树荫下。在燕子号上颠簸的那一夜让他们此刻很难保持清醒，但想真正睡着也着实不易。恼人的小鸟和蝴蝶、不安分的吉伯尔以及叫人不安的梦境次第叫醒他们。时间还在流逝，太阳此刻早已过了头顶，现下正向西边的地平线下沉。一小时又一小时，他们就这么观察着。浪涌早已止息，只有微风略略吹皱海面，同时也是亚马孙号的好助力。但这么长时间过去了，海面上始终没有他们的踪影。

直到黄昏时分，他们才看见一艘帆船。

坐在椅子上的罗杰是第一个看见的。他立即起身，索性站在石椅上。

“船帆——哎！”他大喊，“约翰，醒醒！”

大家立刻都醒了，看见罗杰正指着一个方向。

“棕色的，”提提说，“这不是亚马孙号。”

约翰用望远镜观察。“三根桅杆，”他说，“只可能是中国帆船……往我们这边来了。”不一会儿他又补充道：“比刚才更接近那个岬角了。”

“如果真是中国帆船的话，我们最好还是躲着。”苏珊说。

“谁知道呢？”约翰说，“我们最好低着身子……帆船越来越近了。”

“天马上就要黑了，”苏珊说，“我们最好趁现在还能看见路的时候回去。”

“好吧，”约翰说，“再等一下。那艘船正好沿着那边的海岸航行。看来和我想的一样，那边一定有小海湾，或许还有港口。”

“但是没有灯塔和浮标呀。”提提说。

“那里一定有什么，否则那艘船不会过去。”

“再等下去我们就看不见了。”苏珊说。

天已经黑了，那艘中国帆船的棕色船帆在片片树林织就的绿色帘幕的映衬下缓缓漂来。

“船马上就要过来了。”

“喂！他们挂灯笼了。”提提说。

“走吧。”苏珊说，“跟上，提提。我来拿波利的笼子，好吗？别让吉伯尔又跑走了。”

他们最后看了一眼那艘帆船，忽然一种莫名的失落感涌上心头：为什么那艘帆船不是亚马孙号呢？弗林特船长、南希和佩吉是不是还在海上漂着呢？还是说他们已经被班轮救起，此刻却也离他们越来越远了？他们心里带着无数疑问，沿着那条昏暗的小道急行，终于又回到了那处房子，苏珊摸索着防风灯的位置，约翰早已准备好了火柴。

“把灯放在屋后，”约翰说，“这样就没人能从陆地上看到它了。”

苏珊拿着防风灯往桌子那里走，她准备把灯放在桌子上时，差点失手掉在地上。“罗杰！”她大惊，“你又把书拿哪儿去了？”

“我没碰呀，”罗杰说，“最后一个碰它的人是你，你当时还怪我不该在上面画画。”

“书不见了。”苏珊说。

他们紧张地四下寻找，但一切都和原来一样，只有剑桥大学教程、词典和练习本不见了。

“有人来过，还把书拿走了。”提提说。

“肯定不是吉伯尔，”罗杰说，“它一直都和我待在一起。”

“其他人来过，”约翰说，“有人知道我们在这里。”说完，他立即往外跑，眼睛盯着黑暗中悬崖的方向，但所见之处并无光亮。

突然间，砰的一声巨响从悬崖后方传来，一声之后又接连响了两声，最后砰砰声不绝于耳。其他人闻声都跑了出来。

“那是什么？”提提惊问，“打架吗？”

“枪声。”苏珊说。

“就像‘火药阴谋[①]’那天。”罗杰说。

“是爆竹，”约翰说，“附近肯定有海港。是那艘中国帆船抵港了，可能是鱼捕得多，朋友们都放鞭炮庆祝他们归来。天哪，到底是谁把书拿走了？”

“我们什么也做不了。”苏珊说，“他们没有动我们的东西，我们的沙丁鱼、枣子都还在，睡袋数量也对。看来现在不会有人来了，但是我们要准备好他们明天早上来。”

---

① 火药阴谋，由于英国国王詹姆斯一世拒绝给予天主教徒同等权利，1605 年 11 月 5 日，一群亡命之徒试图炸掉英国国会大厦，并杀害正在其中进行国会开幕典礼的詹姆斯一世和他的家人，以及大部分新教贵族。他们企盼“火药阴谋”引发叛乱，从而使詹姆斯一世的女儿波希米亚的伊丽莎白能够成为天主教元首。但阴谋在计划发生之前数小时流产了。每年的 11 月 5 日，英国人以“大篝火之夜”（即“焰火之夜”或“盖伊 · 福克斯之夜”）来庆祝阴谋被粉碎。

第六章

是他们！

他们一晚上都没睡安稳，天刚亮就醒了，醒来第一件事就是扭动身体，因为木头地板上的睡袋可称不上是床垫。他们翻身起来，想到那未曾谋面的访客。

“桌子上还有什么可看的呀？”约翰说，“书都已经不在了。”

“我在想这一切是不是我做的梦。”提提说。

“是梦就好了。”约翰说，“我就是不明白来人为什么不碰其他东西。”

“谁去把水壶装满水？”苏珊说，她此刻已经在炉子边上忙活起来了。

罗杰马上去了，约翰和提提紧随其后。他们绕过睡觉的那座奇怪的中国房子，一路穿过树林，来到约翰发现那股淡水的地方。罗杰拿着水壶跑在前面，突然又停了下来，然后飞速往回冲。

“我看到一艘载人的船了，”他说，“正朝我们这边驶来。”

“蹲下！”约翰立即说，他们三个都藏了起来。

“什么样的人？”提提小声问。

“喏，他来了，”罗杰低语，“看他的帽子。”

那个人正坐在一艘长长的棕色平底船的船尾。他神情怡然，只是有一搭没一搭地划着桨，在这座岛屿和巨大的悬崖之间像只螃蟹一样穿过水道，晨光照亮了悬崖上的那条小路。他的帽子是顶黄色圆帽，中间有个尖顶，阔大得似撑起的伞。平底船的舷缘上十几个黑色的东西一字排开。突然，其中的一个先是一动，接着黑黑的翅膀伸展开来。

“是鸬鹚。”提提压低声音说。

就在这时，在离船不远的地方，他们看到了一只鸬鹚：长长的头和脖子，嘴里还叼着一条鱼，正破水而出。那只鸟飞到船边，渔夫用网把它捞进船里。

“他正在倒空它肚子里的鱼。”罗杰说。他们看到渔夫抓着鸬鹚，另外三四条鱼从它张开的嘴里掉了下来。

“还有一只。”提提说。

“嘘！”约翰说。

另一只鸬鹚从船边上来，同样被捞进船里，倒空，然后搁在舷缘上任其拍打翅膀、晾干羽毛。船越来越近了。渔夫放下桨，用一根长竹竿戳了戳水底，顺利探到水底后，开始把他的船撑到靠近岛岸边的浅滩上。

约翰下定了决心。

“他不像坏人，”他说，“就是一个普通渔夫。”

“他也许愿意给我们一些鱼。”罗杰说。

“但他好像不懂英语。”提提说。

“反正不是海盗就行。”约翰说，“我想跟他打声招呼，跟上。”

他们齐齐站起身。

“啊嘿！”约翰喊道。

对面的悬崖上传来响亮的回声。渔夫此时正站在他的船尾，慢悠悠地撑着船，听到声音他看了看悬崖，又看了看小岛，最后看见约翰、提提和罗杰站在那里向他招手。

之后船身剧烈摇晃起来。有那么一会儿，他们以为渔夫就要把船弄

鸬鹚捕鱼人

翻了。渔夫喊了些什么，然后奋力稳住自己，又喊了一声，这下他没有再把平底船往岸上撑，而是把它撑进了更深的水里，随后又放下手里的竹竿，拿起桨疯狂地划动，像极了逃命时的模样。

“喂！喂！”约翰和罗杰喊道。

“我们是朋友。”提提喊道。

他只是划得更快了。

“他在害怕什么？”罗杰说。

“你听到他喊什么了吗？”提提问道。

“反正是用汉语说的。”约翰答道。

“他好像说到了李小姐。”提提说，“我很清楚地听到‘李小姐’，两次呢。”

“你不可能听到，真的。”约翰说，“你听别人说外语时，那感觉就像是在听呓语。”

“现在也没必要再躲藏了，”罗杰说，“我们去码头吧。”

他们去了码头，站在那里看着渔夫，直到他消失不见。

“是他拿走了那些书吗？”罗杰说。

“我感觉他根本不知道这里有人。”提提说。

“拿走这些书的人，”约翰说，“可能来自正对面，那里有一个登陆的地方，或者他和那个渔夫来自同一个地方。”

“拿书的不是男人。”罗杰说，“看看这个。”他拿出一支长长的玳瑁簪，簪子的末端有一颗绿色的珠子，“我就是在这儿发现的，一定是她上船时不小心弄丢的。”

“有点像发夹。”约翰说，“我说，苏珊一定等得发狂了。还要不要装水了？”

他们把水壶装满水，拿回给苏珊，告诉她发生了什么，还给她看了簪子。

“他往哪儿走了？”苏珊问道。

约翰指着渔夫离开的方向说：“他穿了过去，然后沿着悬崖下划行，应该是去了拐角处的那个港口，就是昨晚人们放鞭炮的地方。”

“噢，好吧。”苏珊说，“他会告诉港口的人，那里的人会派船来的。”她把水壶放在炉子上，接着说：“约翰，你打开三听沙丁鱼罐头。”

“拿走书的另有其人。”罗杰说，看着手里那支饰有绿珠的簪子。

“我们把它放在放书的桌子上，”提提说，“这样她下次来的时候就能找到了。”

“你知道这意味着什么吗？”约翰一边说，一边舔着手指上的沙丁鱼油，然后去拿干肉饼和枣子，“我们中得有人留在这里，以防有人来。”

“他们肯定会来，”提提说，“因为那个鸬鹚捕鱼人会告诉他们我们的事。”

“我知道。”约翰说，“但是谁去守着亚马孙号的消息呢？我们也得有人在岛的另一边瞭望。”

“提提和罗杰去。”苏珊立刻说道，“如果他们看到亚马孙号或任何人从海上来，会有足够的时间溜回这里告诉我们。但是如果有人来这里，我们必须解释使用他们的房子、炉子以及所有东西的事情，至少我得解释。如果有人从港口来，约翰也应该待在这里告诉他们往哪里派一艘船

去寻找其他人。”

“我要留在这里。”罗杰说。

“提提一个人去那里不行，”约翰说，“你们两个都要去……一个给亚马孙号发信号，一个跑回来叫我们。”

“噢，好吧，”罗杰说，“那也是三个，还有吉伯尔呢。”

“我带波利去。”提提说着，往笼子里的喂食箱投去新鲜的鹦鹉吃食，还不忘放一把在她的口袋里以备不时之需。

“看看燕子号，保证它的安全。”他们刚走上密林间那条阳光与阴影交错分布的小路时，约翰在他们身后喊道。

他们来到提提在树上划的口子前，上面覆盖着溺死在口子里渗出的树浆里的蝴蝶和飞蛾。他们自己的行踪也显露无遗——任何人都可以从被割断的攀缘植物和被踩踏的灌木丛看出有人走过那条路。他们急忙跑到小海湾，发现燕子号停在那里，一切都和他们离开它时一样，除了一只蓝头绿身的大蜥蜴正在舷缘上晒太阳。

“普通的蜥蜴，”罗杰说，“抓住它。”

但是蜥蜴没有给他任何机会。只见船边闪现一道绿光，蜥蜴就不见了。

“走吧，”提提说，“我们还会看到更多的。得去石椅那里，已经晚了好几个小时了。”

“我们再也见不到比这更大的蜥蜴了。”罗杰说。

他们又回到小路上，继续赶路，一直走到石椅处。

“没必要火急火燎的，”罗杰说，“不还是没人嘛。”

周围一片死寂。太阳照耀在荒无人烟的海面上，左边的绿色森林和它后面连绵的青山倒映在如镜的海面上。他们躺在石椅旁，静静看着。鹦鹉继续吃它的早餐，而吉伯尔正吃着罗杰上岸时发现的树上的绿香蕉。一个小时过去了，也许更久。突然，在很远的地方，他们听到了敲锣声和微弱的叫喊声。

“这不像是港口的喧闹声。”提提说。

“没有起重机，”罗杰说，“没有挖泥船，没有打桩机，也没有人敲打船上的铁锈。”

“只有人发出的声音，”提提说，“希望能看到他们长什么样子。”

“我们不是见过一个了嘛，”罗杰说，“就是那个鸬鹚捕鱼人。天哪！我还没见过谁用鸬鹚捕鱼呢。你还记得我们在湖上看见鸬鹚的时候，还想学它们吗？”

“那都是好久以前的事了，”提提说，“还是在我们第一次乘野猫号航海之前。”

“失去它真是太糟糕了。”罗杰说。

“是的。”提提说。

“而且还得坐汽船回家。”罗杰说，“但是我们还有燕子号，南希和佩吉也还有亚马孙号。弗林特船长还有他那艘旧船屋。”

“这不是一回事。”提提说。

“我敢打赌，他会再买一艘双桅纵帆船。”罗杰说。

但是提提什么也没说。燕子号和它的船员都平安，无论如何，他们很快就会没事了。可是其他人在哪里？如果没人救他们，那昨天一天一

夜，甚至到现在亚马孙号还在烈日下，看不到任何陆地。他们的口粮越来越少，水也越来越少。那首诗是怎么说的？“水，水，到处都是，却没有一滴可喝。”约翰和苏珊从来没说过有危险，但是他们交谈时的神情出卖了他们。她眺望着大海，眼睛里涌上一层水雾，于是摇了摇头。水面上射来一道刺眼的强光，周围的绿树和棕色的山丘看得更清楚了……

“啊嘿！”她突然高声喊道。

“这是什么？”罗杰吃惊地喊道。

“看，看，”她几乎低声说，“那是不是亚马孙号？”她掏了掏口袋，拿出望远镜，“在那边……没有桅杆……在我们和树木之间。”

这架望远镜从来没有这么难聚焦，她调了半天才调好。

“是他们！是他们！我能看见佩吉和南希……但是她们在用什么东西使劲划船……弗林特船长不在那里，她疯了一般地划船……咦，她们怎么好像划走了？船尾在前，怎么不划进来？一定是激流冲的。快点，我们去帮帮她们……不……罗杰，我来照看吉伯尔，你跑去告诉约翰和苏珊。我在这里盯着她们的动静。”

“让我看看。”罗杰要求。

她抓住吉伯尔的牵引绳，把望远镜给了罗杰。罗杰只看了一眼就又塞给了提提，然后调头就跑，胳膊肘向外，头向后仰，就像在学校比赛一样。

提提把她的胳膊伸进系着鹦鹉笼子的帆布吊环里，这样她就能背着鹦鹉笼子，手也能腾出来拿望远镜观察前方。是的，那就是亚马孙号，南希疯狂地划着船，船尾先出海。

“啊嘿!”但没人回应，太远了，佩吉还背对着她，从飞溅的水花中她可以看到南希在划桨。约翰还要多久才能来小海湾?他会和他们一起把燕子号弄下水，毕竟是他们四个人齐心协力才把它拉上了岸。但她必须盯紧亚马孙号，一刻也不能让它离开视野。接下来，她看到亚马孙号似乎离那远处的海岸更近了。南希一定是挺住了最激烈的水流，船身已不再倒退了，转而慢慢靠近那些岸边的树。然后，就在提提听到约翰和罗杰一起喊的时候，亚马孙号消失了。先前能看见亚马孙号以及它后面的树，现在就只有树了。驶进小海湾之类的地方了吧，提提想。她的眼睛盯着亚马孙号刚刚消失的地方，想起了过去的一次“躲猫猫”。她忙做好标记。“来了!来了!”她喊道，船消失的地方过去一点有一棵高高的棕榈树，再过去一点的地方，树林后小山的轮廓线凹陷了下去。她又看了看以确定无误，然后才拉着身边乱蹿乱跳的吉伯尔，背着晃动的鹦鹉笼子，跑去跟其他人会合，背上的鹦鹉在笼子里不安分地尖叫着。

“提提，在这里。”提提刚到小海湾，约翰就唤住了她，“你确定吗?不是只有罗杰看见了吧?”

“你知道罗杰的。”苏珊搭话。

“我们都看见了。”罗杰说。

“就是她们没错。”提提说，“南希和佩吉在亚马孙号上，但不知道出了什么问题，南希在划桨，船身却不动，还船尾朝前，但最后她们还是上岸了，进了岸边的林子，之后我就看不见她们了。”

“你标记了她们的位置吗?”

“那里有一棵高高的棕榈树，山的轮廓线也凹陷了下去。”

“没关系，我们去追她们。你看，悬崖上有动静，上面有人，我们看到他们下来了，他们会过来的。”

“我们可以回头见他们，”苏珊说，“找到弗林特船长和其他人最重要。”

“我们没有看到弗林特船长。”提提说。

“如果你确定没看错，那弗林特船长肯定也在附近。他们肯定和我们经历了同样的事情，说不定我们一直都离得不远。不管怎样，很快就没事了。你抓住罗杰对面的舷缘，苏珊和我抓住船尾，现在一起——抬！”

他们一起用力抬。“再加把劲。”约翰喊道，“再抬一下，船就能浮起来了。”

燕子号的船尾浮起来了，但船头还搁浅在海滩上。众人纷纷上了船，先是提提和她的鹦鹉笼子，接着是苏珊，之后吉伯尔和罗杰也依次上来了，最后约翰用力将船一推，船身瞬时全部浮在海上，他也随即自船头跳入。

“桨架！”约翰说，“干得好，罗杰，你到船头来，留意船底下的礁石。”

“噢，太讨厌了，太讨厌了，”提提说，“多希望这海面不这么平静。”

“一点风力都没有。”约翰说。

“我来划船。”苏珊说。

“我得先让它走起来。”约翰说着，此刻他已经调转了船头，正划船缓缓驶出小海湾，“撞到船可就不好了，”他自言自语道，“那我们哪儿都去不成了。”

驶出小海湾之后，约翰沿着海岸划桨，使船身靠近石椅的位置，这样，提提就能准确找到她看到的标记。

“石椅在那儿。”罗杰说。

“快点，提提。”约翰说。

“没到地方呢，”提提说，“轮廓线上的凹陷处离棕榈树好一截呢。”

约翰继续划船。

“越来越近了，”提提说，“马上到了……到了。”

“我们会找到那些标记的。”约翰说，“你看着标记，当我们的罗盘。苏珊，你也和我一起划桨吧，我在船头划，罗杰去船尾。苏珊，你就待在座板中间，还有别让吉伯尔捣乱。”

很快，他们准备好了。“开始吧，苏珊。”约翰说。

“我感觉，”提提几分钟后说，“我们和对岸之间有很强的水流。”

“你看着标记就好。”约翰说，“很快你就能看出我们是不是被水流冲偏了方向。”

“是什么人从崖上下来？”罗杰问。

“没看见，”约翰说，“望远镜在你那儿。”

“有多少人？”

“不清楚。”

“不止一个？”

“对。”

“超过两个？”

“闭嘴，”约翰不耐烦地说，“我们还得划桨。”

“好吧，到底有多少人?”

“反正很多。”约翰答道。

“四五十人吧，”苏珊接话，“他们还吹着奇怪的口哨。”

“一定是那个渔夫告诉他们的，”罗杰说，“或者是那个拿书的，她看见苏珊用她的炉子了。”

“他们知道我们会回去的，”苏珊喘着粗气说，“我们把睡袋还有其他东西都留在了那里。”

“划，苏珊，”提提说，“凹陷的地方离树太远了。”

“这儿有激流。”约翰说着，去看提提的手，她的手就像罗盘的指针一样，直直地指着亚马孙号消失的地方。

“划船，苏珊。”提提又一次开口。

“先别管方向了，”约翰说，“一直待在激流里可不妙。我们横穿过去，你随时告诉我们标记是否在一条线上。”

“现在就不在一条线上，”提提说，“凹口跑到右边去了，还在不断往右边去……现在不动了……现在开始往左边移了……在一条线上了。”

“接下来会划得很吃力的。”约翰说。

“她们看见我们过去就会等我们的。”罗杰说。

“她们不会离亚马孙号太远的。”提提说。

“看来短时间内还找不到她们。”约翰说，“从悬崖下来的那群人很快就能在我们回去前到岛上。”

“没关系，”苏珊说，“只要大家又能待在一起。”

“我猜她们铁定认为我们被淹死了。”罗杰说。

“凹口又不在线上了。”提提说，“划桨，苏珊。”

“喂，”罗杰大叫，“我看见昨晚来的那艘帆船了，那边有条河。”

“所以这里有激流。”约翰喘着气说。

“帆船上方一点点好像有座方塔，”罗杰说，“另一边还有一座……往里面去还有更多帆船，但我感觉这地方怎么看都不像是海港。”

“苏珊，你别看，专心划桨。”约翰说。

“标记怎么样了？”他几分钟后问道，发现提提也没在看标记，转而看向河口的方向。

“没问题，”提提回头找标记，“我是说，还在一条线上。”

“也许她们会向我们挥旗帜什么的。”罗杰说。

“可能她们还没看见我们吧。”提提接话道，“她们看见我们会说什么呢？”

“我知道南希会说什么。”罗杰狡黠一笑。

“什么？”

“烧烤的公山羊。”罗杰说。

“天哪，消停会儿吧。”约翰说着，他已汗如雨下，就连罗杰看到这一幕，也沉默了好一阵。约翰看向苏珊，她正闭着眼睛划船，划呀划，用尽了全身的力气。

“让我们来划会儿。”提提说。

“不用。”苏珊说。

“凹口偏到左边去了。”提提说。

“很好，”约翰说，“我们肯定离开了激流。放轻松，苏珊，就快到

了。提提，你能看到她们进去的地方吗？”

“还看不到。”

最后，他们终于能直直地划向对岸了，每划一下，都离林子更近一步。

“我看不见山上的凹口了，”提提说，“只有树了。但我能看见她们进去的地方了。”

约翰回头看了看。“我来划进去。”他说，“干得好，我们的苏珊。罗杰，你还是去船头。”

“好。”罗杰说。

“那边有芒果树，”约翰说，“我们快靠岸了。我们花费了太多时间，都怪那该死的激流。”

不知不觉间，他们已划入树林地带，周围皆是奇怪的大叶子树，耳畔萦绕着昆虫的聒噪声。

“亚马孙号，啊嘿！”罗杰喊道，“它在那儿，但是船上没人。”

“她们肯定在附近。”苏珊说。

“我们一起喊她们。”罗杰说。

“再等等。”约翰说。

燕子号滑进了那处小海湾——亚马孙号停泊在那里，系船缆绳拴在树上，船头停在沼泽上。

“我们不能找处干燥的地方上岸吗？”苏珊说，“你们看看她们踩出的洞。”

“她们当时肯定着急忙慌的，”约翰说，“路不好走。把鞋脱了，罗杰。”

“已经脱了。”罗杰愤愤地说，他一看见亚马孙号系泊的地方就脱了鞋。

“准备好，走。”约翰首先猛力一划，大家立即感受到龙骨与泥地的摩擦，船停下来了。罗杰从船上跳下来，踩在一棵大树的树根上，抓住船头。很快，约翰也跳上了岸，看着亚马孙号。

“她们拿走了船桨，”他说，“可能藏起来了。”

“南希没在划桨。”提提说。

“肯定是把桨弄丢了。”约翰说，“用底板划的，上面还有泥，她们肯定就是这样划上岸的。”

苏珊和提提也上岸了。

“看看她们去的地方。”约翰说，“奇怪，怎么没有弗林特船长的大脚印，却有那么多其他人的脚印？都是光着脚的。”

“他没和她俩在一块儿，”提提说，“说不定她俩就是去找他了。”

“她们是往那边走的，”约翰说，“那儿有她们的脚印。沿着岸边走的，往河口走去。”他思索一阵后做了个决定，“听着，我们跟着她们走，苏珊和我。我们一找到她们就回来。提提和罗杰留在这里看管两艘船。”

“不是，我想说……”罗杰正待争辩。

“总得有人守在这里。”

“这样最好，”苏珊说，“别忘了还有吉伯尔和波利。看好这两艘船，我们会把其他人带过来的。我们总要回岛上，毕竟还要去拿我们的东西，向房主解释借宿的事。”

“是，长官。”提提回答。

“可要快点啊，”罗杰说，“我们也想见到她们。”

约翰和苏珊循着软地上的脚印，急匆匆地向前走，很快便消失在丛林掩映之中。

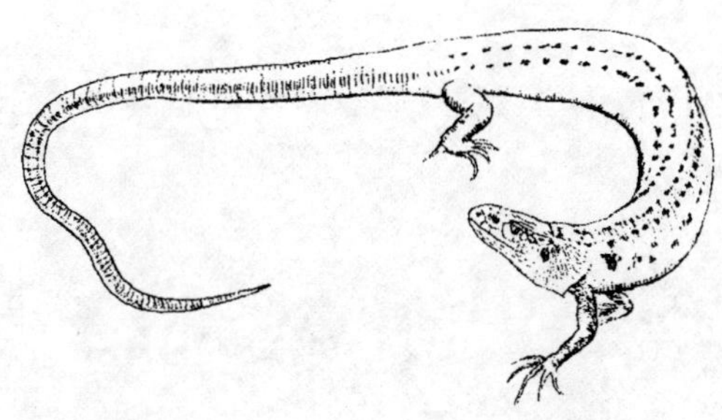

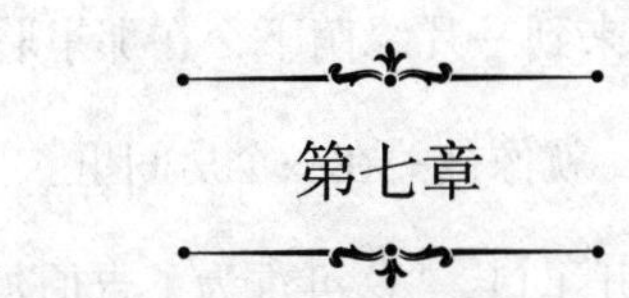

第七章

一只猴子的影子

很长一段时间，罗杰和提提都按照指示行事。他们将亚马孙号整理干净，把当桨用的底板洗净了泥污之后又安装到船上。罗杰穿上了鞋。他们起初四处转悠，后来来到一片绿荫下，在那里聆听、等待，但在这块小地方，他们视线受阻，就像被关在一个房间里。

“听着，”罗杰忍不住开了口，“这可难为了吉伯尔，它是最喜欢探险的。我不懂我们为什么不去周围看看，只要别离两艘船太远就行。”

“他们随时会回来，”提提说，“现在肯定已经找到其他人了。”

“他们回来我们能听见的。”罗杰说。

“我们不能走远。”提提说。

“只走到为吉伯尔找到香蕉为止。”罗杰说。

“嗨，等一下，”提提说，“我不能把波利丢在这儿。帮我把笼子背起来，你两只手空着多轻松啊。”

罗杰拿着笼子，提提将手伸进提环，把笼子背到背上，解放了双手，可以拨开竹笋和攀缘植物的卷须。她跟在罗杰后面走。两艘船系得好好的，离开海岸几米远不会有什么问题，这可能是探索这里的唯一机会了。苏珊可是说了，只要一找到那两个人，他们就回岛上。

“别往前走了。”他们身后的船一被高高的灌木遮住，提提就开口道。

“我们找个地方坐坐吧。”罗杰说，“不行，吉伯尔，跟着我！”他轻轻拉了拉猴子的牵引绳，吉伯尔似乎明白了，紧跟着它的主人。

他们来到一棵像是松树的树前，针叶落了一地，四周因而有一小块干净的地方。

“可以了，”提提说，“不能再走了。”她把手从鹦鹉笼子的提环中腾出，解放了一只肩膀，停下脚步听了听。

“他们回来了。”罗杰说着，又把手围在嘴巴上大喊：“啊嘿！”

“嘘！”提提说，“别喊，那不是他们离开的方向，我们最好还是回到船那里去。”

“总归是有人来了，”罗杰说，“很近的样子。我们潜伏过去看看。”

提提又把松松的提环套在肩膀上，跟在罗杰和猴子的身后。

“跟上。”罗杰回过头说，在灌木丛中艰难前行。

“我觉得我们不该去。”提提说。

他们又听到了那个声音。

“不是他们，”提提说，“回去吧。”

“我一定要看一下。”罗杰说。

“罗杰。”提提说，她连小声说话都不敢，更不敢大声喊了。烦人的罗杰。她推着罗杰，差点倒在他身上。罗杰和吉伯尔蜷缩在树林带的最边缘，她在他们旁边低下身来。

眼前是一片开阔的田野：岩石散布其中，高高的枯草一直延伸到那座棕色小山的脚下，就是那座他们远远看见的树林上方的小山。一群中国人一字排开，两人之间相距有二三十米，正跳跃着缓缓前进。这群人从不站直身体，而是屈膝一跳，顺势蹲在地上一通找，之后又起身一跳，如此循环往复。这群中国人光着赤条条的上半身，下身蓝色短裤的裤脚垂到了脚踝上，头顶着稻草色灯罩一样宽大的锥形帽子。

“好像黄色的青蛙。”罗杰低语。

“身子低下来。”提提低语。

“糟了，那人跳得可真够远的。哎哟，小心，他跳过来了。”

“别动。”

“我没动。跳，他又跳走了，你看他的影子。”

其中一个中国人，同样是黄皮肤、蓝裤子、戴草帽，就在离他们不足十二米的地方重复着跳跃和蹲伏的动作。突然一下，那个中国人把手伸进一个草丛里，又一下，他从草丛里拿出了什么东西放进了左手拿着的一只黄色的小盒子里。他背对太阳，每跳一下，他那怪异的影子也跟着猛地一沉。他继续跳跃、下蹲、跳跃，突然在草丛里抓取什么。有时候他看起来手上一无所获，有时抓着东西的右手又迅速转移到左手边的位置，接着伴随着响亮的咔嗒一声，小盒子关上了，不知什么东西被放到了里面。每一次提提都觉得那个人要转身跳向他们，但他没有转身，像是沿着既定的路线前进。男人的前面还有很多人，他们一个个重复着同样的动作。

他就在几米开外，提提不敢看，只是屏气低头看着自己跪着的这块地方。等他远远地跳开了，不管罗杰再说什么，他们都要穿过树林返回岸边的小船那里。突然她听见罗杰倒抽了一口气，她抬起头看向罗杰所指的方向。

“挣脱了，”罗杰压低声音说，“牵引绳和其他一切。”

吉伯尔已经跑去外面的田野上，跟着不远处的中国男人，它的牵引

绳还在干草上拖着。吉伯尔找到新的模仿对象了——男人蹲下，吉伯尔蹲下；男人向前跳，吉伯尔向前跳；男人将手伸进草丛里找东西，吉伯尔也同样这么做。现在，每次中国人跳跃的时候，就有两个而不是一个身影向前面的地上扑去。

提提和罗杰无法呼吸了。他们不能大声喊吉伯尔回来，什么都不能做。这只猴子却兴趣越发浓厚，模仿男人的每一个动作，也离他越来越近。它似乎想看看这人到底在草丛里抓什么。跳呀跳，跳跃的影子几乎并排而行。两个影子差点碰到一起时，这个中国人蹲了下来，他突然看见和自己一起跳跃的猴子的身影。他立即回头直直看向吉伯尔的脸，然后尖叫着跳开，丢了手里的盒子，待看清楚是什么时，又气冲冲地去抓那只猴子。吉伯尔和那个人一样吓了一跳，赶快跳开了。男人伸脚去踢，但没踢着，看见草丛里的牵引绳后就去踩，然后拿起绳子用力向后拽吉伯尔。

“喂！住手！这是我的猴子。”罗杰大叫道，冲去救吉伯尔。

男人盯着来人，一把抓住罗杰的胳膊。他四处寻找他的小盒子，迎面撞上气冲冲的提提。“马上放开他。”她说，其他蹦跳着搜寻东西的人都跑了过来，不到两分钟，这里已围满了中国人，他们说着话，直直地盯着他们，对他们的衣服指指点点，也对提提背上的那只绿鹦鹉指指点点。

突然，其中一个中国人指着自己说道：“我当过头头。我曾是一艘大汽船上的头号厨师，英语说得不错。你们是美国姑娘和小伙吗？”

“英国的。”提提回答。

“让他放了我的猴子。”罗杰说。

两个影子向前跳

这个曾经的厨师和其他人说了些话，从抓到吉伯尔的那人手里拿走了牵引绳，交给罗杰。

“你们去见见张老爷。”他说。

他们别无选择，只能服从。提提和罗杰发现自己被这群中国人围在中间，向前赶路。

“其他人怎么办?”罗杰问，“船怎么办?”

“我知道，我知道。”提提说，“他们是会抓狂，但是他们会知道我们走了哪条路，弗林特船长也会知道怎么做。”

“我要不要喊人?”

“不行。”提提说，“如果他们是朋友，没必要喊；如果他们是敌人，把所有人都喊来当俘虏更没好处。”

“他们身上有股难闻得叫人发笑的味道。”罗杰说。

“外国人的味道。”提提说。

“但是他们有些人笑得很友善呢。”罗杰说，“你觉得他们的盒子里装着什么?”

罗杰回头摸了摸走在他后面的一个中国人手里的竹盒子。

“浆果吗?”他问。

那个中国人盯着他看了看，好像明白了他的意思，便把小盒子放在罗杰的耳边轻轻地摇了摇。

“听起来像火柴。”罗杰说。

两个“俘虏”被赶着向前走，却不是朝着河口的方向，而是朝着相反的方向。他们要去的地方正是他们在小岛的石椅上看到过的。他们穿越开阔的田野，距离海岸边的树林带也越来越远。地势一直在上升，越过右手边的树梢可以看见粼粼的水光。突然，就在他们正前方，地面陡然下降，他们俯视着下方另一条树林带，以及远处一条长长的海岸线。在他们面前的陡坡上有一些零星的松树。在松树下，男人们持枪而立，赤裸的肩膀上挂着弹带。

一看到他们，抓住罗杰和提提的中国人就带着他们的“俘虏”跑了起来。拿着步枪的男人环顾四周，做出愤怒的姿势，带着罗杰和提提的中国人不跑了，转而踮起脚尖向前走，好像害怕发出一点声音。他们来到松树旁时，站在周围的卫兵盯着提提和罗杰。

“看那把椅子。”罗杰指着一把雕刻的木椅说。椅子上有深红色的垫子，两边都有抬椅子的长竹竿。

突然，他们向一座山谷望去，那里有大约十几个中国人，鸟鸣声不绝于耳，云雀竞相高歌，似在看谁唱得最响。他们还看到了许多竹制鸟笼，随着距离的拉近，他们看到一群人站在一个穿着浅蓝色长袍的人周围，恭敬地看着他。那人头上戴着一顶蓝色的无檐便帽，顶端有一颗红色顶珠。他低低地蹲在地上，对着面前的东西吹口哨。

那个说自己曾是大汽船上头号厨师的中国人踮着脚尖走向罗杰，跟他小声说话。

“什么？”罗杰也小声问。

“老爷，”那人小声说，“张老爷，大人物。”

“老爷是什么？”罗杰又低声问。

“我猜是首领。”提提低声说。

除了那个曾经的厨师以及被吉伯尔影子吓到的男人，所有蹦跳着搜寻的人都开始向后退，很快又停了下来。而这两人带着两个“俘虏”，踮着脚尖走向前去，一直走到靠近鸟笼的地方，站到围成一圈望着张老爷的那群人里。

张老爷背对着他们，根本不关心周围的情况，只盯着一只近乎纯白色的金丝雀。金丝雀立在一根插在地上的光秃秃的树枝上。另外还有两根这样的树枝，间距一米左右，插在张老爷和金丝雀之间。张老爷轻轻吹起口哨，伸出一根手指，指尖上还有什么东西。

突然，金丝雀扑棱着翅膀飞到另一根树枝上，离张老爷又近了一米。

旁观者艳羡地呼了一口气。

张老爷背在身后的一只手猛地挥了挥，周围的人没再发出一点声响。口哨声再次响起，金丝雀闻声又拍动翅膀飞到另一根树枝上，只略一停留，就飞落在伸出的手指上，啄食上面为它准备的食物。

“好！”旁观者爆发出一阵喝彩，张老爷看看四周，满脸喜悦。当看见提提和罗杰的时候，笑容离开了他的面庞。他作势起身，立马有两人从人群中冲出来扶他站起。这位张老爷怒视着他们俩，慢悠悠地站起身来，眼睛一刻也不离手指上的金丝雀。他的个子比这里所有人都高。

张老爷用汉语问了一句话，那个曾经的大厨以及抓住吉伯尔的男人立即开始回话。张老爷让他们停下，向曾经当过厨师的人做了个手势，那人说了一大段汉语，还用手指了指吉伯尔、罗杰和提提。

然后他停了下来，另一个人开始说话。突然，说话的人蹲下身子，指了指自已的影子。

“他在讲吉伯尔是怎样……”罗杰又开始说话了。

“闭嘴。”提提说。

突然，她看见张老爷生气地皱起了眉头。

“小心，罗杰，”她叫道，“吉伯尔……”

这边罗杰及时拉住了吉伯尔，绳子另一端的这只猴子正伸手去抓一只在笼子里唱歌的百灵鸟。就在这时，张老爷看见了提提背上的鹦鹉笼子，随后说了些什么，随即两个中国人去拽那只笼子，但是没能成功，因为笼子像背包一样背在提提的背上。她把手伸出笼子的提环，转而自己拿着那只鸟笼，好让张老爷好好看看他们船上的鹦鹉。

“让波利说点什么。”罗杰说。

提提对着这只鹦鹉好一通说，谁知小家伙却将脑袋偏向一侧。

“漂亮的波利。”提提说。

“八个里亚尔。”鹦鹉尖叫着。

“很好，小伙计。”张老爷说，之后又板着脸问：“你从哪儿来的？我的船长把你关起来了？”

正当提提思量着要怎么回答他时，张老爷倒忘了自己的问题，先指了指还待在自己手指上的金丝雀，后又指了指鹦鹉笼子的门。

提提打开笼子门，里面的鹦鹉喙爪并用地爬到笼门口，小心地打量着外面。提提朝它伸出手，小家伙立马从笼门里爬到提提的食指上。

张老爷眉开眼笑，随后指了指金丝雀一开始待的小树枝。提提让鹦鹉从她的手指往树枝上飞。她看了看四周，发现张老爷正招呼她过去，于是走到他身边。这个大人物对鹦鹉像对他的金丝雀那样吹起了口哨，

鹦鹉的翅膀张合了两三次，突然发出响亮而欢快的叫声飞走了。

“抱歉，真的很抱歉。”张老爷说。他的脸上尽是难过的样子，有那么一刻，罗杰觉得他都要哭出来了。这位张老爷的视线在他装百灵鸟的笼子上不停地流转，好像在思索要把哪只给提提作为鹦鹉飞走的补偿。“抱歉，真的很抱歉。”他又说了一遍。

提提看着这只船上的鹦鹉：它向上飞去，绿色的身影在阳光的映照下成了一道光。这光还在不断上升，在松树顶上绕了个圈，突然一个猛子扎下来，稳当当地落在提提手上。提提尖叫道：“漂亮的波利！”波利偏着头，一只眼睛半睁着，开始清洁胸前的羽毛。

“啊！”张老爷惊叹。

“啊！”站在周围的其他中国人也跟着惊叹。

提提下定决心了：一个如此爱鸟的人不可能是敌人。“罗杰，”她说，“我要告诉他其他人的事。”

“好吧，反正他会说英语。”罗杰说。

“请帮帮我们，”提提说，“我们的兄弟姐妹就在那边某个地方……”

“兄弟，还有姐妹。”爱鸟人士张老爷说，“兄弟。”说完，他指了指罗杰，“姐妹。”他又指了指提提。

“不是，”提提说，“还有其他的兄弟姐妹。”

“不是你的兄弟。”张老爷说，把金丝雀放进笼子里。

“都是我的兄弟，”提提近乎绝望地解释，“还有一个姐妹，以及其他人……还有两个女孩……我的姐妹……她们的舅舅……”

“你是两个兄弟的姐妹？”张老爷问。

“是的，”提提说，“但姐妹还有两个……”

曾经做过厨师的那个人插了句话。

“你是美国人？”老爷问。

“英国人，”提提答道，“也有美国人……我们发生了海难，船烧着了，我们乘着两艘船……”

“两艘船？”

“两艘小船……都是小船……我们乘一艘船，弗林特船长和其他人，就是两位姐妹乘了另一艘。我们昨天上岸的，今天看见她们了……所以来这里找她们，还发现了她们的船……”

最终张老爷似乎听明白了。“詹姆斯·弗林特船长？”他说，“很胖、很壮还癫狂的男人？两个老婆？旧金山市长？从海上救上来的？是的话就在我手上。”

“哪儿？他在哪儿？”提提问。

“你很快会见到他，”张老爷说，“他们都让我给关了起来，全关起来了。他们高兴着呢。现在得给我的小伙计喂食了，我带你们过去……”他挥了挥手，一个中国人走了过来，站在他的面前听他吩咐。那个中国人一边听一边触摸一样似两支竹笛拼接起来的奇怪乐器。张老爷一说完话，那人就把乐器凑到嘴边开始吹奏，立马有尖锐的高音响起，短短两个音符却发出震耳欲聋的笛音。

“他在发信号。”罗杰说。

那人停止了吹奏，小山的顶部传来了应答——一声单调而尖锐的笛音响起，似远处麻鹬的啼叫。

张老爷转身去看他的鸟笼，那个做过厨子的人笑道：“张老爷是好人，他派人去拉驴子了。”为了更清楚地表达意思，那人还把两只手搭在耳朵上撑起来，像是在模仿长长的驴耳朵。

“接下来会发生什么？”罗杰问。

“我想弗林特船长、南希和佩吉都在他那里。”提提说，“现在说话没用，还是保持沉默的好。”

“但是怎么会扯到旧金山呢？我以为……”

“弗林特船长肯定在谋划什么。”提提说，“你别说话……还有别让吉伯尔靠近那些鸟笼。”

“他们有香蕉。”罗杰说着，指向一大串熟了的香蕉，一群中国人正摘着吃，“吉伯尔已经很饿了，我也是。”

张老爷想邀请提提欣赏他的鸟，转身的一瞬间瞧见罗杰指着的方向，忍不住笑了起来。一个配着步枪的男人给了罗杰一串香蕉，罗杰剥了一根自己吃了，又剥了一根给吉伯尔。张老爷一声令下，其中一个搜寻草丛的男人把自己的小竹盒递给了他。张老爷小心地打开盒盖，立马有东西从沿口探出了脑袋，张老爷把那东西捏在食指和拇指之间，送去喂提提的鹦鹉。

“是蚱蜢。”罗杰说，“小心点，波利会咬他的手。”

但是鹦鹉对蚱蜢更感兴趣。它竖起耷拉在一侧的脑袋，用站在提提手指上的一只脚寻找平衡，接着伸长了身体，用喙去衔那只蚱蜢，但下一秒又吐了出来。

提提看见张老爷那张失望的脸，立马解释道：“对不起，波利不是故意的，它还不习惯蚱蜢。这个才是它平时吃的。”鹦鹉笼里的食物盒已经空了，但是提提把手伸进口袋，掏出一把鹦鹉食给张老爷看。

张老爷看了一眼，用手指分开里面的种粒，点点头。他指了指自己的金丝雀，转而又指了指雀儿食槽里的小米种子，最后还指了指蚱蜢，摇了摇头。很明显，金丝雀和鹦鹉一样，不吃蚱蜢。提提带着疑问指了指百灵鸟，张老爷从盒子里取了一只蚱蜢伸过去，一只百灵鸟立马把它吞下肚。提提和张老爷相视一笑。张老爷又从提提手里捡了颗葵花种子递给鹦鹉，那一刻，提提的心跳都停止了，她不知道鹦鹉会作何回应。但是鹦鹉吃了葵花种子，甚至还让张老爷挠了挠它小脑袋后的羽毛。张老爷心情大好，说出一连串洋泾浜英语，提提能从十个词中听明白一个词，她也对张老爷说了一堆英语，二十个词中张老爷能听明白一个。但这些都无关紧要，有鸟儿就行。在提提看来，张老爷认为自己找到了另一位爱鸟人士，所以当罗杰和吉伯尔开心地吃着香蕉时，张老爷领着提提奔走在鸟笼间喂食，虽然其间话没说几句，但是不妨碍各自表达善意。

突然一下，一切都变了。

笛音再次响起，响亮而密集，但这次不是从山顶传来，而是从河流上游某处传来。

“是李小姐。”张老爷说，他站起身来，看着那个拿着奇怪乐器的男人，这人正僵直地站着听笛音。

笛音停止，那男人开始和张老爷交谈，似乎在重复笛音传达的信息。张老爷皱起眉头，又盯着罗杰和提提看，那神情就似初次见面。卫兵和其他中国人也愁眉紧锁，好像做了什么不该做的事被逮着了。

“你们去李小姐的岛上了？”老爷问。

“我们是上了一座岛。”提提回答。

“你们去了李小姐的寺院？”

“那是寺院？”提提不敢相信，“对不起，我们真的不知道。”

“李小姐什么都知道。”张老爷说，“明天你们去见李小姐，还有囚犯，我所有的囚犯明天都去见李小姐。你们为什么要上她的岛呢？”

远处的笛音再次响起，张老爷跺了剁脚，接着和他自己的信号员说了些什么。笛音停止的时候，信号员也吹起了笛子，简短应答了一下。

“李小姐无所不知。”张老爷说着拍了一下手，似乎想转移这个话题，之后就又把注意力转移到喂百灵鸟蚱蜢上了。

“发生了什么？”罗杰终于逮到机会问。

“我也不知道，”提提说，“但好像和李小姐有关，我们上的岛是她的，还有那座房子……”

“噢，天哪，”罗杰绝望道，“我还在她的书上画了画。”

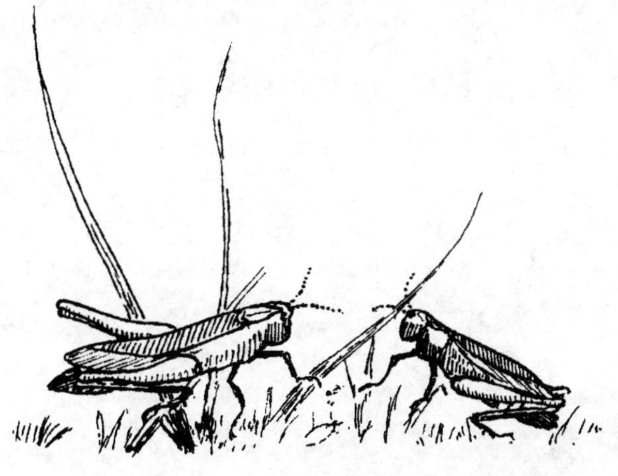

第八章

十锣老爷

时间一点点地流逝，张老爷和他的“囚犯”喝着小碗装的清茶，吃着装在竹篮里的奇怪蜜饯。跳着搜寻草丛的人又被打发出去找蚱蜢了，回来时收获颇丰。提提不止一次忍不住要请张老爷找约翰和苏珊，但最后还是放弃了。张老爷已经明确表示弗林特船长、南希和佩吉在他手上，之后就得知了那条颇令他动怒的信息——李小姐想要见他的“囚犯”。是不是意味着约翰和苏珊已经回到了小岛上并且被李小姐逮住了？那位李小姐学习维吉尔的诗，还有拉丁语英语词典，发出的命令连这位张老爷都得执行，她到底是何方神圣？提提实在百思不得其解。但张老爷说过他们会见到弗林特船长，他肯定知道怎么办，所以提提决定在见到他之前先等着。到目前为止，她什么也做不了，只能尽量哄着这位张老爷，希望弗林特船长快快出现。“用不了多久。”张老爷是这么说的，但是距他说这句话已经过了很久。

有人声伴随着奔跑的脚步声响起。提提那时正让金丝雀啄她手上的小米粒，听到后满怀希望地抬起头来。“他们来了。”她说。但是从山谷边缘走来的不是弗林特船长和其他小伙伴，而是那群蹦跳着搜寻草丛的人，还有两个人牵着几头驴，驴背上架着宽大的木质马鞍，马鞍被漆成了红色、蓝色和金色，还铺着饰有流苏的皮革。

人群一阵忙碌。张老爷站起身来，抓捕蚱蜢的人们连忙提起那一只只鸟笼，卫兵们背起步枪，四名抬轿人将那把铺有深红色垫子的雕花木

椅抬进山谷，另有一人忙着展开旗帜一样的东西。

张老爷向提提礼貌地鞠了一躬，指了指其中一头驴，之后又向罗杰鞠了一躬，指了指另一头驴。

“天哪！”罗杰叫道，“天天开船的人怎么会骑驴？”

“我们必须骑，”提提着急地说，“还得保持好平衡，否则掉下来会让他们笑掉大牙的。”

提提正想着再把鹦鹉笼子背到背上时，那个做过厨子的人从她手里把笼子拿走了。“照顾鹦鹉。”他说。驴已经在她的身边，她感觉到有人抓住了她的脚踝，下一秒她就发现自己被举到空中，然后坐在了马鞍上。她转身去看罗杰，发现他也坐上了驴背，一脸严肃，两条腿直直地绷在两侧。张老爷坐在他的椅子上，那只装着金丝雀的笼子放在他的膝盖上。拿旗的那人已经展开了旗帜，绿色的旗面上绘有一头腾跃的黑纹黄皮的老虎。那个做过厨子的人解释道：“这里是虎岛。”

“很快就能看见更多的鸟儿了。”张老爷说着下了命令。

队伍在行进中逐渐走出了山谷。当头走着的是拿着老虎旗的人，后头是一些持枪侍卫，再后面就是那些抓蚱蜢的人，他们提着那一只只鸟笼，以便张老爷时刻都能看见。接下来就是张老爷的座椅，由四个轿夫担在肩膀上抬着。后面是提提，此时的她紧紧抓着翘起的木质马鞍鞍头，一旁的厨师和驴头并行，手里提着鹦鹉笼子。再接着是罗杰，坐在驴背上，驴由另一人牵着。吉伯尔由牵引绳拽着，跟在驴后面跑，但是小家伙想了个省力的法子——抓着驴尾巴荡上驴背，坐在罗杰的后面，然而驴子用后腿把它踢开了，气得它吱吱乱叫。队伍的最后面是其余的卫兵。

张老爷和他的“囚犯”们

虎岛的张老爷遛完了鸟，现在打道回府了。

他们走出山谷，穿过开阔的田野，向着多石的山坡前进。很快就走在一条有很多标记的小路上，一些中国人开始哼唱一首算不上歌曲的小调（可能称作吆喝更合适）来缓解行路的艰难。他们这样吆喝道："哎……呀……嘿……哟……"和野猫号最后停泊的那个海港的苦力的号子声相似。尽管小调可以帮助行人行路，却缓解不了骑驴的颠簸，提提觉得自己的思绪跟着号子在走，但上下颠簸的节奏和号子明显不搭。她想着自己还要多久才能从那叫人难受的鞍子上下来，再不下来，她的脊柱怕是要"四分五裂"了。她转身看了看罗杰，罗杰一脸严肃地回看她，想笑却笑不出来，只咬了一下舌头。

他们沿着小路一直走到了田野的尽头，现在开始沿着小山的一侧攀爬。提提咬紧牙关，生怕发生什么意外，痛苦地在马鞍上颠簸着，低头看着光秃秃的田野、田野后的林带、林带后的水域、水域后的悬崖和他们昨晚睡觉的形如绿色斑点的小岛。她可以看到一条宽阔的河流，远处停泊着帆船。悬崖下面靠近河口的地方，有一座像堡垒的东西，在更近的岸边，也有一栋建筑在水边，部分被树遮住了。约翰和苏珊就在下面的某个地方。颠簸之中，她想着他们到底发生了什么？他们回到小船那里发现她和罗杰都不见了又会怎么想？他们回岛上去了吗？是不是被李小姐发现了？还是说是他们让李小姐发出那声有关囚徒的笛音？他们现在是怎么想的呢？要是能让他们知道弗林特船长和另外两个人就在离我们不远的地方就好了。怎么说呢（猛地一拉）？弗林特船长（一颠）知道（又一拉）他们没淹死（一颠）会很高兴（又一颠）吧（噢，这次她差点掉下来），真希望约翰和苏珊也和他们在一起。

然后她就看到他们了：两个白点在下方阳光炙烤的草地上移动。

“啊嘿！”她大喊。她的喊叫声本应该很长的，可是驴背颠簸，牙齿碰撞在一处，她的呼叫声被硬生生切断了。

张老爷在椅子上转过身来，队伍也停了下来。

“是约翰和苏珊，”提提大叫，“就在下面。”

“啊嘿！”罗杰也跟着喊叫。

其中的一个小白点挥了挥手。

“是我们的兄弟姐妹。”提提向张老爷解释道。

张老爷皱了皱眉，随即下了道命令，两个背枪的卫兵跳着跑开了，直直地下了山坡。四个轿夫放下了椅子，站在地面上伸展胳膊。其他人则就地休息，远远地看着两个白色的身影并排过去迎接卫兵。棕色身影的卫兵和白色身影的约翰和苏珊走到一处了。四个人一起走至山脚下，开始攀爬陡峭的山坡，队伍在这里等他们。

“别想着逃跑。”张老爷突然开口道。

“当然不会，”提提说，“他们看见我们了。”之后她的脑子里产生了一个可怕的想法，也许她做错了，不该指认他们。可是不对，没有什么比大家走散更糟糕的了。

约翰和苏珊在两名卫兵的带领下，艰难地沿着向上的路爬。两人的脸上满是灰尘，在汗水流过的地方留下了一条条痕迹。

“噢，罗杰，罗杰，”苏珊喘着粗气，“提提……”

约翰径直走向张老爷。“恳请您，”他说，“我们现在需要援助，一位

男士和两个女孩被海盗抓住了……”

张老爷盯着他，没听明白。

“可是人就是他抓的啊，”提提说，“我们现在就是去见他们。”

“我们已经见过他们了。”约翰说，“他们把弗林特船长装在像只鸡笼的笼子里抬走了，南希和佩吉的手被绑在身后，我们的船也不见了……”

“你们去了李小姐的岛。”张老爷说。

“词典是她的，”罗杰说，“普利默斯汽化炉也是她的。”

“囚犯，”张老爷简短地说，“你们明天就能见到李小姐了。”然后他的脑子里突然蹦出个新念头，“还有鸟儿吗？”他一边问，一边探头去看约翰和苏珊的背上有没有鸟笼，“没有鸟儿呀。”张老爷难过地说，“你们，美国人？”

“英国人。”约翰答道。

“美国，旧金山。”张老爷皱着眉说道，接着命令队伍继续前进。

“苏珊，”罗杰说，“你想骑我的驴子吗？”

“不想。”苏珊说，“我们为了找你们，走了很远的路，现在还是继续走吧。你们怎么不待在原地呢？”

“现在都不重要了。”约翰说，“如果他们还待在那儿，早就进了偷船人的麻袋了。”

“囚犯”们之间没有太多交流。提提和罗杰坐在颠簸的驴背上，嘴都不敢张开；约翰和苏珊累得够呛，既然没问他们问题，他们自然也懒得回答。不过，现在已经不用爬坡了，越过山头之后，他们走上了下坡路，森林和下方的水面映入眼帘，行路也轻松了很多。提提和罗杰渐渐了解了其他人的情况：约翰和苏珊就要走到河边的堡垒时，看见一队人押着弗林特船长正在爬山。约翰和苏珊还说他们看到一队小船顺流而下，周围响起许多奇怪的口哨声，还看到他们离开的小岛周围有船，回来时却发现燕子号和亚马孙号已经消失了。他们之后搜索了好几个小时，一边以为提提、罗杰和船被一起带走了，一边又希望循着树林带里留下的踪迹找到他们。最后约翰决定当务之急是跟着弗林特船长，找他俩的事先放一放，接下来就看见了骑在驴上的俩人，那时心里有多么渴望和朋友相聚。

“老虎镇。”走在驴头边上当过厨子的人说。光秃秃的山路上岩石密布，地势逐渐降低，直通往绿色的稻田和竹林。他们可以看见一堵棕色的墙和绿色的屋顶。

“不像是一座城镇。”罗杰说。

队伍开始小跑前进，约翰和苏珊也疲惫地跟着跑，提提和罗杰则继续在木质马鞍上痛苦地颠着。路的尽头又出现一条路，这条路笔直地穿过水稻田，通往一堵高墙上的棕色大门。随着手持老虎旗的男人走进大门，整支队伍也放缓了脚步，接着鸣锣声或是钟声自头顶上方炸响。“咚……咚……咚……”四下、五下、六下、七下、八下、九下、十下……背枪的男人举起双臂。

这一定是某种欢迎仪式，提提心想。“负责一切的老大？”她问，用手指着前方坐在椅子上摇晃着的张老爷。那个当过厨子的人没听明白。“国王？”提提又问，“还是将军？”

那个当过厨子的人眼里闪过一丝恐惧，连连摇头。“张老爷，大人

物。”他说，“张老爷，十锣老爷，可是……”他压低了声音说，“李小姐才是老大，李小姐是二十二锣老爷。”

“她在这里吗?”提提问。

前厨师摇了摇头。

“看那里,”罗杰惊呼，“我们今后再也见不到比这更大的了。”

提提四下张望，往罗杰指的方向看去，这一看惊得她把骑驴的痛苦都抛在脑后了：刚进大门，一条巨龙的脑袋映入眼帘，一侧脸颊贴着地面放着。一个男人正提着油漆桶，给巨龙刷上朱漆，还有一个男人则忙着往龙颈处贴上银色的鳞片。高墙底下铺着一条长长的地毯，一排女人正忙着在上面缝缝补补。

当过厨子的人大笑。“在做龙舟,”他说，“为龙舟节做准备。”

“嘉年华上用的,”约翰说，“我看过类似的图片。”

但是，如果巨龙吸引了这群“囚犯”的注意，这群“囚犯”更是叫众人好奇不已。除了那个刷油漆的男人还干着手里的活儿，其余坐着劳作的人无不站起身来，跟在队伍后面看热闹。玩泥巴的小孩追着队伍跑，有的甚至挤到驴子跟前，想要摸一摸坐在上头的“囚犯”。

“我们就像马戏团。”罗杰说。

一行人继续在绿房顶的村子里穿行，向另一扇大门走去。

“张老爷的衙门。”当过厨子的人说。

又一次，锣声敲响了十次。背着步枪的男人跑步过来迎接他们。他们一路穿行，来到一处积了灰尘的院子，院子四周全是平房。其中一间平房建在院子远处的一个角落里，屋前站着一小群人，一个头戴无檐便

帽的男人，腰间皮带上别着一把左轮手枪，离开人群，走到张老爷身边说话。张老爷的椅子停在院子另一边的一座大房子门口，张老爷正从椅子上起身下来，一边听着一边用手指着他的“囚犯”。那些捉蚱蜢的人这时把鸟笼搬进屋，张老爷带着他的金丝雀，也跟着进了屋，进门前他的脚步停了下来，跟提提说话。

“他带你去见旧金山，”他说着，又向人群点了点头，“之后我们去听我的鸟儿唱歌，太阳下山它们就不唱了。”说完转身离开，走上楼梯。

带着左轮手枪的男人示意他们跟上并径直穿过庭院，约翰、苏珊、提提和罗杰跟在他后面。他一声令下，人群立马让开一条通道，但同时也有人开始给他们搜身。他们盯着面前的铁栅栏，越看越像是鸟笼或动物园的入口。他们看了好一会儿都没看清栅栏后面有什么，接着看向后面的黑暗处时却发现了弗林特船长，他就坐在地上，背靠着墙睡着了。

“嘿！弗林特船长！”提提喊道。

弗林特船长睁开眼睛，跳着站起身后，立即冲到栅栏边。

“天哪！”他大叫起来，“你们都平安登陆了。约翰、苏珊、提提和罗杰，大家都好好的。我终于可以安心了，我无时无刻不在想着要怎么向你们的妈妈交代。站在你们身后的那个好心人救了我们，还一直在找你们。那天晚上风刮得很大，你们是被他们另一队人救的吗？我们还面临着困境，但现在谁还在乎这个？”

“南希和佩吉在哪儿？”约翰问。

“被关起来了。”弗林特船长说。

“嗨！船长！”南希的声音从不远处传来，接着她说，“烧烤的公山

羊！第二斜桅和船头斜桅支索，亿万次欢呼！想吓唬我！别动，佩吉！是燕子号的人，这儿。”

别着左轮手枪的中国人抬头冲上面笑，大家抬起头，看见南希的脸就在上面一扇小方窗的栅栏后面。

“佩吉在哪儿？”罗杰问。

“马上就能见到她，”南希说，“我现在站在她的肩膀上。不要晃呀，”她低下头又说，“燕子号的小伙伴都在下面……嗷！”

南希不见了。

“佩吉，你个小呆瓜，我差点把腿摔断。”

“呃，让我看看。”他们听见了佩吉的声音。

不一会儿，佩吉的脸出现在小窗后面，但时间不长，从那张忽上忽下的脸可以看出，让她踩着肩膀的南希站得不够稳当。

“我说的吧？她会说‘烧烤的公山羊’。”罗杰说。

“问问他们是怎么来这儿的。”他们听见了南希的声音。

“我们在一座小岛上登陆的。”罗杰回答。

“我们的遭遇精采多了。”他们又一次听见南希的声音，“我们被海盗救上了船，经历了海盗间的争斗。哎，佩吉，我看不见他们的脸了，还怎么说呀……”

佩吉消失了，过了一会儿，南希又出现在窗户后面继续解释：“枪……一场战争……弗林特船长和海盗起了冲突，因为他们不去救你们，海盗就把他打晕了。那边那位是我们的船长——就是那艘帆船的船长，他把我们整晚留在船上，然后我们就乘着亚马孙号离开了……我

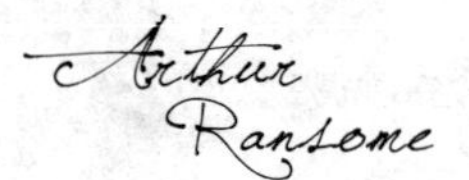

们也不想的，但是……有人忘记给船系个死结了……我们就随船漂出去了……”

“我们看见你们了。”罗杰说。

“后来我们又被他们抓住，带到这儿来了。他们把弗林特船长装在笼子里。”

“可他现在还在笼子里。”提提说。

“之前那只笼子更糟。”弗林特船长从栅栏后面插话道。

“我们接下来怎么办？”苏珊问。

“听着，”弗林特船长说，他语速很快，声音很低，“如果他们问你们问题，就是那群海盗，别说太多。”他的脸紧贴着栅栏，“你们就和他们兜圈子。”

“他们说你是旧金山市长。”罗杰说。

“我就是。”弗林特船长说，接着又小声说道，“这是缓兵之计，可以争取到他们向旧金山方面索要赎金的时间，我们可不想让他们向香港那边要钱，或是某个笨领事官员发电报惊扰你们的妈妈。”

“可是我们要回家。”苏珊说。

“我们当然会。”弗林特船长说，“我们现在没事了，我们都在一起。”

罗杰突然摇晃起关着弗林特船长的笼子栅栏。“你们为什么不放他出来？”他愤怒地质问那位别着左轮手枪的帆船船长。

帆船船长神情严肃。“他疯了。”他回答，“他太壮了，差点杀了我的一名船员。”

“天啊！”罗杰说，看弗林特船长的眼神里增加了尊敬。

“看看这些小野人，”南希趴在窗户上说，“吓唬我。真想修理他们一顿。”

三个瘦小的中国男孩站在栅栏前弗林特船长刚好够不到他们的地方。三人在做同一件事——咧嘴笑，同时手作刀劈状，作势要砍他们的后颈。这时，他们又想起了更好玩的。其中一个模仿剁掉手指，另一人弯下自己的脑袋，最后一个将手举得高高的，然后向下劈去，似乎要砍掉这人的脑袋。

“小野人！”南希吼道，“我们来这儿之后，他们就一直做那种动作。”

“不过逗我们而已。”弗林特船长说。他像老虎一样咆哮，三个小男孩退后到弗林特船长完全够不到的地方，又继续表演。

“听着，船长，”弗林特船长看着别左轮手枪的那个人说道，就是南希口中的“我们的船长”，“你什么时候放我们出去？”

男人僵硬地笑了笑，把一只手放在耳边。

“听着，船长，海军上将，让我怎么叫都行，什么时候放我们出去？”

“说英语，慢慢说。”船长说。

“我们从他这儿听到的就只有这一句。”南希说。

“我从那个养鸟的老大这里也听不到什么。”弗林特船长说，“早知道前几年在爪哇岛闲晃的时候就学一点中文了。这件事的经过还挺有意思的，那个老大很不满那位船长昨晚把我们带过来，他想让我们消失，还好我告诉了他我的身份。”

“市长。”提提低语。

“旧金山市的。”弗林特船长说。

“他不是老大，”提提说，“至少不是最大的，李小姐才是。”

“和我想的差不多。”弗林特船长说。

“我们明天去见她。”罗杰说。

“很好。”弗林特船长说，“打起精神来，约翰，老伙计，还有你，苏珊。只要找到真正会说英语的人，我们就没事了。”

人群中一阵骚动，他们环顾四周，看到比卫兵高出一个头的张老爷从他的房子里走出来，正穿过院子向他们走来。他径直走到提提面前，拍拍她的肩膀。“快点过来，”他说，“来听美妙的鸟鸣。”

“您不能放我们走吗？”南希问。

张老爷抬头看了看被栅栏围住的小窗。

“我们不能待在一起吗？”提提问。

“他们会逃跑。”张老爷说。

“我们不是存心要逃。”南希回答。

“他们不会再跑的，我们都不会。您没看到苏珊已经累得虚脱了吗？”

可能张老爷听懂了他们的话，又或者他想让提提快点和他去看鸟，他向海盗船长打了个手势，后者打开了小窗下面的门，不一会儿，燕子号和亚马孙号的六名成员就在一起握手了。

“还有弗林特船长呢？”罗杰说。

“他太强壮了，”张老爷说，“必须关在监狱里。明天去见李小姐。”他冲提提笑了笑说：“现在你该和我去看鸟了。”

这位老爷，头戴蓝色无檐便帽，便帽最上端的红色顶珠高高耸立在人群之上，和提提一起迈步穿过庭院，提提怀疑地回头看了看。又一扇

门打开了，约翰、苏珊、南希、佩吉和罗杰像羊群一样被赶了进去。那个当过厨子的人跟在他们身后帮着提起鹦鹉笼子。好像关于吉伯尔起了争论，栅栏后面，弗林特船长向她欢快地招手。

“您要把他们怎么样？”她问。

“所有人睡一间房，”张老爷说，“明天所有囚犯去见李小姐，晚饭和本老爷一起吃……晚饭，也许明天就没晚饭了，要掉脑袋了，不想吃了。”

真令人扫兴，提提心想，但张老爷好像并不在意。

“美国也有好看的鸟吗？”他问。

“好看的鸟很多很多。”提提回答。

第九章

和海盗共进晚餐

张老爷一路领着她上楼，进了他的房间。提提环顾四周的墙壁，上面挂着奇怪的枪、剑和绘有鸟类图案的绣品。张老爷拍了拍手，一个人跑了进来，听了张老爷的吩咐，又跑了出去。他们穿过一个大房间，房间里有一张长桌，最后来到一个宽阔的露台，耳边顿时交织着一片鸟鸣声。夕阳斜照在花园的上空，照亮了一排又一排的竹笼，鸟儿们竞相歌唱。

张老爷面带微笑，走过一只只鸟笼，邀请提提驻足聆听。在一片嘈杂的鸟鸣声中，张老爷似乎能挑出自己想听的鸟鸣并自动屏蔽其他鸟鸣。但对提提来说，这鸟儿的大合唱听着就像管弦乐队的乐器同时演奏。张老爷会时不时地停在一只鸟笼前，指着里面的鸟儿，然后用手在一只耳朵边握成听筒状。他戴着顶部饰有红色顶珠的无檐便帽，慢慢点几下头，然后转身望向提提，期待获得赞赏。接着他走到下一只鸟笼前，重复上述动作。“美国有这样好的鸟吗？旧金山有这样好的鸟吗？”提提打心底庆幸弗林特船长说他是旧金山市长——她多少还了解一点。

看情形这里得有上百只鸟，大都是百灵鸟和画眉，还有许多她不认识的品种。张老爷继续在鸟笼间走走停停。“可爱，可爱。”提提不断地说道，她真希望自己能想出点别的话。她看出张老爷希望她格外欣赏某只鸟时，便鼓起掌来。鼓掌容易些。听不见自己说话声音的时候，干吗要说话？

奇怪的是，尽管张老爷炫耀鸟儿的时候很高兴，提提总觉得他藏了

什么小心思。鸟看到一半，他听完一只小鸟的鸣叫后，在那里站了一会儿，望向远处的落日，然后低头看了看提提。

“詹姆斯·弗林特船长，”他缓缓说道，“旧金山……美国。你怎么不是美国人？”

“我是英国人。”提提说。

“是美国人就好了。”他说，接着又说，“李小姐明天见囚犯，李小姐会砍脑袋……”

“如果她懂英语就不会了。”提提高兴地说。

张老爷萌生了一个新的想法。

“美国鸟，”他说，“鹦鹉，”似乎想安慰她，“如果李小姐砍头……美国鸟住在我这里。张老爷来照顾它。”接着，还没等提提回答，他耸了耸肩，好像要把什么想法甩开，然后又转身对着鸟笼。

太阳沉入了西边的小山，鸟儿的合唱也停了下来。“太阳下山了，鸟儿不唱了。”张老爷说道。天色渐暗，张老爷沿着露台走回去，突然又在装白色金丝雀的鸟笼前停下来，笼子里的鸟儿和他整天逗弄的那只很像。他打开笼子，从里面一只接着一只地拿鸟出来给提提看，提提多希望之前没说过那么多次“可爱”，否则现在也不会词穷了。但是她喜欢这些金丝雀，虽然现在除了“可爱”也想不出其他词来夸奖，但至少这些夸奖是发自内心的。张老爷把最后一只金丝雀关了起来，转身带路回屋。他开心地努力说着话，而提提大部分时间都不明白他说的是什么，只是时不时地附和一声“好”。

房子里的大纸灯笼已经点起来了，当她走进那个摆着长桌的房间时，一眼就看见了南希、佩吉、约翰和苏珊。他们看起来没那么累了，又恢复了往日的神采，正站在一块儿。还有六个中国人，腰间清一色地佩带着巨大的左轮手枪套，正低头看着罗杰，罗杰正和南希称之为“我们的船长”的那人说话。罗杰看见提提，立即迎了上去。

“太周到啦。”他说，“一个穿裤子的女人给我们端来一盆热水，里面还有热毛巾给我们擦脸上的泥。”

提提希望张老爷也能想到给她洗脸。

张老爷向其他中国人招了招手。

“我的船长，”他说，接着又解释道，“我的船的船长。”

张老爷在长桌旁一把居中摆放、铺着软垫的雕花椅子上坐下，他让提提坐在他的右边，约翰坐在他的左边。罗杰一屁股坐在和他说话的“我们的船长”旁边。南希就像个老熟人一样坐在另一边。“囚犯”和海盗共进晚餐。看他们的神情，没人能猜到，他们刚才还在聊砍头的话题。海盗朝身边坐着的人微笑，解开腰间的皮带，把枪套放在桌子上。每把椅子的前面都有一只鸟儿图案的盘子，另有一副筷子。提提注意到罗杰一直忙着让“我们的船长”教他怎么握筷子。

“拇指和食指各夹一根筷子，”他对提提说，“其他手指放在中间，用同一只手，然后就能像螃蟹用爪子那样自如啦。”

提提与苏珊眼神交汇。“弗林特船长怎么办？”她问。

“他们正给他送饭去。”苏珊回答。

张老爷会意，对其中一个仆人说了些什么，然后对提提笑着说：“旧金山的那位市长一切都好，他的晚饭和我们的一样。”

他们面前放着绿色和金色的碗，提提仔细地打量着面前的碗：清汤，白花花的米饭沉在碗底，但是没有汤匙。她四下张望，想看看别人是怎么吃的，好跟着学样。她看见张老爷举起碗，开始缓缓喝汤，于是照做。接着她又瞥见船长们不像张老爷那样不出声地喝汤，他们大声地喝汤，还啪嗒啪嗒咂嘴。因为他们是客人，肯定也得这么吃，这是在礼貌性地表示汤有多美味，所以提提也发出最大的声音喝汤，还舔舔嘴唇。她看见苏珊一脸惊惧地看着她，但是约翰也模仿着船长们喝汤，而南希简直有过之而无不及。罗杰喝呛着了，旁边的人正在给他轻轻拍背。这都还好，但是碗底的米饭怎么吃呢？张老爷又做了示范：把两根筷子顶端对齐抓在手上，将碗贴着嘴唇放好，手上快速、反复地把泡得膨胀的带汤米饭往嘴里扫。她发现这一点都不容易，还好一位船长给了她另一种示范：头往后一仰，把碗底剩下的东西直接往喉咙里倒就行了。

更大的碗被送上了桌，客人们开始各吃各的了，一会儿从这只碗里夹菜，一会儿又从那只碗里夹菜。

“鱼翅。”老爷说着，夹了一些放在提提的碗里。

碗里各式食物都有，有面条、小块炸肉，还有鱼块一类的东西，上面蘸了辣椒酱，辣得提提眼泪直流，罗杰则偷偷地伸出舌尖凉快。

突然，提提看见罗杰从桌子对面看向自己，也看向张老爷。张老爷刚夹了点食物放进自己的嘴里，又从碗里夹了一点食物，对提提笑了笑，把食物送到她的眼前。提提看了看食物，又看了看张老爷，别无选择，只得张开嘴。张老爷把食物送了进去。提提嚼了嚼，想要吐出来，然后看到张老爷那张微笑的脸，只得咂吧咂吧嘴唇，说了声“谢谢”。

就像是发出了某种信号，提提看到桌子的左右两侧，所有的船长都开始对他们的邻座重复同样的动作。

“我说……”罗杰说着，但是看见就连苏珊也照做之后，他也和其他人一样张开嘴巴，还咂吧了几下嘴唇。

越来越多的碗上桌，不时地还会有盛满食物的碗被送出去。张老爷指着碗向提提解释：“给旧金山的客人吃。”提提回以微笑，说：“非常感谢。”

最后，海盗船长一个接一个地发出已经吃了太多的声音。小碗清茶被送上桌。南希口中的船长把一碗肉圆推向罗杰，但就算是罗杰也吃不下了，于是他先敲了敲桌子，接着又敲了敲肚皮，表示他的肚皮已经绷得和鼓一样紧了。船长笑了，也做出同样的动作。不一会儿，所有的海盗船长都跟着拍了拍桌子，又拍了拍自己的肚皮。他们的主人张老爷坐在自己的椅子上笑弯了腰。

接着，倦意毫无预兆地袭来，提提累极了，头向前沉了一下。她急忙抬起头，若无其事地笑了笑，却控制不住地又往前沉。坐在她边上的张老爷笑了，他放下手里的茶杯，从椅子上站起身来。船长们也站了起来。张老爷和仆人说了些什么，两个背步枪的人走了进来，在门口等着。显然，派对结束了。

“囚犯”们一一与张老爷握手并表达感谢。张老爷说：“很荣幸。”海盗船长也微笑着鞠躬。就在“囚犯”们往门口走的时候，船长们又坐回了椅子上。仆人们送来了更多茶水，以及有着金属斗钵的竹制烟斗。突然，张老爷在客人身后大声问了一个问题。

“旧金山市长，”他问道，“很有钱吗？”

没人知道怎么回答。弗林特船长当然不富有，他们该说他有钱还是没钱呢？

“是个大人物吗？”张老爷又问，改变了先前的问法。

“很大的大人物。”南希说。

张老爷倚靠在桌子上，开始和他的船长们交谈。

他们随卫兵走到了凉爽的庭院里。

“烧烤的公山羊！”南希说，“想想啊，刚才我们和海盗头子一起吃饭。”

“是你们吗？”昏暗中有声音传来，在卫兵们阻止之前，一行人已经跑到弗林特船长那儿了。

“天哪，”弗林特船长说，“他们给我送的晚饭是断头饭吗？”

“你要在这里睡觉吗？”苏珊问。

“没事，”弗林特船长说，“后面有个舒服的地方，更糟糕的地方我也睡过。你们呢？”

“比先前处境好多了。”南希说。

“他们把吉伯尔丢在原地了，”罗杰说，“但是给了它不少香蕉。”

“提提，我问你，”弗林特船长说，“你怎么和海盗头子建立友好关系的？”

“鸟，”提提答道，“准确地说是波利的功劳。”

“他和你聊天的时候有没有泄露什么信息？”

“没有。”提提犹豫道，“他只说如果李小姐砍了我们的头，他会照顾波利的。”

“没人的头会被砍掉。”弗林特船长说。

看管他们的卫兵说了几句汉语。

“我们还是走吧。”约翰说。

“什么都不用担心，”弗林特船长说，“明早我们就能弄清楚状况。”

光线从一扇敞开的门里照射出来，卫兵急匆匆地赶着他们进去。“快点，提提，”罗杰说，“这事谁也说不准。”

他们走进去的时候，卫兵就在门口守着。一间空空荡荡的屋子里，到处挂着竹席，一个中国女人站在一大堆丝绸垫子旁边。

“老爷吩咐的。”她说。他们明白了，是张老爷派人送来的垫子。

“波利在后面的房间。”罗杰说。

中国女人向他们鞠了一躬后离开了，门在她身后关上。不久后，卫兵们也离开了。

罗杰跑到门那里，门被锁上了。

“被关起来没问题，”南希说，“可是这些云雀太吵了。我说，约翰，快跟我们讲讲燕子号发生的事情。”

“明天吧。”苏珊说，“别浪费时间说话了，提提和罗杰肯定累坏了。”

“好的，大副说得对，”南希说，“我们也累了。赶快拿只垫子躺下吧。”

第十章

重走小路

灯笼在夜间已经熄灭了，阳光透过百叶窗的缝隙照进屋子里。六个“囚犯”经过一夜的睡眠，已经清醒过来，现在正蹲坐在垫子上，拼凑起事情的全貌：罗杰说了吉伯尔惊动蚱蜢猎人的事；南希讲述了海盗船上发生的种种；约翰和苏珊，在罗杰不断插话下，介绍了岛上的房子、消失的书，提提看见亚马孙号后，他们又是何时、以怎样的方式出发去寻人，还有那群从悬崖上下来的人。

“我想知道船去哪儿了。”南希说。

“我不知道。”约翰说，“我们找你们的时候，看到一队舢板正顺流而下，之后越来越多的人上岛了，他们可能把我们的东西都拿走了……弗林特船长的六分仪……我的气压计……”

“睡袋，”苏珊说，“我的急救箱……只要是我们没带在身上的，他们都拿走了。”

“我们的东西全丢了。”佩吉说。

“如果他们真要砍了我们的头，那也不重要了。”罗杰说，“我是说东西不重要了，不是头不重要。”说完，他摸了摸自己的脖子，仿佛是确认一下自己的头还好好地待在原地，“不过还好，”他补充道，“弗林特船长不会让他们得逞的，不过我想他们可能会给我们早饭吃。”

“咚！”

昨夜听见的锣声再度响起，一连敲了十下。他们已经听到院子里嘈

杂的脚步声和说话声，这时又听见了行进的脚步声，突然，离得不远的弗林特船长唱起了歌：

再见了，我美丽的西班牙姑娘，

西班牙姑娘，再见了。

因为我们奉命出海去旧英格兰，

但美丽的姑娘，我们很快就会再见的。

他们都冲到百叶窗那里，努力透过窗户缝往外看。能看见人影走动，只有约翰瞥见了弗林特船长。

“糟糕，”他说，“他们又把他关进鸡笼了。”

“他是在向我们告别。”南希说，“不知道他们要把他带到什么地方去。”

“他把最后一句改掉了。”提提说。

“他不是在说他们要把他送回英格兰，而不带上我们吧？”佩吉说。

“小呆瓜，”南希说，“他是说我们也会去的，很快就能见到了，这才是他的意思。”

弗林特船长还在唱，只不过歌声已渐渐远去，但唱的歌没变。

“快，快，”提提说，“我们来回应他，表示我们没事……我们怒吼，我们咆哮……”

“唱呀，大家。”南希催促道，然后大家都唱了起来：

我们怒吼，我们咆哮，我们是英雄的英国海员，

我们乘风破浪，我们航行在最广阔的海上，

胜利的号角响彻旧英吉利海峡，

从阿善特岛到锡利群岛不过三十五里格。

没人回应。弗林特船长已经被关进鸡笼，运到大门外离开了。

“我说，”提提说，“英国……我们应该改成美国的，弗林特船长装作自己是从旧金山来的。”

“糟糕，”南希说，“他自己也唱了‘英格兰’。就是一首歌嘛，他们不会上心的，而且最后一句的阿善特岛和锡利群岛也会叫他们摸不着头脑的。”

门外脚步声响起，有人在摸锁开门。门打开后，有两个昨天在张老爷的晚宴上见过的仆人端着托盘走了进来，托盘上放着盛放米饭和鸡肉的碗、一小把筷子和一把细竹签。来人把托盘放在地上后就出去了。两个背枪的卫兵守在门口，南希假装要出去时，立马在门口拦下了她。

“好吧，总算有早饭吃了。”她说，“我们最好把饭吃掉。”“囚犯”们把垫子拖到碗的周围坐好，开始狼吞虎咽。

“筷子真麻烦。”罗杰说完，直接上手抓了一块鸡肉。

“我们必须学。”苏珊说，“昨天晚上太难堪了……你们怎么夹住东西的？算了，当我没说……”

他们听见一声笑，随后一个人影落在他们中间，那个曾经的厨子站

在门口，他身后的两名卫兵正盯着他们看，咧嘴笑着。

“吃，吃快点，”当过厨子的人说，“老爷……”他挥了挥手，表示张老爷已经走了，“旧金山……”他又挥了挥手，“所有人都要赶快去李小姐的衙门。”说完，他举起双手放到耳边，然后发出响亮的驴叫声。

“天哪，”罗杰叫苦连连，“又要骑驴了。我屁股还痛着呢。”

“我们昨天可是走了一整天。”南希说。

“我们也是。”苏珊说。

“你不了解骑驴。”罗杰说，“我希望今天我们能走路。”

“快点。”当过厨师的人蹲在一边催促道。

他们以最快的速度吃饭，把碗沿贴着嘴边扒拉米饭，随便吃几块鸡肉，把碗里的食物倒进喉咙。他们还没吃完，那个做过厨师的人就走开了，还向他们做了个拉耳朵的动作。

“他去拉驴了。”罗杰一脸严肃地说。

“打起精神来。”苏珊说，“手上别停，等人是最叫人生气的了。”

他们喝光了茶，苏珊和佩吉把空碗叠放在一起。他们把垫子叠成六块整整齐齐的豆腐块，还在里屋找到装满冷水的大陶盆，简单洗了个脸。

“没有牙刷。”罗杰说。

“那些细竹签就派上了用场。”苏珊说着，她的眼睛一直盯着和早饭一起送过来的那一小把竹签。

“牙签。”南希笑说，“凑合着用吧，罗杰。试试嘛，在碰到英国船只或抵达小镇之前，我们都不会有牙刷的。”

“好吧。”罗杰说，“如果他们真要砍了我的脑袋，我还刷什么牙呀。”

他一脸忧虑地看着苏珊。

“反正我要清洁牙齿。”约翰说。

“我也是。”南希说，“如果他们真对我们实施暴行，我好清洁了牙齿咬他们。”

他们一边用着牙签，一边嘲笑彼此的窘态。这时，昨晚给他们送垫子的女人端着一碗葵花籽进来了，她走到波利的笼子那里，然后从南希看到苏珊，从苏珊看到提提，再从提提看到佩吉。

提提冲过去接过她手里的碗并表示感谢。“还是老爷吩咐的，”她说，“他让我给波利送些吃食。”

“噢，明白了。”罗杰说，“吉伯尔也得吃过早饭才能走。”

外面的院子里响起踩踏声，他们一眼瞥见了漆着鲜艳颜色的马鞍。

“准备好了吗？”前厨师站在门口问道。

“就来。”约翰回答。

“笑一笑，佩吉。”南希说。

提提急匆匆地将葵花籽倒进鹦鹉笼子里的喂食盒。

罗杰来回打量着周围的人，接着冲出门外，在卫兵的步枪间躲来躲去，又在牵着驴的人中间穿来插去，跑过院子，来到前天关押南希和佩吉的地方。在他们看见南希脸的小窗户那里，吉伯尔已经爬了上来，正往外窥视。

“过来，吉伯尔，”罗杰说，“你也跟我们去，但得先吃早饭。”他开始想办法把门打开。

“猴子待在这里，”匆匆跑来的前厨师说，“等一下……见它。”

“可它还没吃东西。”罗杰一边说，一边张合嘴巴表达自己的意思。

“它吃了很多。”这个人说完，领着罗杰回到驴子车队中。提提提着她的鹦鹉笼子走了出来。前厨师摇了摇头。“鹦鹉待在这儿，”他说，“等一下……见它。”

“没事的，提提，”约翰说，“这说明我们还能回来。”

“鹦鹉，无事。”前厨师说着，从提提手里拿走鸟笼，又放回屋子里。

“八个里亚尔！”鹦鹉尖叫道。

“它说什么？”

“八个里亚尔，”提提回答道，“钱。”

前厨师搓了搓手。“旧金山，有钱人多。”他说。

两分钟后，驴队出发了，六名“囚犯”坐在颜色艳丽但令人痛苦的鞍子上，每一头驴都有人牵着。十二名持枪的卫兵走在队伍的两侧护卫。周围还有一大群看热闹的人互相推搡，想看得更清楚。离开院子后，他们一直在驴背上扭动，试图找到一个舒服的坐姿。路过外面那堵墙时，他们又看见了那条龙，像蜕下来的蛇皮被铺放在地面上，男人和女人们仍然蹲在旁边忙活着。看热闹的人大都在这里停了下来，看这条龙的制作。只有几个小男孩跟着他们走出墙上的大门，接着又跟着队伍沿墙右拐。男孩们咧嘴笑他们，还向他们比划刀子切手指和用剑砍头的动作。

“别看他们。”苏珊说。

“小野人。”南希说道。

“真想逮着一个给一棍子。”罗杰说。

“有什么关系呢？”约翰说，“也许他们只是想砍自己的头。”

他们离开那堵墙，走上一条常有人走的宽阔道路。地势一路抬升，通往他们昨天越过的山脊。小毛孩大都折回去了，只有两个还跟着队伍。这两个小毛孩是最闹腾的，一路追着卫兵跑，边嘲笑边喊叫，还指着“囚犯”做出砍头的动作。突然，前厨师一句话不说，松开手里控制提提骑的驴的缰绳，抓住了小毛孩，把他们的脑袋对着一撞，然后又回到驴子边上。两个小毛孩撞头后，都开始怪对方的脑袋太硬，还打了起来，摔在地上，震得尘土飞扬。

“很美的乡村，”前厨师说，一脸平和地挥着手，“美国一样吗？”

“也很美。”提提说，骑驴颠簸得她咬紧了牙关。

“哎呀，”她听见南希说，“我的脊椎要戳穿我的头顶了。”

“这才哪儿跟哪儿呀，”罗杰说，“它们还没跑起来呢。”

正在他说话的当口，有人喊了一道命令，顿时交谈停止了，卫兵们开始奔跑，背上的步枪也跟着一颠一颠的。驴子们先是小跑，之后奋蹄狂奔，再又小跑。“囚犯”们双手死死抓住缰绳，双腿在马鞍两侧伸开，在空中乱踢。砍头什么的此刻也没什么要紧的，驴子什么时候能停下来慢慢走呢？

驴子终于慢下来了，“囚犯”们面面相觑，都是一副苦瓜脸。他们在驴背上扭来扭去，想要找到柔软一点的位置，但是没人掉下来。前厨师再一次邀请提提欣赏乡村美景。

沿着山脊移动，右边视野一片开阔：远处竹林的顶端如飘浮着的羽毛，溪水在林间忽隐忽现，更远处的丛林一片连着一片。更远的地方，

细流密布，青山连绵。

“这是座岛。”南希回头说。

前厨师说了一个汉语名字，然后翻译了一下：“虎岛，很好的岛。”

“难怪老爷的旗帜上有只老虎呢。”提提说。过了山脊，路开始向左拐，突然，眼前出现了一条河，河口他们昨天已经见过了，河流的上游岩石密布，一座座悬崖临水而立。再往上游去，悬崖没那么高了，巨大的岩石也变成了缓坡，延伸到绿林间，最后渐渐降到齐水的高度。白墙绿顶的屋子依水而建，除此之外，还有一座高耸但形状怪异的塔、一根旗杆和一段宽阔的水道——各式帆船停泊其间，密林之外，更有河流。

前厨师指着一个方向。

“龙岛，”他说，接着又压低声音道，“李小姐……二十二锣老爷。”

“天哪！”南希说，“还有一座岛。”

前厨师听见了她的话。

“三座岛。”他说完，指着河流下游。

他们顺着他指的方向看去，但龙岛看起来似乎连在了一起。

“也许他指的是我们登陆的那座小岛。”约翰说，“那座岛在拐角处，隐藏在悬崖后面。”

但是前厨师直直地指着河对岸。

“他一定是说有条路可以绕过去，”约翰说，“但从这里看不到。”

“三座岛。”前厨师又说了一遍，他先是说了一个汉语名字，接着思索了半天，最终找到了想说的英语词，“龟……龟岛，吴老爷；虎岛……张老爷，都是十锣老爷……”说着，他直了直身子，又骄傲地挺了挺胸，

"三座岛，我们……"他拍了拍自己的胸膛，"我们，三座岛的人。李小姐，我们的老爷，二十二锣老爷。"他补充道，还数了数自己的手指头。

"我说，"南希说，"你们都见识过张老爷了吧，所有人都像兔子一样围着他转。如果李小姐是比他还大的老爷，那她绝对是个不同凡响的海盗。"说完，她又去看前面的路，却发现路已陡然直下，一直通往船只停泊的地方，她突然想起了另一件事。"哎呀，"她说，"如果驴子现在跑起来，我们可就完了。"

不过驴子并没有跑起来，它们按照自己的步调一直走到平地上的林子和水稻田。冷不丁一个信号下来，驴和人又都开始以最快的速度狂奔，好像要告诉人们这一路上都是这么赶路的。男人们大步跑，驴子们撒蹄奔，扬起一片尘土。最后，一行人来到河边的一个简陋码头。

"吁，吁。"这位当过厨师的人气喘吁吁。

"囚犯"们被拉下驴背，着地后步履蹒跚，仿佛在海上待了很长时间。他们确实有长时间待在海上的经历，不过下陆地时也没这么不稳。他们被催着上码头，下到一艘方形船尾的大船上。船夫们一直在等他们，"囚犯"们和卫兵刚上船，船夫就推船驶出了码头。

"那些驴子不会也跟着去吧？"罗杰问。

"看起来不会。"约翰说。

"那就好。"罗杰说。

第十一章

龙镇

渡船在移动。一个船夫走到船尾的平台上，和另一个船夫面对面划桨。桨身不是笔直的，中间有一处活结。

“船桨是借着那个支点发力的，”约翰说，“但为什么有个活结呢？”

“可以斜着划船，”南希说，“先往一侧划，然后划向另一侧。”

“像用双桨划船。”约翰说，他看着船桨上的桨叶在左右舷之间自如地摇动。

一想到用双桨划船，他们俩就想起在遥远的北方老家的湖上，用桨在船尾划动他们的小船，在狭窄的地方进进出出。

“天哪，好希望他们没有抢走燕子号。”约翰说。

“还有亚马孙号。”南希说。

但是，即使他们只是乘坐一艘宽宽的平底中国渡船过河，漂浮在水面上，也让每个人感觉好多了。他们又回到了水面上，船在行进，那感觉就像在陆地上扑腾的鱼，想方设法又回到了海里。他们忘记了自己“囚犯”的身份，忘记了坐在马鞍上的痛苦体验，而是以经验丰富的水手身份，观察小舢板的位置——或系在沿岸的杆子上，或停放在抛锚的中国式帆船的船尾，并欣赏摆渡人划桨的高超技巧。

“为什么我们不直接划到河对面而要沿着河岸划？”罗杰问，他指着河对岸的上岸点，那里有人正在码头上等着，他们还能看见掩映在树木间的墙壁和屋顶。

“因为激流。”约翰说，“他们过河前先逆流而上，避免直接过河被激流冲到下游太远。你们看看船边河水打漩的样子。”

“该死的激流。”南希说，“你们可以试试只用船底板在激流里划行。”

“那些帆船上都有眼睛。”提提看着漆在船头上黑白分明的大眼睛说道。

“为了看清路。”罗杰说。

“我说嘛，”南希说，“那艘就是我们待过的帆船，你们看那些伸出来的枪。他们肯定昨天就把船停过来了，为了晾主帆。约翰你看，我跟你说过的，他们每一张帆上都有十二根帆脚索、十二块支帆板。”

“他们为什么不从窄一点的河道渡过去呢？”苏珊问。

“窄河道里水流更急，”约翰说，“这里水流和缓一点。”

渡船已经离开河岸向上游缓慢划了约二十米，他们已经高出上岸点一大截了。在河对岸，他们可以看到那里有一堵墙一直延伸到水边。小镇掩映在树木之间，除了一座塔和一根旗杆，他们什么也看不见。

“我说，那边有一个可爱的小海湾。”罗杰说。

“那里停了一艘迷你帆船，”提提惊呼，“和那艘大帆船一样，就是小了点。”

“也许那里就是我们要上岸的地方。”罗杰说。

约翰看着河水打着漩从河中央倾流而下。“不是，”他说，“他们准备划到岸边停靠了，我们的目的地应该是起点正对面的河岸。”

船夫们划得更卖力了。他们面对面地喊着号子，一个拉，一个推，在船尾平台上前后摇晃着。渡船仍在向上游行驶，船驶入激流中心地带后，向下旋转的速度越来越快。

南希突然大叫一声："天哪！看！快看！是亚马孙号，停在小海湾那里，还有燕子号，就停在它前面。"

"望远镜在哪儿？"约翰问。

提提开始摸自己的口袋。"还是别拿出来了，"约翰说，他想起他们的境况，"可能会被他们抢走。"提提只抽出一块手绢，擤了擤鼻涕。

他们一直盯着小海湾里的小帆船，除了舷墙上的一道绿色条纹以及三根桅杆的绿色顶端，船身大都是明亮的红蓝色。有一瞬间，他们看见了自己的小船，接着，正在过河的渡船漂向下游的一个缺口，驶入小海湾，他们的小船又看不到了，失落感油然而生。又过了一会儿，就连小帆船桅杆的绿色顶端也隐入了密林之中。他们转过身，发现船身正在快速顺流而下，向停泊着的那艘更大的帆船驶去。

"嘿……哟……嘿……哟。"摆渡人吆喝道。

"我们会撞上第一艘大船，"佩吉说，"一定的。"

"干得好。"船夫费了九牛二虎之力，没有撞上，于是南希惊呼道。他们没有撞到锚缆，与大帆船擦肩而过。戴着尖顶草帽的男人们轻视嘲笑他们，就像水手们在港口总是嘲笑那些碰掉新油漆的船员一样。

"嘿……哟……嘿……哟。"船夫们吆喝道。汗水从他们赤裸的褐色脊背上淌下来，从脸上滴到木头船板上。但是渡船滑过停泊着的最后一艘船，很快向河对岸靠近。其中一艘帆船上放下来一艘舢板，上面载着一些穿长袍的中国人和持枪的卫兵，舢板快速向码头靠近。

"来了更多囚犯。"南希说，好像她自己也是海盗中的一员。

舢板和渡船同时抵达码头。舢板上的人带着他们的囚犯爬上岸，然后从上岸点向小镇棕色高墙中的大门跑去。上岸后他们的卫兵挡在周围赶着“囚犯”，匆匆追上前面那些人。

“吉姆舅舅怎么不在这里跟我们会合？”佩吉问。

“可能和海盗一起抽烟套近乎呢。”南希说。

“如果李小姐像姑奶奶那样就完蛋了。”罗杰说。

“她才不是。”南希说，“她是海盗，别傻了。”

“如果弗林特船长找到一个真正会说英语的人，”苏珊说，“他可能会发一封电报回去，说我们没事。”

“我们还叫‘没事’？”佩吉说。

“我们很快就会没事的。”南希说。

穿过大门，他们来到一座小镇，相比之下，张老爷的虎岛只能算村庄。小镇上房屋很多，却人丁稀少。这里房屋低矮，清一色的绿色屋顶，街道分布其间。路面并没有铺上砖石，只是行人车马踏平的泥巴路。猪在外面游荡觅食，蚱蜢躲在树丛里尖叫。他们行走在街上，扬起一片尘土。一只蓝色的大蝴蝶扑闪着翅膀飞过他们的头顶，飞往路的另一边。到处都有妇女坐在敞开的大门边上。一个小男孩坐在泥巴地上拿着一支长长的竹笛吹奏着，看到“囚犯”们经过，就把竹笛从嘴唇边上移开，盯着他们看。但是作为一座小镇，这里还是过于冷清了。

“人都在其他地方呢，”罗杰说，“你们听不见吗？”突然，他指着一个方向说：“他们这里也有龙。”

这里和老虎镇一样，女人们蹲在尘土里，忙着给一条半铺开的龙缝缝补补。这条龙咧着嘴，头懒洋洋地抵在地面上，身体的一部分如一条细长的毯子铺开，女人们在上面忙活着；其他部分则如毯子一样整齐地叠放着。

“我说，这条龙展开来得有一千六百米长。”罗杰说，“这条龙是新做的，头还没有刷漆。我说，他们能让我们停下来看一看就好了。”

他们没有停下来的机会。卫兵一直催着他们赶路，周围看不见人群，但吵闹声越来越清楚。突然，他们拐进了一条短路，路的尽头是一座三层楼的高塔，塔下有一扇大门。他们在这里被拦下了，有人问卫兵问题，卫兵作了回答。

“通关口令，”南希说，“来真的了。”

“有模有样的。”罗杰说着，从拱门朝里面看。

“我真的感觉吉姆舅舅会出来迎接我们。”佩吉说，“咔嗒响的是什么声音？”

在喧哗的人群中，传来一种奇怪的咔嗒声，就像把鹅卵石扔在坚硬的地板上的声音，时而停止，时而又继续。

“很快就知道了。”苏珊说。

“现在就能知道。”提提压低声音说。

一名卫兵拽了拽她的袖子，她立即想起来要保持微笑。卫兵围着他们，一起走进大门，来到一群大喊大叫的中国人中间。喧闹声就像街头市场的噪声。他们来到一座像张家院落一样的院子里，只是比张家的大得多，院子的地势缓缓抬升，略显陡峭的台阶通往一座大尖顶建筑，屋前有一个宽大的露台。人群的头顶上方，他们能看见两面旗，一面绿色

的，上面绘有张老爷黄黑相间的老虎；另一面红底上绘有一只灰色的乌龟。院子两侧有更多的房屋，其中一些房屋前面有三四级台阶，台阶上也有露台。人群上方的露台上，一些剃光了头的男人蹲在地上，忙着把串在木框上的珠子拨来拨去。

“佩吉，你看，”罗杰说，“就是那东西的响声。”

“是算盘，”提提说，“《拉鲁斯百科大辞典》中有它的图片。”

“我知道，”罗杰说，“用来算数的。”

“喂，”南希说，“我们的船长在那儿。”

他们很开心能在一群陌生人中间找到一张熟悉的面孔，虽然这是一张海盗船长的脸。南希作势要走过去和他说话，但立刻就被一旁的卫兵止住了。

“我们的船长”正和一个囚犯说话，囚犯都是由舢板送上岸的。这个囚犯从袖子里掏出一只布袋给他，船长没有接，而是指示站在一边的男人拿了去，拿了袋子的男人又把它递给在露台上等着的另一个人，最后接手的那人把袋子倒了个个儿，白花花的银元哗啦啦地落在一个蹲坐在地板上的男人面前。其中一枚银元从地板上滚到罗杰的脚边，罗杰从地上捡起银元交给一名卫兵，卫兵又把这枚银元交给蹲坐在露台上的那个人。蹲坐的那人把银元分成一摞一摞的，然后用身边的一台铜天平分别称量每摞的重量，称完后，把银元从天平倒进另一大堆称好的银元里。每称完一摞，他都要拨一颗算盘珠子。称完算好后，他向船长点头示意。船长和交钱的人互相鞠躬，吩咐卫兵领着交钱的人去院子地势较高的那头。

在庭院里

“他这是在干什么？”罗杰问道。

“我敢肯定是交赎金。”南希说。

船长看上去很满意，转身看见了他们。

“说英语，慢慢说。”他说。

“弗林特船长在哪儿？”南希问，“旧金山。”想起张老爷昨天晚上这么叫他，于是又补充道。

船长指了指院子的上首，上前穿过人群领路，卫兵带着“囚犯”跟在后面。在人群最密集的地方，出现了由栅栏圈起来的一块地方，和动物园里的狮笼差不多，里面还分成了几个隔间。其中一个隔间前站着那位交钱的长者，他正在和栅栏后面另一个年长的人急切地交谈。这两个人，一个笼里，一个笼外，长相极为相似。

“兄弟俩。”船长回头笑道。他继续向前走，人群在他面前分开，突然，弗林特船长出现在他们面前——他坐在竹笼里的一根狭窄栖木上，空间小得只容得下他自己。这只笼子确实很像鸡笼，有长长的抬竿，就像张老爷的抬轿。一个小男孩把一根鸡毛掸子伸进栅栏挠弗林特船长，海盗船长走上前在他脑袋上拍了一巴掌。

“他们为什么还不放他出去？”南希生气地说。

“喂，我说。”提提说。

苏珊和约翰面面相觑，他们希望弗林特船长把一切问题都解决好的愿望落空了。

“你们好。”弗林特船长向他们打招呼，“四、五、六，除了那只鹦鹉和幸运的猴子，大家都在嘛。昨晚睡得好吗？到目前为止，一切都好。”

他在那根狭窄的栖木上移了移屁股，揉了揉坐痛的地方，“真希望他们发发慈悲，把我放出去，这根木头只有鹦鹉和秃鹰能待得住。”

南希口中的“我们的船长”听他们讲话的神情就像是听到了什么奇怪的音乐。

“说英语，慢慢说。”他说，“说英语，说美国话，李小姐全会。”

“太好了，老伙计。”弗林特船长说，“可是我想站起来。”他摇了摇笼子里的一根竹栏杆。

“太壮了。”船长说道。

“你觉得接下来会发生什么？”约翰问。

“我知道就好了。”弗林特船长说，“笑口常开，好运自然来。”

“你有东西吃吗？”苏珊问道，她伸手去掏口袋，拿出一块巧克力，“有点化了，”她说，“原本准备昨天给罗杰的。”她伸出手递给弗林特船长，船长把手伸出栅栏外接了过来，还朝罗杰眨巴了一下眼睛，然后就打开包装纸，坐在栖木上若有所思地嚼了起来。看见这一幕的人群爆发出一阵笑声。

“噢，好吧，”弗林特船长吼道，“像喂猩猩，是吧？想看我猩猩捶胸吗？”

“不，不，”提提说，“你只会惹他们生气。他们这一路来没有亏待我们……除了把你关进笼子里。”她急切地补充道。

“但愿他们能找个真正会英语的和我说话。”弗林特船长说。

突然，一阵巨大的锣声响起，空气都震颤起来。院子里叽叽喳喳的人群突然安静下来，静静等待着声浪消退。再一次，锣声炸响，整个世

界仿佛像脉搏一样震颤。

“天啊。”罗杰说，他回过头来，用惊惧的眼神看着苏珊。

锣声接连响了很多遍，每敲一次锣，余音久久不散，好不容易等到上一波音浪消去，下一波轰鸣又接连袭来。

“八下……九下……十下……”提提嘴上数着，“是为张老爷敲的……”

但是锣声没有停下来，每一次锣声停止，都会有新的锣声响起打破寂静。这就好像有人往池塘里一颗接一颗地扔石子，每扔下一颗前都要等上一颗激起的涟漪荡平。十八……十九……二十……二十一……

“是李小姐……二十二锣老爷。”海盗船长说，他穿过人群，走近院子上首的那座大房子。

最后一次，锣声隆隆，随着第二十二次敲锣声响起，他们看到每个人都朝着一个方向张望，望向高高耸立在屋顶和树木之上的旗杆。一面巨大的黑色旗帜颤巍巍地升到旗杆顶端，微风吹得旗帜飘荡起来，旗帜上那只巨大的金色动物看起来像在跳舞。

“是一条龙。”提提说。

“我看见了，不是骷髅头和交叉腿骨。”南希说。

第十二章

二十二锣老爷

随着最后一下锣声平息，人群中响起像是叹息的声音，听起来像“李小姐”。大家都望着院子上首那座尖顶建筑。带着步枪的人走到外面的露台上，用步枪的枪托敲击木质地板，等待着。不一会儿，一个老人手里拿着一卷纸，走出房子站在露台的台阶顶上。人群一片寂静。他把纸展开，看了看，喊出一个名字。人群中一阵骚动，一个卫兵打开其中一只笼子的门，笼里笼外的两兄弟——一个是待在笼里的囚犯，一个是缴纳银元的家属，都被领着走上露台，继而又进了房子里。

嘁嘁喳喳的说话声又响起来了。一片嘈杂声，他们能听到会计们拨算盘珠子算账时发出的咔嗒声。

“今天可能是什么算账日。”弗林特船长说。

“我们看见他们称银元了。”南希说。

“称银元干吗？”罗杰问。

“确保银元不少分量，”弗林特船长说，“这个行当经常使这种把戏。”

“你们认为下一个会是我们吗？”提提问，“希望能挺过去……”

“我们拿什么算账？”弗林特船长问，“我们没有成袋的银钱。好像需要用这个做交易，但我会想办法的。”

“告诉他们我们只不过是去香港或其他地方。”苏珊说。

“不用着急，”南希说，“这种经历以后可没有了。”

“净说风凉话，”弗林特船长说，“你坐在这只笼子里面试试。”

又是一阵沉默。站在台阶顶上的那位老人又念出一个名字。那对兄弟笑着出来了，开心地朝各个方向鞠躬，甚至连卫兵都没有漏掉。另一个囚犯被带进去，等到他出来，老人才叫了下一位。

“就像等着见校长。”罗杰说。

“我们会没事的。”弗林特船长说，“既然事情还没发生，就不要胡思乱想。约翰，我要你把那晚发生的事原原本本地告诉我，你们怎么上岸的？那艘讨厌的中国帆船把我们救起却不肯找你们时，你们在附近吗？”

在其他人的帮助下，约翰讲起了风暴夜发生的事——他是怎样把海锚抛出去并且确保绳子不受摩擦；他是怎样睡着后又被海浪溅醒继而意识到情况不对；他怎样开始收回绳子。（“收着收着，船却侧过来了，我意识到自己判断失误，所以松了手里的绳子，之后船上就没什么水了。”）第二天早上风停了之后，他们又是怎样收回绳子，却发现绳子末端的海锚成了一堆破布。“挂在船头的锚索竟然起了这么大的作用，”弗林特船长说，“在大风浪中保障小船的安全。”罗杰说起用单宁酸凝胶给吉伯尔涂烧伤的胳膊的事；苏珊则讲了她费了老大劲把防风灯又点着的事；就连提提，在讲述那天晚上海上漂流的故事时，也忘记了当前的烦恼，只有在安静的时候台阶上有人喊新的名字、海盗船长和警卫们大摇大摆地走进大屋，或者又大摇大摆地下来的时候，她才想起那些烦恼。有时候，囚犯会跟着卫兵们走下台阶，走到蹲在一旁拨算盘珠子算数的会计那儿。有时候囚犯会直接走出院子。与此同时，讲述还在继续。“你们最先看到的是什么？”弗林特船长问。他们说起了从海上升起的朝阳、连绵起伏的山丘、巨大的悬崖以及小岛登陆。

“上岸后我们最先发现的，”约翰说，“是你的六分仪和航海历还在燕子号上，我们是想把这两样东西送回亚马孙号上的，但当时匆匆忙忙……”。

弗林特船长半跳了起来，头撞到了鸡笼顶。

“六分仪在你们那儿！谢天谢地，我还以为被我弄丢了。它现在在哪儿？”

“在李小姐的寺院里。”提提说。

约翰正要说他们怎样在岛上发现了石椅和他们过夜的小房子，这时露台那里又叫了一个新的名字。

“我们的海盗船长来了，”南希叫道，“那儿，他正在下台阶。”

海盗船长疾步向他们走来，他拍了拍手，大喊一声，两个身材魁梧的半裸中国人挤过已经稀疏了的人群，和他一起来到弗林特船长的鸡笼前。

海盗船长转向南希。“他太强壮了。”他说。

两个中国大汉站在鸡笼外面，瞪着弗林特船长，两只胳膊弯起来，凸显上面的肌肉。他们拍打起双膝，还像猩猩一样捶打胸口。

“他们做鬼脸干什么？”罗杰问。

“两个人搞的小把戏而已。”弗林特船长饶有兴致地说道，也开始朝他们做鬼脸。他从栖木上下来，弯着膝盖蹲下来，一手抓一根笼子上的栅栏，开始边摇头边咆哮。“这是猩猩的动作。”他说。旁观的人群纷纷倒抽了一口气。

两个大块头开始上蹿下跳，弗林特船长咆哮了一声，也开始上蹿

下跳。

“别把他们惹毛了。”提提说。

“他们玩杂耍有钱拿的。”弗林特船长说。

“他们打开笼子了。”罗杰说。

笼门打开，弗林特船长走了出来，伸了个懒腰。两个中国大汉一人抓起弗林特船长的一只胳膊。海盗船长又看了一眼南希，从背后拿出一副手铐铐住了弗林特船长的手腕。

“噢。”提提说。

弗林特船长只是把手铐摇得叮当响，好像它们是装饰品似的，然后对着两个大汉微笑。

“壮实的家伙，”弗林特船长说，“太强壮了。看看他们，都笑开了花，能让大家都开心多好啊。至于你这个招人厌的，”他转过头对着海盗船长说道，“等到哪天你的船翻了，而我在海上救了你……”

海盗船长礼貌地鞠了一躬。“说英语，慢慢说。”他说。

弗林特船长在两名大汉的簇拥下走开了，他的手铐发出叮当声，海盗船长则走在他们旁边。他们走上台阶，来到露台上，然后消失不见了。

“马上就没事了。”约翰说。

“可他们把他绑了起来。”提提说。

“他们还能怎么做?”南希问，“弗林特船长那样强壮，任何看见他扮大猩猩的人都会认为把他放出来不安全。”

“他不会在意的，”佩吉说，“你没看见他眨眼睛吗?”

“只要有人会说英语就好了。”南希说，“不是含混不清的英语，这样的英语没法发问，也没法解释任何事情。如果有人真的懂英语……肯定有，弗林特船长一直都这么说。”

“李小姐英语很好。”提提说，“噢，我们还没来得及告诉他那些书的事……”

“还有用了炉子的事。”罗杰着急地说。

苏珊瞥了他一眼，但没说话。笼子里剩下寥寥几名囚犯，他们相互间不再说话，只是和还站在空荡荡的笼子边的卫兵们一样等待着，等待着弗林特船长再次出现在台阶顶端的露台上。他们本来以为他会很快出来——先说几句话解释一下，误会消除后，他会立即跑出来带大家一起进去。下一件事自然是安排他们去合适的港口登上一艘英国船。可是一分钟又一分钟过去了，台阶上没人再叫下一位的名字，也没有人进去或出来。

半个小时过去了，提提注意到约翰和南希四目相对，似乎都觉察到情况不对，就连南希都不那么自信了。“我说，”罗杰小声说，“你们觉得会不会是因为书的事，他和里面的人吵起来了？我要不要跑进去告诉他们是我干的？”

“安静，”约翰说，“保持笑容。”

终于，他们看见弗林特船长走了出来。

“他们把手铐解开了。”罗杰叫道。

但弗林特船长的样子看起来像事情还没有解决。他神色凝重地走下台阶，脸上写满了困惑。海盗船长走在他边上，另外两个大汉跟在后面。

“不管怎样，他自由了。”提提说。

但下了台阶的几个人径直穿过庭院，走向那只可以抬着走的竹笼。海盗船长站在竹笼门边鞠了个躬，弗林特船长也回鞠一躬，然后弯腰进了笼子，又坐上了那根栖木，笼子的门再次被关上。

“怎么回事？怎么回事？”南希问道。

“他们怎么又把你关起来了？”罗杰问道。

“他们往家里送消息了吗？”苏珊问道。

“李小姐是男是女？”南希问道。

“她也不会说英语吗？”提提问道。

“奇也怪哉，奇也怪哉，”弗林特船长念叨着，“我要是能理解就好了，那些莫名其妙的拉丁文……问我是否会希腊语，问我……天哪！我都离开学校多长时间啦……你们几个只要保持冷静就会没事。我们要去哪儿？我们当时在做什么？这些问题都还好，但是剑桥？剑桥大学？为什么要提剑桥？肯定是指马塞诸塞州的坎布里奇[①]……怪哉，怪哉，你们刚才问我什么？她会说英语吗？英语？英语？我想会吧，她英语懂的比我都多……”

就在他还在自言自语的时候，台阶上又传来一声刺耳的点名声。海盗船长向卫兵们发出一道命令，约翰、苏珊、南希、佩吉、提提和罗杰就被赶着去院子地势最高的那座绿顶房屋了。

“我们现在要进去了。”南希说，这一刻还是来了，她又重拾了信心，“听着，约翰，对方是女海盗，让我来和她谈。”

---

① 美国马萨诸塞州有座城市叫坎布里奇，它的英语名称跟剑桥相同，也是 Cambridge。

他们被押着上了台阶，经过露台两侧倚枪站立的男人，走进一个宽敞而凉爽的房间，与院子里充沛的阳光相比，这屋子显得有些昏暗。房间的另一端，有一小群人站在一个高出地面一级的平台上，他们立即看见了李小姐——一个坐在直背椅子上瘦削的中国女人。她身穿黑色的丝绸外套和长裤，脚踏金履置于脚凳上，身上背着一条弹药带，手指轻轻敲着膝盖上的那把大左轮手枪。一个老妇人站在她的椅子后面，手里拿着拂尘，不时地在她头顶上方来回挥舞。李小姐的右边靠后一点，有一把椅子，上面坐着一个垂垂老人，他穿着深绿色绣金长袍，用鸟爪一样的手梳理着一小撮胡须。坐在老人边上的那位他们一眼便认出来了，正是张老爷，那位爱鸟人士。李小姐的左手边坐着一个矮小得多却也结实得多的男人，他黝黑的面庞上爬满了皱纹，眼睛像个老海员那样眯成一条缝。一些他们在那晚的晚宴上见过的海盗船长站在他的身边，另一些人他们没见过。所有人都注视着这支小小的“囚犯”队伍，看着他们踩过地板上的影子走来。外面人群的说话声和算盘珠子的咔嗒声传来，整个房间显得更安静了。说来也奇怪，偌大的房间里，除了那位坐在宽大椅子上的年轻小姐——她身形瘦小，脚踏金履，膝放左轮手枪，其他人都显得无足轻重。她只是半眯着眼，却让他们觉得内心已被窥见。

他们在升起的平台前停下脚步，排成一排站在李小姐跟前。南希口中“我们的船长”走上平台，站到张老爷后面的那群人中。

突然，他们看见李小姐在对他们微笑，于是也微笑起来。可是她这时已经收起了笑容，对坐在她近处的那位垂垂老者说话，张老爷和其他人安静地听着。然后那位老者在说话，手仍然在梳理那撮胡须。接着坐

在李小姐左边满脸皱纹的小个子男人开口了，再然后是张老爷，他似乎和其他几位的想法不一样。这场面就像看着玻璃窗后面的人交谈，却听不到他们在说什么。对他们这群“囚犯”来说，眼下情况比这还要糟糕，因为前面这群人争论的内容与他们息息相关。这些人在决定怎么处置他们，可是他们说不上一句话。

李小姐往他们所在的方向看了一眼，又开始说话。老者放开手里的胡须，激动地说着什么，那个个子矮小的男人抬起满是皱纹的眼睛，赞许地点头，张老爷则满脸不悦。李小姐又发话了，小个子男人摇摇头，老者直直地盯着前方，手里捻着两三根长胡须。张老爷脸色变了，他突然起身，穿过平台，向“囚犯”走去。他笑得很和蔼，跟他和提提给鸟儿喂蚱蜢时的笑容一样，提提却不由自主地去挽苏珊的胳膊。李小姐只说了一个词，张老爷突然举起两只手，然后又放了下来。他走回自己的座位，和身边的一位船长说了句话，那位船长向李小姐鞠了个躬，然后快步走了出去。

“我们的张老爷好像同意了什么。”罗杰低声说。

无论讨论的是什么内容，都结束了，至少跟他们有关的部分结束了。平台上的每个人又一次看向“囚犯”们，突然，李小姐说起了英语。

“你们是谁？”她静静地问道。

约翰看了看南希，南希也看着约翰，然后直直盯着李小姐，而李小姐正眯眼打量着她。

“我是南希·布莱克特船长，”她说，“亚马孙号在出发港时也是海盗船……”说到这里，她停顿了一下，好让对方听懂。

等待命运的审判

“海盗？”李小姐说，“你是船长？”

“没错，”南希回答，“这是佩吉·布莱克特，我的大副。”

“那其他人呢？”

“这是约翰·沃克船长，他的大副苏珊·沃克，还有一等水手提提·沃克和罗杰·沃克。”

“也是海盗？”李小姐问道，眼角有一丝笑意闪过。

“不是，”南希说，“是探险者。”

“你们是怎么来到这里的？”

“我们驾驶着野猫号环游世界，它是……它是一艘双桅纵帆船，是弗林特船长的。”

“弗林特船长？”李小姐问道。

“我们的吉姆舅舅。”南希说。

“没教养的人。”李小姐说，然后转身和其他人用汉语说话。“继续。”她很快又说。

“野猫号着火了。”南希说道，“罗杰的猴子……”

“不是吉伯尔的错。”罗杰说。

“猴子？”李小姐说。

“吉伯尔把弗林特船长的雪茄丢进汽油箱里了。”罗杰开始插话，约翰轻轻推了他一下，他闭嘴不说了。

南希继续讲着。

“船烧得很快，然后沉下去了。”南希说，“我们上到两艘小船里面……你们把小船带到了这里，我们在小海湾那里看见它们了……我们努力想要和他们在一起，但是风浪太大了，他们船上的防风灯熄灭了。后来佩吉、我还有弗林特船长被一艘中国帆船救了上来，但弗林特船长和船上的人起了冲突，因为他自然希望帆船能待在原地并且派人去搜寻另一些人，只是船长不同意。”

李小姐转身和张老爷说话，张老爷又和南希口中的“我们的船长”说话，船长来到前面，先指了指南希，然后又指了指佩吉，李小姐点了点头。

“其他人呢?”她问。

南希望向约翰。

“我们的船漂到了海岸边，”约翰说，“海锚的帆布烂掉了。”

接着，又一个新的声音压过了外面嘈杂的交谈声，是弗林特船长，他在扯着嗓子唱歌，唱的却不是那些他们在野猫号上经常唱的水手之歌，而是不同的歌：

哥伦比亚，你是海上的宝石，
象征着英勇和自由之地；
你是爱国者向往的圣地，
世界都对你心生敬意。

大多数人都不知道这首歌，约翰和南希却很熟悉，也明白了弗林特船长的用意。詹姆斯·弗林特船长，旧金山市长，仍然在努力维持他美国人的身份。

这首歌听起来像是他很快要远行。

罗杰转身冲向露台，一名卫兵立即抓住了他并将他扭送回去。

“可弗林特船长怎么办？”他说。

“他们把他带走了。”佩吉说。

歌声越来越小了。

“没事的，罗杰，”约翰说，“他说过我们要保持冷静。别乱了方寸，没什么可担心的。”

“是呀，罗杰，”提提说，“我们会回去的，这就是他们为什么让我们把波利和吉伯尔留在那儿。”

张老爷半站起身来，但李小姐只轻轻说了一句话，他就又坐了回去。

歌声听不见了。

现在，坐在李小姐身边的那位老者似乎在暗示她问某些问题。

李小姐看向约翰。“你们是失去船之后来这里的吗？”

“我们要是知道这里早就来了。”南希说。

“为什么？”李小姐问。

“呃，这里有海盗嘛，”南希说，“谁不想来？”

“你们知道这是什么地方吗？”李小姐问。

“我们怎么会知道？”南希说，“帆船停靠之前，我们在船上被关了很长时间，而且我们也从未来过中国海域，我们当然很想知道这里是哪儿。”她补充道。

李小姐端详着她，然后又看向约翰。

“我们也不知道这是哪里。”约翰说，“我们夜里被风吹出很远，等到

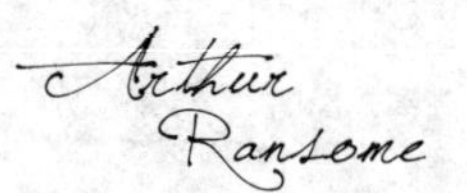

太阳升起来的时候，小船已经离海岸很近了。因为离我们最近的就是眼前的海岸，所以就上岸了。”

李小姐又转身和老者说话，张老爷和其他人仔细地听着。老者又说了什么，然后李小姐用英语问他们：“你们的船着火时，能看见小岛吗？”

“看不见。”约翰答道。

他们在平台上又谈了很久的话，“囚犯”们就在卫兵旁边安静地站着。

突然苏珊说道：“求求你们了，我们能发封电报报个平安吗？”

李小姐和其他人瞥了她一眼，然后又接着谈话，仿佛她没开过口似的。

“现在还不行。”约翰小声说。

突然，“囚犯”们发现会议结束了。男人们纷纷向李小姐鞠躬致意。那个拿着拂尘的老妇人从房间后面的小门出去了，通过门缝，他们能隐约看见绿树和鲜红的藤蔓花朵。张老爷大步流星地朝露台走去，身后跟着手下的海盗船长。留着一绺绺胡须的老者和那个满脸皱纹的矮个子男人说着话，慢慢走了出去，其他船长跟在后面。李小姐向卫兵打了个手势，卫兵立即指挥六名“囚犯”靠墙站成一排。

“咚！”大门底下的锣声再一次在空气中炸响，“咚……咚……咚！”

“响二十二次，”罗杰低语道，“我肯定。”

锣声响到第二十次的时候，李小姐从椅子上起身走下平台，缓步走出议事厅。第二十一次锣声响起的时候，她已经快走到露台了。当最后一下锣声都消散在空气中时，他们看到李小姐小小的身影出现在最上面

的台阶上，她俯瞰着下面的院子，下面欢声雷动。然后，李小姐又面带微笑地缓步走回议事厅，吩咐了一声，卫兵立即列队出去了，现在屋子里就只剩李小姐和她的“囚犯”了。

“现在，”她说，“你们跟我走，我们去好好喝杯茶。”

她在前面领路，“囚犯”们跟着她穿过老妇人消失的那扇小门。孩子们惊讶得说不出话来，不发一言地跟在后面。

第十三章

李小姐的解释

他们跟着她穿过议事厅后面的小门，来到一座花园。李小姐沿着一条鹅卵石小路向右拐，带着他们迈上台阶，走进一个房间，里面的摆设和张老爷的很像，只是墙上挂着的各式武器中间没有挂小鸟的画。一束开花灌木枝插在一只高高的蓝绿色花瓶里，花瓶的基座是黑色的。李小姐没有在此处停留，而是继续走进一条通道，通道尽头又是另一个房间。他们跟随她走了进去，然后目瞪口呆地站在那儿张望。

走进那个房间就像从亚洲回到欧洲：房间里有好几把宽大的安乐椅，到处都铺着软垫，一张桌子旁放着一张斜面书桌和一盏阅读台灯，墙面四周都安装了书架。房间里还有一只英式壁炉，旁边放着煤桶和火钩，壁炉架上摆满了照片。有一张彩色的画上有碧绿的草坪、高大的树木，以及门前有流水经过的古代建筑。壁炉架上有一块漆过的橡木牌匾，上面画着一个盾牌，牌匾的四个角落各绘有一只挥动着一只前爪的狮子。壁炉架上放着年轻女人的照片，上面附有龙飞凤舞的签名，照片之间还有各类装饰品、火柴架、花瓶等，大多是白色的瓷器，都装饰着同样的盾形纹章。房间角落的小桌子上放着一张照片，这张照片比其他的大得多，用黑金色相框装着，照片上是一个中年妇女，她嘴唇紧闭，眼中闪烁着睿智的光芒，额前的白发一丝不苟地向后梳着。房间另一个角落里有一根曲棍球球棍。斜面书桌旁的桌子上有一只烟灰缸，烟灰缸上放着三支小小的竹烟斗，这是除身穿黑色丝绸外套和长裤、脚踏金履的李小

姐外，唯一的中国货了。李小姐得意地看着震惊的访客。她解下身上的弹药带和手枪皮套，挂在门后的衣架上，仿佛她刚出去散步回来，把雨衣挂在衣架上。

“现在，”李小姐说，“到家了，大家不要拘束。”

罗杰盯着一张校曲棍球队的大照片，球队的后排站着一排女生。“好结实。”罗杰喃喃道。前面的一排女生席地而坐，手里握着曲棍球球棍。罗杰转头看了看李小姐，接着又看看照片。从右边数第三个，他又看了看李小姐，推了推提提的胳膊肘，指着其中一个坐着的人。

“是的，”李小姐说，“中卫。”

“看起来是一支强悍的队伍。”南希说，“您在英格兰上的学？”

“格利马罗。”李小姐说。

门开了，在议事厅时站在李小姐椅子后面的那个老妇人进来了，后面还跟着两个拿着托盘的男人，一只托盘上放着一只茶壶，里面是烧开的水，另一只托盘上放着茶杯和一小碟蛋糕。

“阿妈，”李小姐说，“我的保姆，我父亲让她和我一起去英格兰，她会说英语。”

“你们好吗？”这个老妇人说，“天气很不错呢。”

“您好吗？”五位访客齐声说。罗杰作为第六位访客却没有说话。他根本没听到其他人在说些什么。他绕开端着托盘进来的男人，看见斜面书桌上那本合着的书。是那本拉丁语英语词典。

李小姐点了一下头，阿妈和两个男人出去了。

“我们喝英式茶，”李小姐说，“很浓……加了奶……还有很多糖。意外吧?”

“是的，相当意外，”约翰说，“我们没想到……”

“我会解释的。”李小姐说着，坐在桌子边上，把斜面书桌往旁边挪了挪，就开始为他们斟茶，“请坐，拿垫子垫一下，怎么舒服怎么坐，坐在地上也行，就像在剑桥时歌里唱的那样：‘抱歉，椅子不够，明天再说。’现在请再说一遍你们的名字。”每一个人走到李小姐身边端茶的时候，她都问道：“请问你的名字是?”所有人都拿好茶和蛋糕坐下来，佩吉坐在一把扶手椅上，南希和苏珊分别坐在两边的扶手上。约翰席地而坐，罗杰坐在他的边上——他很开心能坐在地上，因为无论站着还是坐在扶手椅上总让他控制不住想回头看那本词典。李小姐依次叫他们的名字：“约翰……苏珊……佩吉……南希……提提……罗杰……”没有说词典的事。也许，罗杰想，她还没有打开看，反正他等会儿也会告诉她。

其中一把扶手椅还空着。李小姐端起桌上的茶杯，向他们轻轻点头致意，然后走到空着的扶手椅上坐下，开始说话。

“我的父亲，”她说，“是个了不起的人，我告诉你们是怎么回事。这片海域有三座岛——龙岛、龟岛和虎岛，这里是龙岛。自古以来，这三座岛上的居民都以你们所称的‘海盗’为生，他们在海上打劫船、货和人，船主为赎回船只、货物和囚犯，要支付大量金钱……”

“那其他人呢?”罗杰问，既然话题明显没有转到那本书上去，他就又来了兴致。

约翰看了他一眼，可是李小姐只是稍微动了动手，仿佛有一把剑戳了一下她的颈背，继续说道：“原先的老爷，也就是龙岛的首领，把我

父亲从一艘福州帆船上抓了来。当时那艘帆船发生了枪战，后来船沉了，老爷把我父亲从水里救了出来。我父亲那时还很小，却用拳头打老爷，老爷的一个手下想要把他扔出船外，可是老爷说：‘不要扔，这孩子不错，先养着，看会怎么样。’他以为会有人出钱赎他，可我父亲的亲人都在沉船中遇难了，我父亲不知道他的生父是谁，只记得他是一位清朝官员，帽子上插着孔雀翎，还镶着金顶珠。老爷膝下无子，就收养了我父亲，我父亲长大后成为一名出色的海盗，但那时三岛海域很不太平，经常有炮舰来围击海盗。这还不是最坏的，毕竟炮舰来了还会回去。最坏的是三岛间总是争斗——虎岛和龟岛的人打个不停；龙岛的船载着囚犯归来，却被龟岛的人挡在外面不让进河，矛盾非常激烈。

“不久后，原先的老爷去世了，龙岛上的人拥立我父亲为他们的新老爷。我父亲差人请虎岛和龟岛的老爷来与自己见面，两位老爷都回复说‘很荣幸’，但都要求在自己的地盘上见面，谁也不相信对方。于是我父亲建议‘在船上见面’。两位老爷都说：‘可以，但是在谁的船上？’最终，三人商定在你们登陆的那座小岛上见面。见面后，我父亲提出让情况好转的计划，但是龟岛的老爷不同意，争斗一触即发，龙岛和虎岛的人联手攻打龟岛，联军胜利，三岛老爷又一次会面，在这次会议上，他们同意我父亲为三岛的首领，每一座岛都为三岛服务。从此，三岛间的矛盾被化解了。我父亲所做的不止这些，他还制定了法律，严禁将英国囚犯带到岛上。这之后也不再有炮舰围击了。

“这都是很久很久以前的事了，那时老太后还在北京，中国沿海地区海盗肆虐。我的父亲很伟大，他说：‘收税人比海盗有钱，海盗最好转行做收税人。自此，三岛居民不能再从事海盗营生，转而保护商人免受海盗的侵扰。’就这样，我父亲建立了一门低调的营生，对各方都有利，往来商人很乐意交一点钱给三岛获得保护，只要是向三岛居民交了保护费的商人，没人敢打他们的主意。三岛也会向清朝官员交一点封口费，大家都相安无事。他们自然也会弄沉那些不交保护费的船，有时也抓走一些人作囚犯——都是富有的乘客，绝不抓穷人，就像你们的罗宾汉一样。这是一门稳赚的生意，因为被抓的富人总急着回他的账房，交钱很快。这些富人知道其中的门道后，就向三岛交保护费，一些我父亲的忠实客户都是从富人囚犯发展而来的。久而久之，没有中国人再叫舰艇来围击三岛居民了，因为他们明白没有了三岛，大家就没有了庇护。但英国人不一样，所以我父亲特别制定了那条法律。父亲帮三岛居民赚了很多钱，他们都很开心和满足。再后来，中国发生了革命，建立了共和国，袁世凯……谁都无所谓，清朝官员不在了，又一批人上任了，我们照旧交封口费，日子一如往常。

“我父亲从没忘记他的父亲是一个戴着孔雀翎的有学问的人，他自己却没有时间学习。我的母亲在我很小的时候便去世了，我没有兄弟姐妹。我的父亲受人敬重，他认为他的女儿必须接受英国教育。他在香港有一位朋友兼老客户，于是，他把我送去那里读书。我很开心，尽自己最大的努力学习。我第一次放假回家的时候，他问我：‘你现在叫自己什么？’我回答说‘李小姐’，从那以后，大家都只叫我李小姐了。在我还很小的时候，锣敲二十二下时，父亲就带我进议事厅，让我坐在他的边上。有时，他自己不做决断，而是问我的意见。三岛的居民都知道李小姐，我

是三岛首领的女儿。再后来，父亲又把我送去英国，还让我的阿妈跟着我，我去了格利马罗念书。‘努力学习，’他这样嘱咐我，‘但也不要忘了你是我女儿，你的家在这里。’

“英国离三岛太远了，我假期也不能回来。在给我的信中，我父亲从不提三岛的生意，他总说，‘帆船的生意还不错’，或者‘收获颇丰’，仅此而已。他也会说，‘命令别人之前必先学习’，但其实他不用说，我喜欢学习，而且在学校学得很快。我们的女老师十分博学，我想要成为像她那样的人。她会多种语言，著书立说，还称赞我是一名很优秀的学生，应该通过考试去剑桥大学读书。我父亲也同意了。随后的日子里，我暂时忘记了三岛的一切，埋头苦读，最终通过考试，拿到优秀毕业生……她鼓励我上剑桥大学，做一个博学的人，我很开心。我当时觉得应该再接再厉，去通过更多的考试，然后一生都求学教书。我进入剑桥大学，在那里，我认真听课，广交朋友（他们中有很多人想要教书）。然而就在大学的第一年，我父亲给我寄来了一封信，上面只有两个字‘回家’。于是我回来了，乘坐一艘巨大的汽轮去香港，在船舱里，我还手不释卷，抓紧时间备考。抵达香港后，三岛那边派来一艘帆船接我。回到龙岛后，我发现父亲变得很苍老。

“我不能离开他回剑桥学习了。我待在这里，父亲教我学习他所有的生意。他和我一起乘船出海，这样，他的手下都知道我是他的女儿，也知道我胆子大。父亲病得很严重，他告诉我没必要再去剑桥念书了，我已经学得够多了。”

“第二斜桅和船头斜桅支索！”南希惊呼，“放下书本，做了海盗……

我是说庇护。”她补充道。

李小姐伤心地看着她。“没有剑桥大学了，”她说，“我再也不能参加考试，也拿不到文学学士学位了。”

她停了一下，又继续讲她的故事。“最后，我父亲召开了三岛大会，开会那天锣声响起，父亲已经虚弱得连走上椅子都费劲，有人背着他来到放在院子里的椅子处，这样，三岛的勇士都可以聚集在这里。我和父亲的老朋友，还有你们今天见到的那位师爷都在。（罗杰的手指不知不觉地移到下巴这儿来。）那时虎岛和龟岛都换了新主人，你们也都见过了，我父亲和他们一一交谈，并告知他们他过世后要怎么办。龙岛的人听我父亲的，但虎岛的人听张老爷的，而龟岛的人听吴老爷的，我父亲深知内部争斗可能卷土重来。他笑着跟他们谈话。他说张老爷是好人，吴老爷也是，但是龟岛的人不想让张老爷作首领，而张老爷的人也不愿追随吴老爷。接着他跟他们讲了我刚才跟你们讲的事，讲到三岛怎样一路走来团结一致的历史，希望大家继续保持。他指了指坐在旁边的我，说已经把知道的一切都教给我了，又说我去了很远的国家学习了很多知识，还提醒他们都听到过我给出的正确决断。然后他告诉所有人自己无法再领导大家了。他吩咐手下把他从椅子上抬下来，让我坐上去，二十二下锣声为我响起。而我，李小姐，仍心系着剑桥大学。当最后一下锣声也敲响后，我的父亲向我鞠了一躬，老师爷、吴老爷和张老爷都宣誓像效忠我父亲一样效忠我，李小姐。

“那晚，父亲说他把一生的心血都交到我手上了，他还说只要三岛居民齐心，一切都会相安无事，但是如果我辜负了他们，三岛之间会发生

争斗，他多年的心血就付之东流了。第二天早上，父亲去世了。他死前为自己选好了墓地——很多年前他和另两位老爷第一次见面的那座小岛。我们把他葬在了那里，你们在岛上发现的那座小房子，就是我们在他的坟墓上修建的庙，有时我会去那里祭拜他，再独自看看书。所以现在你们知道我为什么再也去不了剑桥大学了。”

有很长一段时间的沉默。约翰首先开口，虽然他的声音里带着一丝颤抖。“希望您能原谅我们在寺院里睡觉，我们不知道它的用途。您知道，我们遭遇了海难，没有其他地方可去。”

“没什么的，”李小姐说，“我相信我父亲会很高兴。”

“我用了您的水壶，”苏珊说，“还有炉子。我们想着肯定还会回去，所有的东西都留在那里了。”

“等我下一次去父亲的墓地时把东西带回来。”李小姐说，“没有我的命令，其他人不会去那里，没人会碰寺院里的东西。”

“我们还拿了您的一些茶叶。”佩吉说。

“波利把吃剩的壳都丢在地板上了。”提提说。

但李小姐没有听他们说话，她从扶手椅上起身往桌子走。罗杰从地板上爬了起来。

“谁在这本书上写的字？”李小姐问，她在桌边坐下，打开斜面书桌上的那本词典。

“我写的。”罗杰说，满脸通红，“非常抱歉，我当时没经大脑思考就写下了。”

“不是拉丁语，”她说，“最后一行不是，但是写得很好。”

“我的小伙伴都会写。”罗杰说，他脸上的阴霾立时消散，似阳光冲破乌云撒满大地，“我以为是您忘记写上去了。”

“这首小诗还有下文吗？”李小姐问。

“拉丁语的没有了。”罗杰说，“当然，还没开始学拉丁语的人有时会写上英语。”

“英语写的什么内容？”李小姐问。

“很无聊的，”罗杰说，“大概是这样：‘不是自己所有的东西，拿了就要蹲监狱。’”

“自己的，”李小姐说，“所有格形式……自己所有的……懂了。”

“我和小伙伴一般不写拉丁文，”南希说，“但是我们会在书的开头写两句押韵的话：‘如果此书出门乱转，给它一拳回家滚蛋。’”

“为什么要惩罚书而不是偷书的人？”李小姐问，“还是词典上写的这首好。罗杰写的最后一行和画的那幅画，文盲也能看懂其中的警告。”

她想了一会儿，继续说道：“你们很幸运，去了我父亲的墓地，而且罗杰在书上写了字。事情是这样的：我派我的阿妈去拿书，她回来后告诉我有人去了父亲的墓地，于是我派人追杀。一个渔夫看见你们后告诉了龟岛的人，他们也立即去追杀你们。我翻开词典准备做翻译的时候看见罗杰在词典上写的东西，这就像父亲在天有灵给我留下的信息，说‘这些人不是小偷而是学生’。我很快发布命令，让他们不要杀人。龟岛吴老爷的人看见你们过河去了虎岛，所以我命令张老爷把你们带到我的衙门来。张老爷以为我什么都知道，所以他把你们都带来了，甚至把他的市长囚犯也带来了……我对此人却是一无所知。张老爷想要留下他，

因为父亲制定的法律没有排除美国人。"

"天哪，"罗杰说，"难怪他收到命令时那样气急败坏。那些笛声就是信号，对吗？"

李小姐骄傲地笑了。"在英国的时候，我曾是一名童子军。"她说着用手指敲击桌面，用摩斯密码敲出了集合的命令，"我们没有电报，所以我为三岛的人制作了信号码，我的父亲很高兴。我们可以在龙岛向虎岛或龟岛的人发出信号，但除了吹笛人本人，没人知道信息的内容。但是用汉语很难实现，于是我教了十二个人英文字母，让他们吹字母传递信息……"

"您是怎么教他们的？"

"用竹子，"李小姐说，"他们没什么文化。"

"我们可以向某地发个信息说我们一切都好吗？"苏珊问。

"不行，"李小姐皱眉道，"会引来炮舰的。"她边说边摇头，"你们是英国人，"她说，"都是英国人，除了你们的詹姆斯·弗林特船长，旧金山市长……"她严肃地看着南希。

"但我们都是从海上被救上来的呀，"南希说，"我们根本就不是囚犯。"

"救你们上来的船长是张老爷的人，他是虎岛的人，他知道我父亲的法律，当然明白不能关押你们。"

"但他能做什么？"南希问。

"不会对你们怎么样。"李小姐说，"但张老爷是个很贪婪的人，他想要赚快钱。你们的那位弗林特船长告诉他自己是旧金山市长后，张老爷自言自语道'美国人不是英国人'。他知道我不允许他这么做，但他认为关着他很安全，还能从美国方面敲诈一笔巨款。”

李小姐的六名客人不自在地相互看了看。

“张老爷希望把我蒙在鼓里，”李小姐继续说，“他会让旧金山市长写一封信给美国方面，目的是敲诈一笔钱，然后把这笔钱都给虎岛的人。”

“可是您现在知道了呀。”南希说。

“听我说，”李小姐说，“我们都违反了我父亲的法律，但我认为父亲不会怪我。我去不了剑桥大学，所以要在这里建一所剑桥大学，只有我父亲的老师爷不高兴。至于吴老爷，他认为英国人和美国人一样，张老爷则认为留下美国人是安全的，留下英国人不安全。我跟他们说张老爷可以关押弗林特船长，而你们则留在我这里，没人会知道，也没人会来这里找你们。张老爷同意了，可是他想让提提跟他回去，我拒绝了。其他人想杀了你们，这样既遵守了我父亲的法律，也没有炮舰来犯的危险，我也拒绝了。你们就待在我的衙门里，旧金山人跟着张老爷。”

“但是如果吉姆舅舅写信给美国，”南希说，她的眼里闪过一丝亮光，“这不就跟我们发电报到香港一样糟吗？”

“不，”李小姐说，“美国离得很远，张老爷说他会派一名信使送信，没人知道信是由哪里寄出的，也不知道回信寄往哪里。”

“可是他什么时候释放弗林特船长？”苏珊问。

“张老爷说没必要放他走，先把钱拿到手，然后就……砍头，让人说不了话。”

“这也太残忍了。”罗杰说。

“钱一时半会儿也来不了吧。”南希咧着嘴说。

李小姐半眯着眼看她。“我也是这么想的。”她说。

“去美国的路很远，还得回来。”南希急切地说。

“我的鹦鹉在张老爷那儿。”提提说。

“吉伯尔也在他那儿。”罗杰说，“它是我的猴子，被关在监狱里，就在弗林特船长的笼子旁边。”

“鹦鹉？”李小姐说，“还有猴子？”

“我们的。”提提和罗杰齐声说。

“我会给张老爷发个信息。”李小姐说，“今天太晚了，明天一定把它们接过来。你们都是我的客人，我们会好好招待你们的。你们该庆幸我看见罗杰在我书上写的字，现在我有一个班的学生了，我父亲一定很开心。虽然这里不是剑桥，但我们还是可以在这里学习。每天都要学习，我们会翻译维吉尔的书，读恺撒……”

“可是佩吉和我一点拉丁语也不会。”南希说。

“我也不会。”苏珊说。

“我只是在罗杰上拉丁语课的时候学了一点皮毛，”提提说，“我从来没有真正学过。”

“我会从头教你们的。”李小姐说。

“可是我们要回家。”苏珊说。

“你们都待在这里。”李小姐说，“现在我的阿妈会带你们去睡觉的地方。”

她拍了拍手，那个守在门外的老妇人立即走了进来，李小姐对她说了一两句汉语。

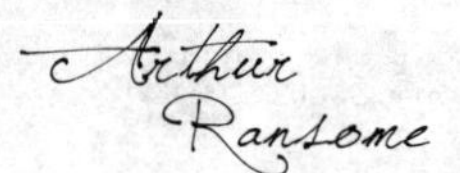

“我英语说得很好。”老阿妈说，“你们，走，我带你们去。”

约翰领头，他们一一和李小姐握手，就像是离开一个寻常的派对。他们此刻内心里仍然对自己所听见的故事感到震惊，恍恍惚惚地跟着阿妈走出房间，沿着一条小路，往议事厅另一边的一座小平房走去。平房里有三四个小房间，另有一个大房间一直延伸到外边的花园。老阿妈用手指了指铺着软垫和被子的木板床。她似乎认为苏珊地位最高，抓着她的手来到一间中国式浴室，浴室里放了一只巨大的陶瓷水缸，水缸里还放了一只葫芦瓢供舀水。“李小姐把一切都想到了。”她说着，用手指了指一只印有“莱特牌煤焦油皂”标签的小包、置于竹架上的三四块大海绵，以及竹架下一排晾着的毛巾。

“非常感谢。”苏珊说。

“你们，住这里……我找人送饭……吃。”老阿妈说，“如果你们需要任何东西，拍手……这样。”

她向他们所有人鞠了一躬后离开了。

“她不是要把我们永远留在这里吧？”苏珊说。

“她这么做了呀，”提提说，“她也是这么说的。”

“她实际上就是买了我们。”约翰说，“你们听见她说要留着我们，让张老爷留着弗林特船长。”

“听我说，”罗杰说，“笛声又响了，她是在告诉张老爷让他把波利和吉伯尔交出来。”

“烧烤的公山羊，”南希说，“我们没事，除非她真的要教我们拉丁

语。可是弗林特船长怎么办？她知道他不是美国人，我能看出来。如果张老爷发现了会大发雷霆的，他们一定会先砍了他的脑袋……”

“我在她的词典里写字的举动真是太幸运了。”罗杰说。

“我们有事，”苏珊说，“爸爸怎么办呢？远在贝克福特的妈妈和布莱克特太太怎么办？布里奇特又该怎么办？”

“布里奇特不会在意的。”罗杰说。

“妈妈会担心的。”苏珊立即驳斥他。

“我说，”约翰说，“至少十天或十四天之内没人能收到我们的消息，他们现在还不会担心。只要我们能及时逃走就没事了。”

“可是怎么逃？”苏珊问。

“我们和吉姆舅舅一样都是囚犯。”佩吉说。

“走着瞧吧。”南希说，“无论如何，我们可以进花园，后面还有一扇门。”

他们试着开门，发现门能打开。他们望着外面的大院子，院子里空无一人，寂静无声，只有大门口传来说话声，守卫们把步枪靠在墙上，盘腿坐着打牌。他们转过身来，关上门，小心翼翼地走到花园里，在橘子树间躲闪，尽量避免被李小姐从房子里看到。不久，他们的脚下就出现了一片地势陡峭的梯田，田间的小路弯弯绕绕。柳树垂落在一个小池塘上，池塘里游动的鱼隐约发出金色的光。一座座藤架上攀附着紫色和猩红色的花朵，橡树和松树之类的矮树在花园里随处可见。他们望向花园下面很远的地方，可以看到流淌的河水，以及连绵不断的青山。

“看。”罗杰低语。

他们脚下的小路上有两个人影正在热烈地交谈，其中一位是老师爷，另一位是李小姐本人。

“我们还是回去吧。”苏珊说。

他们走回给他们安排的屋子，各自挑选了睡觉的房间，约翰和罗杰一间，提提和苏珊一间，南希和佩吉一间。

“三间船舱，”罗杰说，“好像又回到野猫号上了。”

没有人回答他，罗杰自己咬紧了嘴唇。要是吉伯尔没有放火烧野猫号就好了，他们现在就不会成为囚犯了。

“我们最后一定会没事的，”南希最后说道，“吉姆舅舅也是，总能逢凶化吉的。”

老阿妈进来了，她的身后跟着一个人端着晚饭，大碗米饭、鸽子蛋，还有几碗粥。从李小姐小时候就照顾她的老阿妈待在房间里看着他们吃饭，像对待小孩子一样对待他们，就连约翰在她眼里也不例外。她先叫停一个，接着又叫停另一个，原因是他们拿筷子的手势不对。“你们住在李小姐的衙门里，”她说，“吃中国菜。”

他们吃完晚饭，放着空碗的托盘被送走了。又过了好久，李小姐来看他们，但只稍作停留，没有给他们提问的机会。她只是微笑地看着他们。“你们明天过来找我，”她说，“我们一起吃剑桥式早餐……火腿和鸡蛋……然后我们开始学习……晚安，睡个好觉。”她鞠了一躬，离开了。

“她看我们的样子好像我们是宠物兔。”罗杰说。

“这样的话，”南希说，“我们应该高兴。人们可不会砍宠物兔的脑袋。”

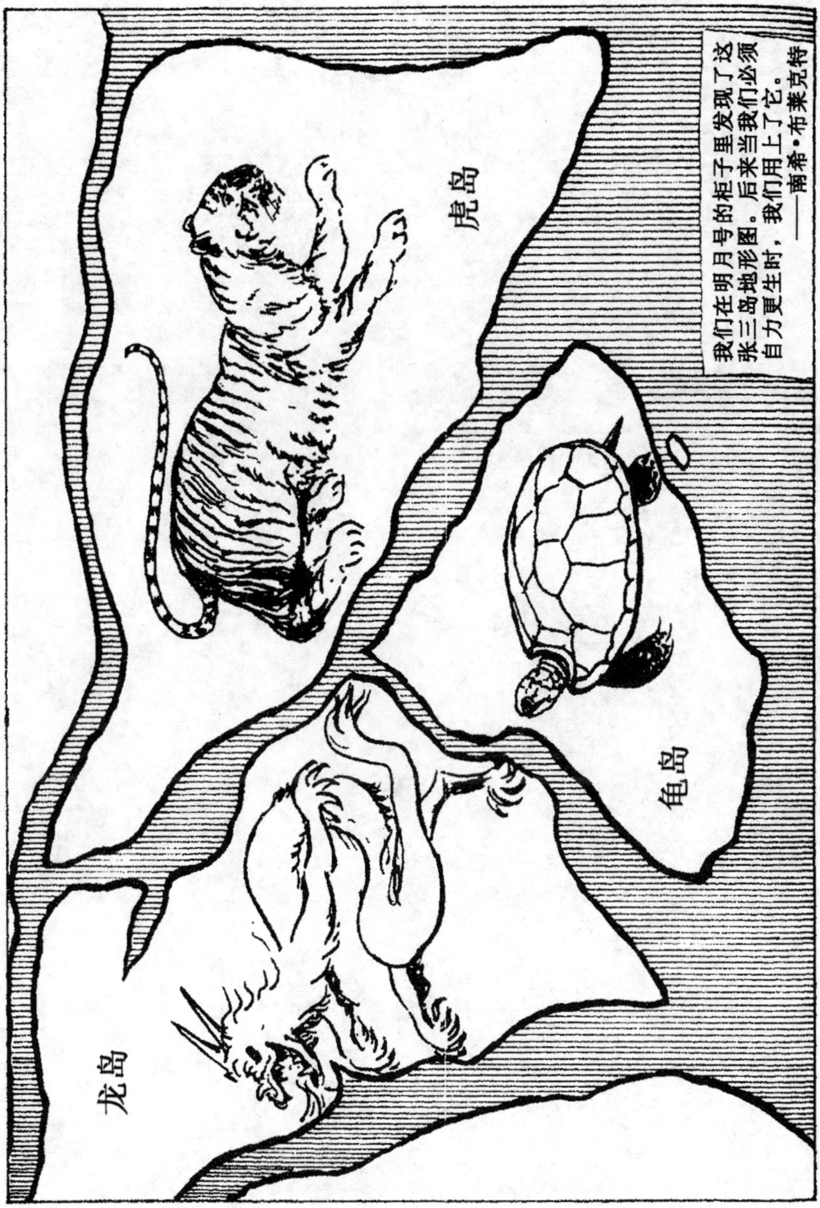

我们在明月号的柜子里发现了这张三岛地形图。后来当我们必须自力更生时，我们用上了它。

——南希·布莱克特

虎岛

龟岛

龙岛

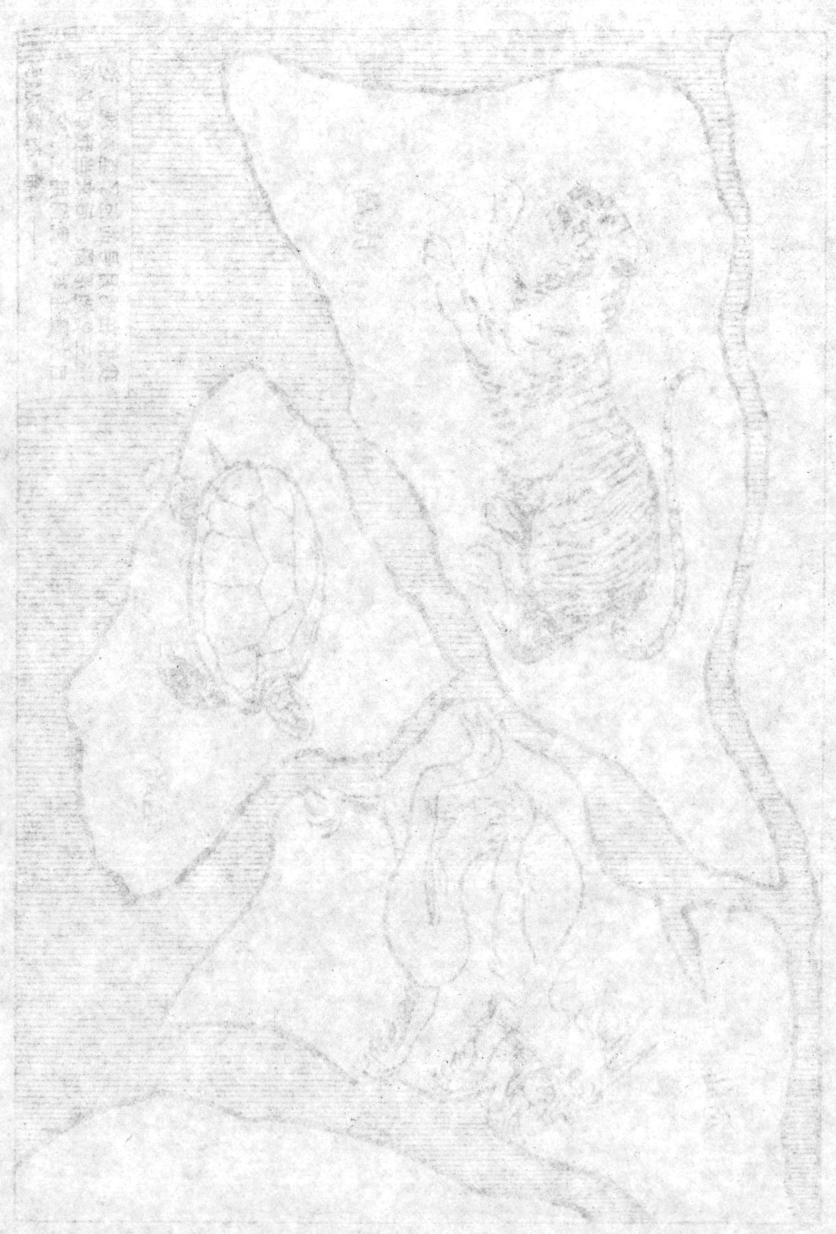

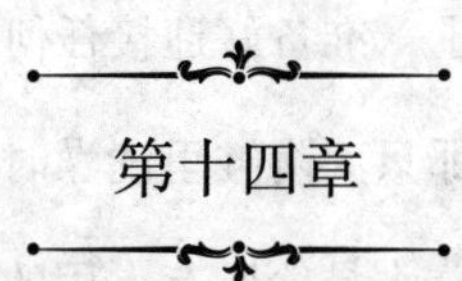

第十四章

剑桥式早餐和一封求救信

他们逐渐习惯了睡在陌生的地方。距他们最后一次睡在野猫号舒适的船舱里已经过去了四天。中国床比他们想象的要舒服，他们整晚都睡得不错，第二天很早就醒了，准备好迎接任何挑战。罗杰破天荒地第一个起床，但是在试图爬进那只大陶缸里洗澡时遇到了一点问题。约翰及时抓住了他，解释说这一缸水是给所有人用的，正确的做法应该是用葫芦瓢从缸里舀水往头上和肩上浇着洗。棕色瓷砖铺成的地面两侧高中间低，在中间最低的地方有一条排水沟，从高处流到这里的水又通过墙上的一个洞排出去。老阿妈进来的时候他们差不多穿好了衣服，苏珊向她做了一个刷牙的动作。老阿妈随即走了出去，带回来一小捆竹牙签，然后守在一旁看他们怎么用牙签。

铃声响起，阿妈催促他们出去。"李小姐，"她说，"你们出吃饭……早饭……和李小姐一起。"

她领着他们穿过花园，先是进了李小姐的房子，然后又进了那间剑桥书房。

"早上好。"李小姐说，房间的一侧摆放着一张隔板桌，她正往桌上的杯子里倒咖啡。

他们盯着桌子说："早上好。"

"天哪！"罗杰嘟囔道。

"请坐。"李小姐说。他们坐下来，每边坐三个人。桌子的中间放着

一大罐库珀牌牛津果酱，他们每人面前放着一碗粥，空气中弥漫着不知从哪里飘过来的煎火腿的香气，这香气诱得罗杰频频嗅鼻子。

“有刀叉。”罗杰说。

“还有勺子。”提提说。

“一切都是剑桥式的。”李小姐骄傲地说，“要糖吗？请加牛奶。”

“粥的味道真好，”南希尝了一口称赞道，“吉姆舅舅肯定也想喝一些……”

那一刻他们都想到了弗林特船长：坐在栅栏后面，努力用筷子吃饭。一想到这里，嘴里的粥都没了味道。

“中国食物很健康。”李小姐说，“不用担心你们的弗林特船长，收到美国方面的回信前，张老爷会对他很好。”

“可他还被关着。”提提说。

“他那么粗鲁，”李小姐说，“为什么不关起来？”

“吉伯尔和波利怎么样了？”罗杰问。

“是罗杰的猴子和提提的鹦鹉。”约翰解释道。

“张老爷今天会把它们送过来。”李小姐说。

“那就好。”罗杰说。一想到吉伯尔和波利马上就来了，他们暂时忘记了弗林特船长，这对弗林特船长的确很不公平，但他们什么也做不了，而且让美味的粥就这么凉了也于事无补。

煎火腿的香气越来越浓郁了。一个人走了进来，收走空了的粥碗，在他们每人面前放了一只盘子，盘子上从下而上依次放着煎过的吐司、煎过的火腿和两只很小的蛋。

李小姐说她很抱歉蛋太小了。“剑桥式早餐的蛋要大些。这里的蛋很小，因为鸡很小。”

“这一定是矮脚鸡生的蛋。”罗杰说。

吃完火腿和蛋后，李小姐又招呼他们涂果酱吃吐司。“我们剑桥的学生总喜欢吃牛津的果酱。”她说，“优秀的学者和教授在剑桥，好的果酱却在牛津。”

大家都能看出来李小姐很享受这顿早餐。门后的子弹带和左轮手枪是唯一能证明这个曾就读于剑桥大学、招呼她的学生吃饭的李小姐也是三岛的海盗头子，中国沿海的恐怖之源。李小姐开始漫谈她在剑桥湖上泛舟的日子、她和导师一起吃早餐的时光、她的学院院长以及曾经制定的学术生涯规划。眼前的种种让他们很难联想到就在离他们不远的院子里有囚犯被关在牢笼里，有家属交赎金赎人，忙碌的账房先生称量着银元，拨动算盘算出海盗船长、各船员以及李小姐所分得的赎金。吃完早餐后不久，李小姐便开始检查他们对拉丁语的掌握情况，要不是外面风筝迎风飞翔的呼呼声以及橘子树上的蝉鸣声时时传来，他们真觉得自己正在英格兰家乡的学校上学。

李小姐从拉丁语语法开始，先考词形变换，但很快发现苏珊、南希和佩吉分不清楚“Mensa”“mensa”“mnesam”①的区别，提提得到一点提示可以勉强说出来，约翰和罗杰则很轻松地给出了答案。“接下来考词

① “Mensa”“mensa”“mnesam”分别是“桌子”的词干、单数主格、单数宾格。

性。”李小姐说。

“阴阳性同形的有 Artifex（艺术家）和 opifex（制造者）。”

“还有没有其他词？”

罗杰看向约翰，约翰的样子就像是在努力回忆梦里的场景。

“我以前知道的。”他说。

“好吧，罗杰呢？”李小姐问道。

“Conviva（客人）、vates（先知）、advena（外国人）、Testis（殉道者）、civis（市民）和 incola（居民）。”罗杰一连串说出这几个词，略一停顿，接着说道，“Parens（父母）、sacerdos（牧师）、custos（卫兵）、vindex（复仇者）、Adolescens（年轻人）、infans（婴儿）、index（食指）……”

他停顿了一下。“infans、index……嗯……index……”

“Judex（法官）、heres（继承者）、comes（伙伴）、dux（公爵）……”

他又停了下来，李小姐给了他一点提示：“Plinceps（元首）、municeps（中产者）、conjux（妻子）、Obses（人质）、ales（鸟）、interples……”

“我知道，我知道。”罗杰说。

“Auctor（作者）、exul（放逐），还有 Bos（牛）、dama（鹿）、talpa（鼹鼠）、tigris（虎）、grus（鹤）、Canis（狗），以及 anguis（蛇）、serpens（蟒）、sus（猪）。”

“狗、两种蛇，还有猪我一直都记得。”他补充道。

“约翰一定要学会。”李小姐说，“你能举一些动词的例子吗？”

没有必要再描述那个又长又尴尬的测试的全部了。随着测试的进行，

李小姐显得越来越失望。说实话，要不是罗杰（他自己也没想到拉丁语会这么有用），她可能随时都会放弃教拉丁语的想法，那样很可能故事就到此结束，永远不会有人知道野猫号船员的故事，野猫号和它的船员会像许多其他远洋探险的船只和船员一样消失得无影无踪。但是，尽管苏珊、佩吉和南希不得不从头学起，尽管南希和佩吉觉得学习拉丁语根本是在浪费时间，尽管提提只记住了几个词，尽管拉丁语向来是约翰最薄弱的科目，罗杰生动翻译的一小段恺撒的《高卢战争》逆转了他们的命运，李小姐下定决心以最大的努力教好她水平不一的学生。

“我觉得罗杰应该坐最前面，”她说，“他就坐这儿吧。接着是约翰，约翰要多读读语法直到记住为止。然后是提提，第二人称的词形变化都错了，但是第一人称是对的。再然后……”她绝望地看了看其他三个人，“苏珊、南希还有佩吉……不要灰心，他们努力学习语法，我们一起做翻译练习，你们很快就能追上他们的。”

“你考考罗杰法语。”南希不服气地说，她曾经是班上的尖子生，现在却沦为垫底的。

“法语？”李小姐问。

“他们在男校里法语学得不怎么样。”南希说。

“法语，”李小姐开口，“不是古典语言。希腊语呢？罗杰和约翰学过希腊语吗？”

但是除了约翰，没有人会希腊语，而且他也只会字母表，还是因为数学要用到。

“先学拉丁语，”李小姐说，“明年或后年学希腊语……”

“但是我们不能……”苏珊满脸惊恐地想要争辩，但在撞见李小姐眼神的那一刻，她闭上了嘴。

“好了，”李小姐说道，“明天我们开始读维吉尔的《埃涅阿斯纪》第二卷。罗杰和约翰把书和词典带回去好好预习，提提、苏珊、佩吉和南希把《拉丁语语法》带回去学习，我明天检验你们的学习成果。你们可以去花园里自由活动，下课。”

“吉伯尔和波利还要多久才能来？”罗杰问。

“它们很快就来了。”李老师对着她唯一一个有希望的学生笑着说。

“这太可怕了。”他们回到自己的住处后，南希说道，“我不管其他人说什么，傍晚前我是不会预习什么功课的。再说，学拉丁语有什么用？对罗杰来说还不错。”

“我们抓住机会在花园里转一转吧。”约翰说。

他们走出屋子，来到凉亭下，看到小池塘里的金鱼，然后接着向前走，遇到一堵墙，他们这才意识到整个花园都被高墙围住了。墙壁十分光滑，就连约翰也爬不上去，墙上唯一的一扇门也被锁上了。其他出花园的路必须经过李小姐的房间、议事厅，或者从他们自己住的房子也可以走进院子，可是门口一直有带枪的卫兵守着。李小姐的屋子那边也有一扇通往院子的门，但这扇门和花园底下的那扇门一样，也被锁着。

“不妙。”约翰说，“除非她放我们出去，否则我们出不去了。”

“就算我们出去了，也还得回虎岛上救弗林特船长。”提提说。

“我们要想个计划，”南希说，“目前必须保持现状。在张老爷把信送到美国再收到回信之前，我们还有很多时间。”

他们在各自的房间时，提提听见鹦鹉的叫声，接着还有一声欢快的“八个里亚尔”。他们立即穿过屋子，走到外面的大院子里，看见那个当过厨师的人一手提着鹦鹉笼子，一手抓着吉伯尔的牵引绳从大门那里走进来。他牵着猴子在街上走的时候，被一群人围着看热闹，这时他们正朝门里张望，大门的守卫也朝着嘴里叽里咕噜的猴子做鬼脸。

“头号坏猴子，”前厨师说，咧开了嘴笑，“它咬人、乱跑、拽驴耳朵、拽驴尾巴，头号坏猴子。”他松开手里的牵引绳，吉伯尔立即向罗杰跑去，挂到他的脖子上。

提提已经开始和鹦鹉说话了，前厨师把挂在肩膀上的一只小麻布袋递给她。“给鹦鹉吃，”他说，“张老爷给的。”

“弗林特船长还好吗？”南希问，“那个大块头男人……”

前厨师笑了。“他本该是第一个被砍头的，”他说，“不过他现在没事。他给我的便条，在巴洛的吃食里。”

“什么？你说什么？”南希问，但是前厨师已经转身去找他的朋友了——那些大门口的守卫。

“巴洛的吃食？”南希满心疑惑。

“波利的吃食。”提提说，“一定是张老爷让他带过来的。他喜欢波利，肯定送了很多葵花籽。”

“但是吉姆舅舅和这个有什么关系呢？”南希问。

回到房间后，罗杰开始给吉伯尔挠痒痒、和它说话，仿佛一年没见它了。提提打开小麻袋，伸手进去抓出一把葵花籽，里面还掺了一些类

似大白豆的东西。

“这和平常吃的不太一样，”她说，“但张老爷用心挑了。我们还在他那儿的时候，我给他看了波利吃的一些食物。”

“把那只袋子倒空。”南希说。

“为什么？会弄得乱七八糟。”苏珊说。

“我会清理干净的。”南希说着，拿过小麻袋，把里面的东西一股脑全倒在地板上，倒出的种子堆扬起一小片灰尘。她把种子堆慢慢摊开，突然又把袋子从里面翻到外面，一张折叠的纸飘到地上，南希扑过去一把抓住。

“这就对了。”她说。

“这是什么？”约翰问。

“当然是弗林特船长的信，只是为了告诉我们他一切都好。”

她打开一张画，这画倒像是她画的，但画里的人都是中国人，他们都戴着中国帽子。画上有很多中国人，排着队列爬一条山路。不知道怎么做到的，一些中国帆船也上山了。

“大声读出来，”约翰说，“上面说了什么？”

“R—E—B—B—I—G—F—O—T—S—A……没头没尾的。他肯定在玩什么新的小把戏。”

“让我们看看。”提提说。

“铅笔。”南希说，罗杰把他上次在李小姐的词典里写字用的复写铅笔递给她。

“那个不行，”南希说，“如果这真是秘密，我们还要擦掉。”

提提开始在自己的口袋里掏铅笔头，南希接过去后赶忙在队列里的每个小人下面写下一个字母。

“帆船代表什么?”罗杰问。

“空着不写。”南希说。

REBBIG FO TSAL EHT EES OT YRROS EB DLUOW I THGUOHT REVEN SP REH FO EDIS THGIR NO PEEK SNEPPAH REVETAHW HTURT ELOHW EEL SSIM LLET RETTEB GNIWERB ELBUORT DNA DNUOR LLA SKOOL KRAD EKATSIM YM OCSIRF NI SROYAMDROL SA SLAMINA HCUS ON SSOB SIH DLOT NOTGNIHSAW EGROEG SIHT AINROFILAC NI STNAP HSAW OT DESU OHW SHGUOT SIH FO ENO NI DELLAC EH NACIREMA DAER TONNAC FEIHC GIB RETRONS A ETORW I NIAGA ROYAM DROL RIEHT EES OT DETNAW YEHT FI KCIUQ PU YAP DNA EMOSDNAH PU YAP OT NEMREDLA YM ETIRW EM EDAM FEIHC GIB SSERP POTS

SWEN YLIAD

DNALSI REGIT

“第一个字颠倒过来根本说不通。”提提说。

“我明白了，”南希说，“是像上山一样从下往上读而不是从上往下。”她看着上面的信息，遇见两个单词连在一起时会稍作停顿，然后意识到帆船指的是句号，不管爬山的小人走的是哪个方向，每一行都是从右往

左看，她开始大声读起来：

虎岛每日新闻，最新消息。海盗头子让我写信给我的市政委员，告诉他们如果还想见到旧金山市长就赶快交赎金。我胡写了一通。海盗头子看不懂英语，就叫来了他的一个恶棍手下，这个海盗手下曾在加利福利亚洗过裤子，他告诉他的老板根本就没有旧金山市长这种职位。是我的错，黑暗就要降临了，苦难正在发酵，现在和李小姐坦白一切吧。无论发生什么，都要和她搞好关系。附言：从没想过最后一次见吉伯尔我会那么伤心。

“天哪，”南希说，“这是一封求救信。”

“他处境很危险，”约翰说，“他们识破他了。”

“也许他们已经下手了。”罗杰说，但没有解释这句话的意思。

“大家听我说，”南希说，“我们不能乖乖地坐在这里学拉丁语而放任弗林特船长被砍头。”

“我们能做什么呢？”苏珊说。

“我们只有一件事能做，”南希说，“必须让李小姐出面放了他。”

“但是要怎么做才行呢？”

“发最后通牒，”南希说，“和她谈条件。如果这招对弗林特船长管用，对她肯定也管用。她迫切想要教授这些讨厌的课程，所以我们就罢课，罢免她的职务。没有学生，她就当不了女教师了。告诉她，‘不放人，不上课’。”

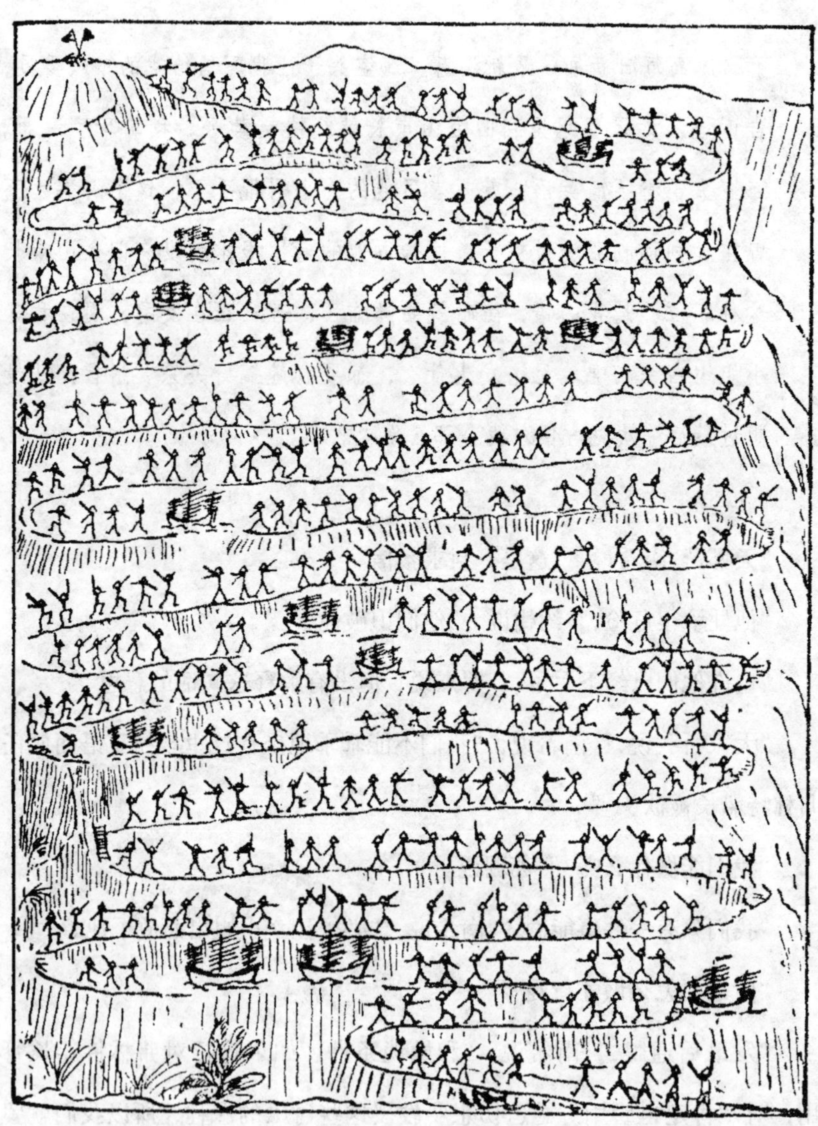

弗林特船长的求救信

“我们需要一些纸。”提提说。

“快去，罗杰。”南希说，“你是尖子生，赶快过去问她要一些纸。”

罗杰怀里抱着吉伯尔，跑进花园。五分钟后，他回来了，涨红了脸，神情严肃，递过来一沓宣纸，还拿着一只碟子，里面装着什么东西。

“我说，”他说，“她不喜欢吉伯尔，嫌它脏，身上有跳蚤。它身上才没有呢，我刚帮它擦洗过。看来，她有点像姑奶奶那样的人。她不准我再把吉伯尔带进的她屋子，也不准吉伯尔睡在房间里，而是每晚都要去笼子里。”

“反正你也拿到纸了。”南希说。

“我问她要纸的时候，她来了精神。”罗杰说，“她很开心，还说抄写一些像 Artifex 和 Opifex 的押韵词和要学的简单内容是好事情。她当时正和那个留胡须的老头说话。我说，你们知道那老头的手指为什么那么长吗？因为他的指甲居然和他的手指一样长。我没告诉她我们要纸的真正目的。”

“没关系，”南希说，“我们交上最后通牒她就知道了。真是的，她就没一支钢笔吗？”她看着那只盛着墨汁的碟子以及一支毛笔，毛笔的一端是细毛发簇成的圆尖。

“钢笔她自己要用。”罗杰说。

“好吧，”南希说，“我们开始写吧。”

他们对使用什么样的措辞发生了争辩——南希希望言辞激烈些以显示强硬的态度，苏珊则希望写得委婉些，提提指出弗林特船长要他们和李小姐搞好关系，南希又说最重要的是说服李小姐把人从张老爷那儿要过来。

初稿由南希用铅笔写成，每个人都对内容做了修改。提提画笔使用得最娴熟，所以为了礼貌，终稿由她蘸李小姐给的墨汁写就。

最后通牒的内容如下：

李小姐：

我们联名写这封信，是想表示弗林特船长是我们中的一员，把我们分散在两个地方是错误的。

他不能一直待在笼子里。任何一个人，如果他的舅舅像动物园里的动物一样被关起来，他还能安心学习拉丁语吗？只要弗林特船长在我们身边，我们会努力学习拉丁语（南希的原话是“我们会咬牙坚持上课”）。但如果两方的心离得太远（提提的建议），我们是学不好的。只要您救救弗林特船长，我们会拼命学习。但如果您不救，我们就不学。（最后一句没人喜欢，除了南希，可是她太喜欢了，大家也就同意保留了。）

亚马孙号船长：南希·布莱克特

大副：佩吉

燕子号船长：约翰·沃克

大副：苏珊

一等水手：提提

一等水手：罗杰

因意外事故而烧毁的野猫号全体船员

“写快点，提提。”南希说。

“用毛笔写字很困难。”提提说，她正跪在地上，用毛笔在面前铺开的纸上画着一个个字母。

“你必须加快速度了。”南希说。

“我加快了啊。”提提说，不由得将舌尖伸了出来。

终于写完了，南希立即把信攥在手上。

“当心，”提提说，“墨还没干。”

“好的。”南希说，“把笔给我们。天哪，这东西怎么写字？”她带头写上了自己以及亚马孙号的名字，然后把纸递给佩吉。他们依次签上了自己的名字，最后提提举起纸面对着太阳让墨迹干得更快些。

“谁送过去给她？”罗杰问，“我不去了，我已经拿过纸了。”

“我们都去，”南希说，“大家都去，把猴子留在这里。”

他们路过花园的时候正好碰上从李小姐那里离开的老师爷，他从他们身边走过的时候视他们为空气，看都不看一眼，径直走进议事厅后面的那扇小门里。他们继续向前走，却被阿妈拦住了。

“你们想见李小姐？”她问。

他们等着。阿妈走出来，领他们进了李小姐的书房。

“请进。”李小姐说，“你们需要请教语法方面的问题吗？如果你们有任何不懂的地方，欢迎随时来提问。”

“不是那样的。”南希说。

“那是什么事？”

To Miss Lee

We the undersigned point out that Captain Flint is one of us and it is all wrong to put him in one place and us in another. He is not used to cages. How can anybody learn Latin when their uncle is shut up like an animal in a Zoo? We will do our best to learn Latin if Captain Flint is here too. But we cannot be any good at it while our hearts are far away. Save Captain Flint and we will work like anything. But if not, not.

Signed

CAPTAIN NANCY BLACKETT (OF THE AMAZON)
MATE PEGGY BLACKETT

CAPTAIN John Walker (of the Swallow)
MATE Susan
A.B. Titty
A.B. Roger

Members of the crew of the Wild Cat which was burnt through no fault of our own.

最后通牒原稿

“关于弗林特船长。”南希把最后通牒给了李小姐。

“这是我们全体写的。”约翰说。

李小姐把纸张铺在桌子上，从头读到尾。然后，她眯起眼睛看他们。

“我救不了他。”她说，“吴老爷和我的师爷想要维护我父亲的法律，我却在违反它，因为我想收学生。你们是英国人，但我告诉他们收留你们是安全的，因为你们逃不了，没人知道你们在这儿。就算你们能跑掉，也没法带着炮舰找到这里。但是他们认为最好砍了你们的头永绝后患。张老爷认为留着弗林特船长是安全的，因为他是美国人不是英国人……”现在她的眼睛眯得更厉害了，“这是一场交易，一物换一物，我留着我的学生，张老爷留着他的美国市长。”

“可他不是美国人。”南希说。

“我也觉得他不是，”李小姐说，“但张老爷觉得他是。没关系，不着急，他在监狱里待着没危险。他是个很没教养的人，坐下来思考思考对他有好处。送信人抵达美国并且返回前，张老爷会保证他的安全。”

“您弄错了，”南希说，“张老爷已经开始怀疑了。”

“你们怎么知道？”

时间定格了一秒，空气里弥漫着怀疑的气息。弗林特船长让他们告诉李小姐真相，但没让他们给她看那封信。

“你们怎么知道？”李小姐又问。

“还是给她看吧，”提提说，“如果她发‘诚实海盗’的誓。”

“如果我们告诉您，您不会把他出卖给张老爷吧？”南希问。

“他已经在张老爷手上了。”李小姐说。

“我是说您不会……大家听我说，我们必须冒这个险。约翰，把你的信给她。”

约翰把弗林特船长写的信交了出去。

“一张图？”李小姐问，“这画的是什么？”

“是旗语。”南希说，“您说您当过童子军，这是信号呀，您要倒过来读。”

“中国式的。”李小姐说。她从后往前看着那些小人，从山脚开始往上来回一直读到山顶，读完了全部内容。

“帆船代表的是句号。”南希说。

“我看你把字母也写出来了。”李小姐说。

“是的，”南希说，“我忘了，可是您反正也能读懂这些信号，是吗？”

“是的。”李小姐说，她又读了一遍然后把信还给约翰。她思索了片刻，说道：“这是他自找的。他骗了张老爷，也骗了我。”

“但他不撒谎的话，佩吉、我还有他早死了。”

“那又怎样？”李小姐说，“你们可不是什么好学生。”

“我们会努力成为好学生的。”提提说。

李小姐笑了。“和李小姐搞好关系。”她慢慢重复道。

“我们也会努力做到的。”苏珊说。

“这就是你们努力的结果？”李小姐举着那张最后通牒说，“不，我无能为力。那个人骗了张老爷，如果我现在把他带走，那我也欺骗了张老爷。你们是我的学生，但那个人是张老爷的囚犯。如果他说了谎，张老爷砍他的头，那也是他咎由自取。”

“可他是我们的舅舅啊。”南希说。

“他也是我们的朋友。”约翰说。

接下来提提也说了一句话，不过刚说出口，她就后悔了。

“他就像我们的爸爸一样。”她脱口而出，“您想一想，您的爸爸成了囚犯，您还有心情学什么拉丁语吗？”

李小姐的小手指僵住了，她看着提提，然后突然转变了态度。

“也许是没有心情了。”她轻轻地说道，“我会和张老爷说的，你们先走吧。”

五分钟后，他们听见李小姐的吹笛人对着空中吹出一串信息。

“我们做到了，我们做到了。”南希叫道。他们倾听着笛音，还听见笛音重复着传到了远处，消散在空中。

“是提提那番关于爸爸的言论起了作用。”罗杰说。

“提提，你想到这个真棒。”南希说。

但是一旁的提提正在给她的鹦鹉喂葵花籽，并没有转过身来。

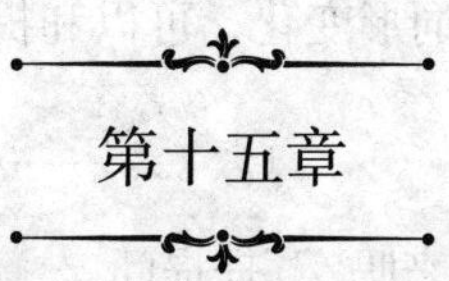

第十五章

李小姐买下弗林特船长

第二天没有课。“张老爷要来了。”沉默的早餐结束的时候，李小姐说道，“我要和师爷商量商量。约翰和罗杰可以继续翻译；南希、苏珊和佩吉如果学会了第一人称词形变化，可以和提提一起学第二和第三人称词形变化。”

“他会把弗林特船长带来吗？”提提问。

“不会。”李小姐说。

“词形变化烦死了。”他们回到自己的房间后，南希说道，“我们为什么要学这些讨厌的东西？我们要说话算数。不放人，不上课。”

“她的要求很强硬。”约翰说。

“弗林特船长要我们和她搞好关系。”苏珊说。

“快点，”罗杰说，“南希……说一下 mensa 的复数……”

他说完就溜走了。提提同意约翰的说法，苏珊也是。提提喂了鹦鹉，罗杰带着猴子到院子里稍微活动了一下，看到猴子的笼子里还有足够的食物。按罗杰的说法，吉伯尔和守卫们分别用两种外语聊天。李小姐的学生们确实在靠近花园、凉爽的大房间里试着学习，可是他们每时每刻都竖起耳朵听别的声音，要记住 dominus、domine、dominum① 这些词形变化真的不容易。

① dominus、domine、dominum 分别是“主人”的单数主格、属格和宾格。

大半个上午过去了，大家都没学多少，这时一声锣响让周围的空气都振动起来。

“张老爷！”南希叫道。

“是张老爷！”提提说。

“快来。”罗杰说。

他们立即穿过房间，来到院子里，看到张老爷坐在椅子上被抬进了大门，膝上放着一只上了漆的鸟笼。

他一眼就看见了曾经的“囚犯”们，从椅子上一下来，就向提提招手。

“非常好的小家伙，”他指着一只鸟说，这次是一只云雀而不是金丝雀，“唱了一路。”

“这鸟好美。”提提说。

“鹦鹉怎么样了？”

“很好，”提提说，“谢谢您给它的鸟食。可是弗林特船长在哪儿？”

老爷的脸色变了。“詹姆斯·弗林特船长，”他说，“那个旧金山人，他是头号坏蛋。”

他没再说别的话。老师爷从议事厅的台阶上走下来迎接张老爷，他们互相致意，然后一起走进议事厅。老师爷说着话，张老爷听着，连连点头。他带着深蓝色无檐便帽，帽子上有颗红色顶珠，提着的鸟笼来回晃悠。

“不错，”南希说，“我们知道张老爷想从吉姆舅舅身上敲诈出钱来，然后再砍掉他的头。现在他说弗林特船长是头号坏蛋，因为他开始觉得可能敲诈不到钱了。”

“李小姐会跟他说什么？”佩吉说。

“如果她想给我们上课，就要有所行动。”罗杰说道。

“张老爷看起来不好说话。”约翰说。

“我们能给他的鸟找点蚱蜢吗？”提提说。

“花园里好像有蚱蜢的叫声。”罗杰说。

“他要在里面谈多久？”苏珊说。

“很长时间。”南希指着门口说。老爷的轿夫把他的椅子放在院子里，已经坐下来打牌了，“如果他们认为老爷很快会出来，就不会干这个了。快，抓蚱蜢总比干等着好。”

他们穿过屋子来到花园里，突然在橘子树的另一边停住了。在露台顶层的是李小姐、师爷和张老爷，他们坐在椅子上，每人旁边都有一张小茶几，上面放着一小碗茶和一只盛着蜜饯的盘子。

“天啊！”罗杰低声说，“我还以为他们会在大房间里。”

“算了，”南希说，“反正他们已经看见我们了。”六个“囚犯”从露台上下来，来到低处的花园。

“他看起来很生气。”提提说。

“提提，”南希说，“跑回屋去把波利带出来。他看见波利，可能心情会变好。”

“我要把吉伯尔带出来吗？”罗杰满怀希望地问。

“不要，”约翰说，“吉伯尔可能会让他狂怒。不过波利值得一试。”

独自一人在那三个坐在露台顶层的人的注视下走上去回屋太可怕了，

不过约翰同意南希的意见，于是提提像在船上服从命令那样服从了南希。她在屋子里逗留了一会儿，在喂食盒里又放了一把鹦鹉的鸟食。“来吧，波利，”她说道，“你要帮帮忙。”然后她提起笼子，拿到外面的橘子树下。她一只眼睛瞄着李小姐、张老爷和老师爷，走过他们坐着的露台。张老爷在带着怒气说话，没有看她。鹦鹉被突然的旅行惊动，用最大的声音叫着“八个里亚尔”。张老爷猛然转过身来，可是笑容在他脸上只停留了一会儿，然后继续和李小姐谈话。

“呃，”提提来到其他人中间时南希说道，“他看见波利了吗？”

“他听到了，”提提说，“他还笑了。”

“不错。”约翰说。

“我们都听到了，”罗杰说，“听到了老波利说的话。我敢说他笑是因为波利说到了钱，很可能让事情变得更糟了。要是我把吉伯尔……”

“你会把李小姐、张老爷和老师爷都惹毛的。”苏珊说。

罗杰咯咯笑了。“它可能会学师爷理胡子。”他说着还用手摸了摸下巴。

“那你要小心了，”南希生气地低声说，“师爷会认为你和吉伯尔一样坏。”

“我捉到一只蚱蜢，”约翰说，“找个什么东西把它放进去。火柴盒，苏珊。”

“用完最后一根火柴后我把盒子扔掉了，”苏珊说，“其他火柴盒都在岛上的定额食物铁盒里。”

“要不我做只纸盒吧？”佩吉说。

“你会吗？”

“她可会了。”南希说。

“纸都在屋子里。”苏珊说，“不，别动，罗杰。”

可是罗杰很高兴有了借口，已经以最快的速度跑上露台，因为他想近点看张老爷。片刻后他们看见他慢慢回来了。

“还在争吵。”他把一张宣纸递给佩吉。

“这说明李小姐真的在努力。”约翰说。

佩吉把纸折起来，用童子军小刀裁成方形。然后她把纸的四个角折起，折成一个更小的方形。她又折了一下，折成了一顶帽子，也像一艘双头船，还像一只盐罐。

“糟糕，”佩吉说，“我忘记怎么折了。”

“不，你没忘。”南希说，“接着折，折啊折啊，然后把多余的边角裁去。”

“折得不太好。”几分钟后佩吉说。

“能用。”苏珊说，“我的天，那些东西真能跳。”

“我捉住一只，”罗杰说，“不太大。”

“他前几天一直都在挑小的，”提提说，“他的鸟儿们喜欢小的。”

他们听到李小姐叫“南希”的时候，已经有半纸盒小蚱蜢了。

“来了。”南希看了看周围其他人应道。

“我们都去。”约翰说。

“他们总不会吃了我们。”南希说，不过他们知道她很高兴不是独自一个人去。

“最好带上波利。”罗杰说。

他们在三个中国人面前站成一排。张老爷面露怒色，虽然看到波利后他的眼神变得柔和了一点。师爷的视线越过他们眺望着远处的小山，用指甲梳理他的山羊胡，他的指甲像罗杰说的那样，和手指一样长。李小姐直直地盯着南希，她一个字一个字地说话，语速很慢，所以虽然说的是英语，张老爷也应该能听懂。

“我问过张老爷了，让他把他的囚犯交给我。张老爷说要留着他，因为除非他说了谎，不然旧金山的人会付很多钱来救他们的市长老爷。”

这时，李小姐说话时一直在点头的张老爷递给李小姐一张纸，用汉语说了句什么。

李小姐接过纸，递给南希。“老爷的囚犯写了这个，”她说，“读一下。”

“我们所有人？”南希问。

“是的。”李小姐说。

张老爷和李小姐看着他们读信。老师爷似乎只对远处的小山有兴趣。这张纸上是弗林特船长手写的一封信。

致旧金山忠诚的人民：

你们好！

我，你们的市长大人，和一只邪恶的猿猴关在一起。（“吉伯尔不是邪恶的猿猴，它有尾巴。”罗杰读信的时候小声嘟囔。）我获得自由的唯一希望是你们。你们在乎你们的市长大人吗？如果你们认为我一文不值，就别给钱。但是如果你们认为我，詹姆斯·弗林特船长，旧金山的市长大人，值五十万美元，就立即把钱交给可信赖的信使。不要报警或报告美国海军，不然你们就要另找一位新的市长大人了，因为这位会掉脑袋。

詹姆斯·弗林特市长

他们尴尬地相互看了看。发给他们的消息里，他说到过胡写了一通，他是真敢写。

李小姐又开口道：“张老爷问我，他的囚犯是不是在耍他。现在，南希，你跟他说真话。张老爷的囚犯是美国人还是英国人？他是市长大人吗？富有的旧金山市到底会不会出钱赎他？”

南希咽了下口水，慌乱地看了看四周，有一会儿什么都没说。按照弗林特船长的指令告诉李小姐真相是一回事，可是她应该跟张老爷说真话吗？

“说真话，”李小姐说，“反正张老爷也会查明的。”

南希决定相信李小姐。“他是英国人，不是美国人。他不是市长大人。我认为旧金山一个子儿都不会给他出。”她一个字一个字说得缓慢而坚决。

“我砍了他的脑袋！”张老爷一下子跳了起来，说。

他们倒抽了一口气。为了救弗林特船长，他们把事情搞得更糟糕了。

“可是您不能这么做。”提提说。

李小姐又说话了，语调非常平静。茶碗里面的茶还没喝，她纤细的手轻轻敲了敲茶碗的边缘。站在她上方的张老爷又坐了下来，似乎有点不情愿。李小姐好像没有注意到他站了起来，她没有看他，而是像师爷

一样，眺望着远处。她仿佛不知道她的“囚犯”们正在面前等着，说话的样子就像在陈述一些她没什么兴趣的事实。

张老爷一直听着，等她说完，也开始用同样奇怪的方式说话，不像在争论，倒像是他也有很多事情要陈述。

“南希，”李小姐说，“你们的弗林特船长在英国是富人吗？”

“不是，”南希说，“他的钱全花在购买野猫号和船上的装备上了。吉伯尔放火烧了船，现在船已经葬身海底了。”

李小姐说起了汉语，可能是在翻译南希的话，防止张老爷没有听懂。张老爷生气地哼了一声。

提提早就想好了，这时她把鹦鹉笼子放到张老爷的椅子前。她对自己说，毕竟，如果不是弗林特船长，她根本就不会有这只鹦鹉。

“如果您肯放了他，”她说，“我就把波利送给您。”

张老爷一时之间似乎没明白，突然他脸上的愠怒消失了。他微笑起来。“你是头号好姑娘，”他说，“头号好的小家伙和它的好姑娘待在一起。我不拿走。”

接下来很长时间李小姐他们用汉语交谈，“囚犯”们不知道他们在说什么。李小姐挥手让她的“囚犯”们离开。

“我说，”罗杰说，“我们一直没把蚱蜢给张老爷。”

“我们现在不能回去。”拿着纸盒的苏珊说，“是我的错。他走的时候我们再给他。”

“你真的要把鹦鹉送给他吗？”罗杰问。

“你不明白吗？”提提有点愤怒地说，“波利是弗林特船长送给我们的

为弗林特船长讨价还价

礼物。”

他们心灰意冷地在露台下面晃荡，想着是不是无能为力了。最后他们听到李小姐拍手的声音，于是抬头往上看。他们先是看见老阿妈站在李小姐的椅子旁，然后来了一个发送信号的人，手里拿着那种奇怪的竹笛。李小姐在和他说着什么，过了一会儿他们听到两个音符的响亮笛声，像一小节简单的音乐一遍遍地重复。从远方传来了回应的笛声，于是这边的笛声再次响起，发出拖长了的不均匀尖音。然后一个拿着一只小袋子的男人出现了，把袋子交给李小姐后，又回到橘子树下。他们看到李小姐在向他们招手。

“我出了他的赎金。”他们跑上前的时候，李小姐说。

“太好了，李小姐。”南希说。

“现在没事了。”约翰说。

“您没花太多钱吧？”罗杰说。

“不会的。”佩吉气愤地说。

苏珊和提提都说不出话来。

张老爷把什么东西放进了他宽大的衣袖里。

“他说谎了，”他对“囚犯”们说，“他耍了老爷我。本来打算砍掉他的脑袋，可是我把他卖了，卖得很便宜。”突然他把茶一饮而尽，脸上满是奸诈狡黠，站起来要走。李小姐默默地看了一眼自己的茶碗，她还没喝茶。张老爷出于礼貌，又不情愿地坐了下来。旋即上了一碗新茶，放到他旁边的茶几上。

苏珊递去纸盒，张老爷看了一眼。苏珊又把纸盒放到耳边摇了摇，张老爷接过纸盒，放到耳边听，立刻明白纸盒里是什么。他小心翼翼地打开纸盒的盖子，抓住一只正往外爬的蚱蜢，掀开身旁笼子的盖子喂给他的云雀吃。小鸟一口吞掉蚱蜢，发出清脆的啼叫。张老爷开心地笑了，忘了弗林特船长，看向正一脸凝重点着头的师爷和微笑的李小姐，等着他们和“囚犯”们的掌声。

“头号好的小家伙。”他说。

时间慢慢流逝，有人端出一只托盘，上面放着美味的食物供张老爷享用。他吃了起来，师爷和李小姐都只咬了一小口陪他。又端来一只托盘，上面是给“囚犯”们的茶和蜜饯。“我还以为他们把我们忘了。”罗杰低声说。张老爷让提提把鹦鹉放出笼子，请李小姐看提提叫鹦鹉时鹦鹉会怎么过去。张老爷继续用蚱蜢喂云雀，“囚犯”们走到一边拿来更多的蚱蜢，还带来了云雀似乎更喜欢的毛毛虫。张老爷不时地瞥一眼地上的影子，看到什么时辰了，他好像一次次要走，可是每次都发现李小姐没有喝茶。

终于传来了喊叫的声音，他们听到弗林特船长在唱歌，歌声盖过了喊声：

我们怒吼，我们咆哮，我们是英雄的英国海员，

我们乘风破浪，我们航行在最广阔的海上，

胜利的号角响彻旧英吉利海峡，

从阿善特岛到锡利群岛不过三十五里格。

李小姐抬起头朝张老爷笑了笑，终于喝了她的茶，这茶放了好几个小时，现在已经冰凉了。张老爷脸上又露出不高兴的神色，站起来要走。李小姐向“囚犯”们点了点头，于是他们跑过房屋来到院子里，正好看到轿夫们抬着鸡笼里的弗林特船长进来了，他在轿夫们上方快活地唱着歌。

“三百万次欢呼！”鸡笼放到地上时南希欢呼，然后他们隔着栅栏和弗林特船长激动地握手。

张老爷的轿夫们在他的椅子边等他。他和李小姐告辞，然后和师爷一起走下台阶来到院子里，径直走到弗林特船长面前。

“头号骗子，”他说，“头号坏蛋！我把你卖了，卖得很便宜，但比砍掉你的脑袋划算。”

他怒气冲冲地走开，坐上椅子。弗林特船长从鸡笼里被放了出来，可是，在老师爷的监视下，又被立即关进院子里的一只笼子里，和吉伯尔成了邻居。

“总比砍掉他的脑袋划算！”轿夫们抬起椅子时，张老爷又吼道。门楼那里响起十下凝重的锣声，张老爷被抬了出去，后面跟着弗林特船长待过的空笼子。

“这就是李小姐为什么一直不肯喝茶的原因。”提提说。

“为什么？”弗林特船长在他的“新家”里说。

他们跟他讲了发生的事情。“李小姐人真好。”他说，“提提说得对，主人没喝茶，张老爷不能走。全中国都这样。她发出可以走的信号前要是他走了，这位爱鸟的张老爷就会吃不了兜着走。我觉得我很幸运，如果他走了，在他自己的岛上遇见我，他会把钱还给李小姐，说：‘抱歉，囚犯在我手里被大卸八块了。’不过，花钱赎我还是让我有点不好意思。”

“可是他们为什么又把你关起来了？”罗杰说。

“孩子，别为此担心。我可以告诉你我感觉比之前有盼头多了。”

南希刚才看见弗林特船长又被关起来时跑开了，现在她又回来了。

“我问了能不能放你出去，她说不能，可是明天早上你可以来和我们一起吃剑桥式早餐。”

“她给我们吃的早餐非常丰盛。”罗杰说，“牛津果酱，棕色的，汁水多着呢。”

“太好了，果酱不是剑桥的。”弗林特船长说，“你们不用担心我被关起来。张老爷的手下可能在附近潜伏，关在笼子里更好。”

“吉伯尔也离得很近。”罗杰说。

“很让我欣慰。”弗林特船长说，“说说，你们到底是怎么说服她出手相助的？”

他们轮流给他讲了拉丁语课和最后通牒的事。

“拉丁语？”弗林特船长说，“这就是她拿我交易的目的。这真是我遇到过的最古怪的事情。她打算让我们什么时候走？”

“她没打算让我们走。”提提说。

“我们得让她改变主意。”弗林特船长说，“等一下，不知道她要出多少钱赎我。”

阿妈过来叫他们吃晚饭，一个男人给弗林特船长端来一大碗米饭。

他们离开了，留他在笼子里吃饭。

“反正我们救了他，”南希说，“至少目前是。”

第十六章

弗林特船长也成为笨学生的一员

听到用剑桥式早餐的铃声时，他们正在院子里跟弗林特船长和吉伯尔隔着栅栏说话。来到李小姐的房间，他们发现餐桌边额外留了一个位子。

“我们跟他说了要一起来吃早餐。”罗杰说。

“他正为刮胡子的事烦恼。”苏珊说。

李小姐给了阿妈一把钥匙，阿妈出去了。他们都坐下来吃早饭，这时阿妈回来了，带来了弗林特船长，他摸摸满是胡子的下巴，看起来有点没睡醒。

“他已经忘了被保姆照顾是什么样。”罗杰说。

“早上好。”李小姐说。

“早上好，小姐。”弗林特船长说，“我不太想进来，张先生有个剃头师傅……”

“没关系，”李小姐说，“早餐后给你刮胡子。”她指着他的位子，“希望你睡得还好。”

“是我睡过的监狱里最舒服的。”弗林特船长说。

“你经常蹲监狱吗？”李小姐冷冷地说。

“只是治安法庭。”弗林特船长说，“赛艇之夜，精神亢奋，警察就喜欢抓我们这种人。”

“啊，”李小姐说，“我知道，剑桥赢了，我们大家都很高兴。”

“不是那一年，小姐。那年高兴的是我们。”

“不常见吧，我想。”李小姐说。

其他人喝着粥，听得着急。他们没想到会有这样的谈话。什么时候弗林特船长才能正经一点？他说过“我们得让她改变主意”。他什么时候才会这么做？可是弗林特船长享用着早餐，坐在椅子上而不是笼子里的栖木上，看起来一点也不急。

“您对划船感兴趣，小姐？”他礼貌地问。

“我曾是纽纳姆学院的舵手，我们获得过亚军。”李小姐说，“你代表牛津划吗？”

“不是，”弗林特船长说，“牛津决定开除我之前我先从牛津退学了，然后我去周游世界了。”

“也许这就是你不懂拉丁语的原因。”李小姐说。

“呃。”弗林特船长说。一两分钟后，他又说：“火腿和蛋很美味，小姐。离开英国后我就没有品尝过这样的火腿，而且我发现您有牛津果酱。”

“是的，”李小姐说，“牛津的学问不行，不过果酱很好。”

“噢，好吧，小姐。”弗林特船长说。

“牛津的学生不懂拉丁语。”李小姐严厉地说。

“我都忘了。”弗林特船长说。

李小姐看了一圈桌子。“罗杰，”她说，“拉丁语学得很好，约翰学得不太好。提提很努力，苏珊、佩吉和南希完全不会拉丁语，她们得从头开始学。”

“可怜的孩子。”弗林特船长说。

“一点也不可怜，”李小姐说，“他们很快会学会，赶上罗杰。我们要读维吉尔……《埃涅阿斯纪》……明年可能读《田园诗》……然后读贺拉斯……”

弗林特船长发现了机会。

“我们不能待在这里这么久，小姐，”他说，“我要把我的船员带回家。我想请求您……”

李小姐眯了一下眼睛，嘴巴抿紧了。

“你们要待在这儿。”她平静地说。

“可是这不是让您很难办吗，小姐？”弗林特船长步步紧逼，“南希告诉我，您的父亲制定了一条法律，一条不准关押英国人的法律。”

“听着，”李小姐说，“我父亲的法律是不准关押英国人。张老爷违反了那条法律，因为他以为你是美国人。现在他知道你是英国人。我们这里有三位头目，张老爷、吴老爷和我，还有我父亲的师爷。除了我，他们所有人都想遵守我父亲的法律……他们不想有英国囚犯。”

“那为什么不让我们走，大家皆大欢喜？”弗林特船长追问道。

“这不会让任何人高兴。”李小姐说，“我的师爷不高兴，吴老爷不高兴，张老爷也不高兴。你们也是。他们不想有英国囚犯，想砍掉囚犯的头，省得麻烦。他们有三个人，我只有一个人。但是我有自己的判断，我知道我父亲会为我有了自己的学生而感到高兴。”

“可是……”弗林特船长说。

“这事已经决定了。”李小姐说，“Hoc volo. Sic jubeo. Dixi？”

弗林特船长沉默了。其他人面面相觑，罗杰则咧嘴笑了。

“罗杰，”李小姐说，“告诉他们什么意思。”

“她是说她一定要做她想做的事情。”罗杰说。

有一会儿大家都沉默不语。然后弗林特船长又开始了。

“可是，小姐，”他说，“您不会想让我光大吃大喝，无所事事吧。我能不能往家里发封电报，告诉他们的妈妈不要担心？”

“你留下来学拉丁语。”李小姐说。

弗林特船长倒吸了一口冷气。

“可是……可是……”

“我教你们拉丁语，”李小姐说，“不过算术、几何由你来教……我还会上历史课……”

“我知道各个国王和王后的生卒日期。”罗杰说。

“罗马史。”李小姐说，“我们读维吉尔的书，读一些罗马历史是应当的。Annus urbis conditae？”她环视着桌子，然后看着弗林特船长。

罗杰看着弗林特船长，眼睛里闪着光亮。

“呃……”弗林特船长说。

“罗杰？”李小姐问。

“罗马的建国时间，”罗杰说，“公元前753年。”

“很好，罗杰。”李小姐说。

“书呆子。”南希压低声音说。

“什么？”李小姐说，“我没听见。”

南希脸红了。“我是说他浪费……我的意思是他花了很多时间学功课。”

“好学生。”李小姐说。

这次罗杰脸红了。他非常清楚别人是怎么想他的，希望他不记得罗马建国的时间，被一块果酱噎住，早餐结束前一个字都不要说。

后来，他们走过花园回自己屋子的时候，他跟南希说：“对不起。”

“没关系。”南希说。

“真不害臊。”约翰说。

被告知可以和孩子们一起去看他们的住处的弗林特船长无意中听到了他们的对话。“胡说，”他说，“你尽管把会的都说出来，罗杰，拯救一下我们其余人。我们之中有一个人懂这些是好事。将来教算术的时候，我就不会让罗杰出风头了。”

“你看见她什么样了，”苏珊说，“她要把我们一直留在这儿。”

“要习惯她的方式，”弗林特船长说，“李小姐不好讨价还价。可是别急，我们会找到办法的……啊，那是什么？”

李小姐的老保姆正匆匆追赶他们。她说了很多，似乎想让弗林特船长跟她一起走。

“好的，好的，”弗林特船长明白后说，“马上就来……”他轻轻摩擦着下巴，“噢，好吧，”他说，“总不会比张先生家的剃头师傅还差吧。”

半小时的时间，他们观看了一个打着赤脚、戴着草帽的中国人给笼子里的弗林特船长刮胡子，而吉伯尔就在隔壁的笼子里假装给自己满是褶子的脸打上泡沫。半小时之后，他们都回到了李小姐的剑桥书房。早

餐都被收走了，李小姐已经为上课做好了准备。她让罗杰和约翰继续预习维吉尔的作品，其他人学习拉丁语语法书的第一页，还给弗林特船长进行了一次简短的考试，结果他的表现非常糟糕。她首先问了他几个形容词。"'大'的拉丁语怎么说？"她问。

"Magnus。"弗林特船长带着开心的微笑回答。至少这个他知道。

"'更大'呢？"

弗林特船长犹豫了。"这里有陷阱，"他说，"我应该知道……Mag……mag……magnior。"

李小姐笑了。"牛津的学问。"她说，"'最大'呢？"

"呃，不是 magnissimus，但是按照词形变化应该是，"弗林特船长结巴了，"Magnanimous？"

"罗杰？"李小姐问。

那本书开头的部分——埃涅阿斯神父的故事罗杰读得很快，因为他在学校的时候读过了，虽然如此，刚才他还是忍不住听了他们的对话。他怀疑地看了看约翰，然后又看看南希。

"说呀。"弗林特船长说，"我要学，你如果知道就说出来。"

"你可以通过大熊座来记住这个，"罗杰说，"Ursa Major①……"

"没错，"弗林特船长说，"'更大'是 Major，'最大'是 Maximus。我一直都知道，只是因为提问太突然，一下子什么都想不起来了。"

李小姐考他不规则变化动词时，他的表现也没有好到哪里去。她又

① Ursa Major，在拉丁语中是大熊星座的意思。

考他名词，可是他也忘了。她考他“Artifex”和“Opifex”，他还是不会。

“你最好和其他人一起从头学起。”李小姐说，于是弗林特船长不得不加入到笨学生中去。南希、佩吉和苏珊围在一起，还在学第一页的拉丁语语法，苏珊闭起眼睛，在努力背第二页的内容。

他们能看出来，怀着极大希望开课的李小姐发现了他们的无知，心情有点低落。他们也看出来，罗杰翻译了维吉尔那本书开头的十行后，她的心情好多了。她让约翰翻译接下来的十行，然后心情又变得沉重起来。接着发生了一件更糟糕的事情。

“这不怪约翰，”提提在桌子的另一头插话道，“您看他并不是真的需要掌握拉丁语，您可以考考他算术。”

“不需要掌握拉丁语？”李小姐说，“为什么？”

“我要去海军了，”约翰说，“像我父亲一样。”

李小姐开口道：“你父亲？是海军？”

“他是个上尉。”约翰说，“到他退役的时候，他会成为海军上将。”

“上尉？”李小姐说，“英国海军？”

“是的，”罗杰说，“真正的上尉，不像弗林特船长。我猜您看到过他的舰艇，他以前驻扎在香港。”

“炮舰！”李小姐大叫。

好一阵沉默。

“你们告诉过张老爷吗？”李小姐问。

“没有。”约翰说。

“要是他知道……要是师爷知道……要是吴老爷知道……要是我父

亲……”她不说了，“最好没有人知道。你们没有告诉过任何人……我，李小姐，保护你们，你们是安全的，可是如果他们知道了……”李小姐用右手做了个轻微的动作，虽然轻微，但他们知道是什么意思。这和他们在张老爷院子里看到的那些小男孩做的砍头的动作一模一样。

“爸爸现在不在那里了，”提提说，“不然我们就直接开船去香港了。”

“我最好不知道，”李小姐说，“我最好忘了，你们最好没有告诉过我……”她挥了挥手，仿佛把听到的话挥走，然后拿起维吉尔那本书，开始翻译起来。可是她无法把心思集中在翻译上，犹豫了一下，放下书。“你们四个，”她说，“罗杰、约翰、苏珊、提提，是海军上尉的孩子。他要是知道你们在李小姐这里，会带着炮舰过来，毁掉我父亲的家业……”

然后，她突然环视着桌子周围她的七个学生说：“我连师爷都不会告诉。你们连我的阿妈都千万不能告诉。只要你们留在这里，就不会对三岛有危害。我父亲知道我放弃了剑桥，他会很高兴我在这里重拾剑桥。”

“牛津。”弗林特船长嘟哝道。

李小姐听到了。“也许五年、十年后，没人会想到你只上过牛津。”

“可是……”苏珊开口道。

弗林特船长在桌子底下踢了她一下，表示警告。

“嗯，小姐，”他说，“我肯定，我们会尽最大努力学习。”

“非常好，”李小姐说，“我们开始吧。”她让约翰和罗杰继续读维吉尔的书，接下来的十分钟弗林特船长绝望地不断在名词的词形变化中出错。罗杰没法对弗林特船长的错误充耳不闻，忍不住幸灾乐祸地咧嘴笑了起来。

这节课非常漫长，学得很不容易。李小姐似乎想让自己忘了她四个“囚犯”的父亲是英国海军上尉这件事。无疑，对她来说，这个消息让她更严重地违反了她父亲三岛人不得关押英国人的法律。可是有七个学生的拉丁语课，是她在可能的情况下不愿放弃的奖赏。

他们谁都逃不过。弗林特船长愚蠢的错误一个接着一个，在李小姐的提问下他连以前知道的也全都忘了。其他人想到毫无疑问李小姐就是要把他们留在岛上好几年，就很难再思考拉丁语语法或者《埃涅阿斯纪》的问题了。苏珊、约翰和提提为怎样给家里报信的问题烦恼，现在他们明白这是绝不会得到允许的。南希和佩吉有点烦家里的布莱克特太太，而且她们的舅舅弗林特船长和她们在一起，倒情愿留在这里和海盗待着，可是虽然如此，她们也不想整天学那些不想学的东西。甚至就连罗杰，虽然他喜欢当班上的尖子生，尤其是有南希和弗林特船长垫底，但他也觉得自己的年纪读家庭贵族学校不合适，哪怕女教师是个中国海盗，门后还挂着左轮手枪。

终于下课了，他们都感到由衷的开心。李小姐要求他们带着拉丁语语法书、维吉尔的《埃涅阿斯纪》和词典，标记好她要他们为明天课程预习的内容。她最后说了几句话，让他们的高兴劲全没了，取而代之的是雀跃的惊喜。

“现在你们自由了，”她说，“一直到晚餐时间。随便去哪儿都可以。下课！”

“来吧，”他们走到花园里去时罗杰自言自语，“让我们跳起来。跳蚤总是跳来跳去。”

第十七章

自由，却是囚犯

“我们走，先去看看燕子号和亚马孙号。”约翰说。

“要先确定他们会让我们出去。”弗林特船长说。

“她说了，‘随便去哪儿都可以’。”提提说。

“我们走吧，”罗杰说，“我去带上吉伯尔。”

“如果我们带吉伯尔，”弗林特船长说，“整座小镇的淘气鬼都会跟着我们。算了吧，我们有许多事情要弄清楚。还是留下吉伯尔吃香蕉、波利吃鹦鹉食，看看我们能不能想出什么办法。”

就连罗杰也觉得有道理，探险小分队便出发了。

“苏珊，”南希急切地说，“不要表现出像是期待被拦下似的。”她快活地在前面领路，向院子地势较低那端的大门走去。

大门口的守卫看着他们过来，却退到一边让他们过去。他们直接就出来了，进入满是灰尘的小镇。没有人朝他们喊叫，也没有人追他们。

“她的命令下达得不错。”弗林特船长说。

“哎呀呀，”南希说，“我们真的自由了。快点，现在走哪条路？”

“我们去看看他们是不是还在缝制那条龙。”罗杰说。

“在我们进来的大门那边。”提提说，“我们可以从那里出去，去渡口，然后沿着河岸到燕子号那里。”

“不，我们不能走那里。”南希说，“你忘了那堵墙，就在河边。小海湾在墙的这一边，就在李小姐花园后边的什么地方。”

“你们决定吧。”弗林特船长说。

“右转，”约翰说，“我们绕过李小姐的花园，肯定能走过去。”

他们从衙门的大门向右转，沿着一条路向前走。这条路的一侧是衙门的围墙，另一侧是一排低矮的泥土房子，屋顶是绿色的。这条路的泥土路面已经被走硬了，脚踩上去，没有什么飞扬的尘土。突然，地势陡然下降，他们虽然只能看到右侧是一堵平整的高墙，但是知道墙那边肯定就是李小姐带露台的花园。他们来到探索花园时发现的墙上的那扇门这里，罗杰试了试，门仍然锁着。“好吧，”他说，“我猜只有她才有钥匙。”

“每个人似乎都知道我们自由了。”南希说。

看来的确如此。男人们在门口蹲坐着吸竹制小烟斗，几乎不会转头看他们；妇女们用像只巨大陀罗般的纺纱机纺纱，一刻也不停下手里的活儿，仿佛一夜之间，他们已经成了这座海盗小镇的老居民。他们还帮一个老妇人去抓跑掉的猪。只有一个小男孩做砍头的动作，还被一个走过的人打了一巴掌。

“自由了，”南希又说了一遍，“好像我们也是海盗。”

“我觉得要再右转。”弗林特船长说。

这里的房屋更小，棕榈树、竹子等树木更多。不久后不再有房屋了，他们从树木的间隙看到了水面。

“是那条河，”弗林特船长说，“你们肯定小海湾在这里吗？”

“我们肯定快到了。”约翰说。几分钟后，他们看到了桅杆，那是他们在被带往虎岛的渡船上发现的那艘上了油漆的小帆船上的。他们走过树木，看到了整艘帆船和它的倒影，鲜艳的红色、蓝色和白色倒映在平静的水面上，被环抱在河对岸茂密树木闪烁着金光的绿色倒影中。

“燕子号在这里，”提提说，“还有亚马孙号。”

“它们在那儿，”约翰叫了起来，“就在那些舢板旁边，有人把它们拖过去了。快点。”

他不需要催促，南希和其他人已经沿着小路全速奔跑起来了。

突然，一个人不知道从哪里冒了出来，站在他们面前的小路上。他没说话，可是猛地一下从肩上解下一支短卡宾枪。

“我们只是想去看看我们的船。”南希说。

约翰指着船，那人没有转身去看，而是张开手，手掌对着他们，向前走近了一两步。任何人都能明白他的意思，这条路被封锁了。

“他只有一个人。”南希看着弗林特船长，充满希望地说。

“如果我们惹他用枪，我们就会少一个人。”弗林特船长平静地说，“向右转！我们改天再来看船。”

“不可能是李小姐让他这么做的，”提提说，“她当然不知道我们想来这里。”

“把望远镜拿出来。”约翰说，“我们不往前走，他总不能拦着我们看船。”

“能让他知道我们有架望远镜吗？”提提问。

“我觉得没关系。”弗林特船长说，“不过千万不能让他知道我有一只袖珍罗盘。约翰，你的呢？”

“在李小姐的庙里，”约翰说，“和六分仪还有其他东西放在一起。”

任何人都能明白他的意思

“我们得去拿过来。”弗林特船长说。

提提把望远镜递过去，约翰先仔细看了看其中一艘船，然后是另一艘船。拿卡宾枪的中国人把手放下，转身去看望远镜对着的方向。罗杰向前迈了一步，很快这人猛地转过身举起了他的卡宾枪。

“服从命令，罗杰。”弗林特船长说。

“船看起来一切正常。”约翰说，“哎，南希，桨被放回到亚马孙号上了。”

“如果我们不能划船，也没什么用处。让我们看看……”

“我们的船帆有点乱，”约翰说，“我只希望他们能让我们把它放好。肯定有人把它弄歪了。”

“在这儿待着没用，”弗林特船长说，“这家伙不想看见我们。别惹他。”

他们转身走了。南希愤怒地瞪了这个中国人一眼，弗林特船长却友好地对他挥了挥手。那人放下他的卡宾枪，咧开嘴笑了，站在那里看着他们一直回到树林里。

“这不叫自由。”罗杰说。

“这只是个错误。”提提说。

在树林里，弗林特船长看了看周围没有人盯着他们，于是拿出他的袖珍罗盘，还在一小片纸上画了个记号。

“我们首先要做的，”他说，“是在脑子里搞清这里的地形。他们把我关在兔笼里抬过来的时候，我发现那边好像有水。”

“是鸡笼。”罗杰说。

“老鼠窝。”弗林特船长说。

“我们也看到水面了。”约翰说。

弗林特船长又瞥了一眼罗盘。“在那边。”他说，“我们去看看是不是有另一个上岸点。如果我们继续往下走，不往上进到小镇里，应该也可以。”

他们沿着小路回到第一座房子那里，然后右转，穿过一条又一条小巷。没有人打扰他们，他们一路闲逛，故意显得漫无目的。离开小巷，他们走上一条已经被很多人走硬的小路，沿着这条小路穿过小溪边的树林，再次发现前方有水。远处，左右两边都有高墙，一路延伸至水边。

“整座小镇都被墙围住了，”弗林特船长说，“李小姐的父亲肯定知道墙的用意何在。”

“他们在造中国式帆船。”约翰说。

“看起来像另外一条河。”弗林特船长说。

“水很浅。”南希看着远处的芦苇岸说。

“肯定有水让中国式帆船浮起来，”弗林特船长说，“不然他们不会在这儿造船。我们往前走，去看看。”

“这是一艘舢板，跟另一艘一样。”他们走近岸边时提提说道，现在能看清许多人忙着造的是哪种船了。

“停泊在下游的是舢板。”弗林特船长说。

“我们过去看他们造船。”约翰说。可是他们还没走到能看得清清楚楚的地方，一个拿着卡宾枪、先前一直站在那里看着造船师傅的男人转身向他们走来，并且挥手让他们回去。

“真讨厌。”罗杰说。

“海军船坞，”弗林特船长说，“谢绝访客。”

他转身带领着他们返回小镇。

“第二斜桅和船头斜桅支索！”南希惊呼，“她不会只让我们待在街道上吧？”

“我们很快就能弄清。”弗林特船长说。

现在他们穿过山上的房舍，不久就来到一条宽阔的道路，路的尽头可以看见一扇大门，还能瞥见外面开阔的田野。

“我们走这条路试试。”南希说。

他们很快发现这扇大门通往城墙，有六名守卫蹲坐在地上打牌。

“我打赌这些人会拦下我们。”罗杰说。

“值得一试。”南希说。

他们来到大门处，漫步走了过去，他们经过时守卫们几乎都没有抬头看。

“没事。”弗林特船长说。

“他们知道我们自由了，”提提说，“只是她没想到我们会去水边。”

“好吧，我们非常想去。”罗杰说。

“现在干什么？”约翰说。

“尽量弄清这里的地形。”弗林特船长说着，偷偷扫了一眼他的罗盘，然后看着前面的路。这条路穿过稻田，然后沿着斜坡向上伸展，一直到看不见的地方，“那条路通往哪里？左……右……左……右……快来。”

他们很快走过稻田，绿色的水稻生长在浅水里，小鱼追逐着飞虫浮

上水面，在绿色的根茎间游来游去。他们来到地势往上抬升的开阔乡间。左边，能看见那条大河、中国式帆船的系锚处，还有虎岛连绵的山峦。往回望，能看见李小姐的门楼、高高的旗杆、高耸在小镇棕色长墙里的树木和屋顶。他们步伐稳定，继续前行。小路向上攀升，越来越陡，开始在岩石间蜿蜒穿行。

“听，”南希说，“奔腾的水声。”

“奇怪。”弗林特船长说。

转过岩石间的一个拐角后，路突然向下倾斜，他们瞥见了一处悬崖。很快，他们在下方发现一条狭窄的峡谷。峡谷深处，湍急的水流翻滚着白色的水花。

“这只是一条溪流。”佩吉说。

“奔腾的大溪流。”南希说，“我说，那边就是海。”

“那个家伙说有两座岛，”约翰说，“我们骑着驴的时候说的。我还想着肯定有路可以过去。”

“那边是龟岛。”弗林特船长说。

“有庙的那座岛在另一边。”约翰说。

“他们不可能走下来，坐船横穿那些激流。”弗林特说，“这条路通往某个地方，肯定有桥。”

几分钟后在下一个转弯的地方，他们看到了桥，不禁倒吸了口气。离水面两百多米的地方，两边的悬崖倾斜着靠近，悬崖上各有一座小小的方塔，方塔之间有一座窄桥跨过深渊，桥上没有任何栏杆。

“看那些人。”罗杰说。

有六七个人用竹竿挑着东西轻松地走过桥面，似乎不知道只要脚下一滑就会摔死。

“天啊。”南希叫道。

“如果这桥是李小姐的父亲造的，那他可真是个工程人才啊。”弗林特船长说，“我在喜马拉雅山上看到过类似的桥。”

“我们也过桥去。“约翰说。

“手脚并用爬过去，”罗杰说，“这样会容易些。”

可是他们没有机会尝试了。他们还没有走到桥跟前，三四个守卫急忙从桥这边的守卫室出来了。

“天哪，”南希说，“这也太过分了。我觉得他们肯定会阻止我们的。”

的确如此。枪已经举起来了，这几个人给枪上膛的时候他们还听到了枪栓清脆的咔嗒声。

“激怒他们没有好处。”弗林特船长平静地说。

“是他们在激怒我们。”南希说。

“向右转！”弗林特船长说。他们最后看了一眼下方的峡谷和那边的龟岛，转身沿着原路返回小镇。

“自由！”南希说。

“自由！”罗杰也叫道。

“错了，”提提说，“在大门边可以。”

“在小海湾不行。”约翰说。

“他们甚至都不让我们看他们的帆船。”罗杰说。

“我们永远都没办法离开这里。”苏珊说。

“我们看看他们在渡口怎么说。”弗林特船长说。

“我们是穿过小镇还是沿着外面的墙走？”穿过稻田的时候南希说道。

“最好在墙外面走，既然都出来了。”约翰说。

“我们一旦进去了，他们可能就不让我们出来了。”罗杰说，“相当可恶。”

“我感觉她好像用一根绳子把我们串了起来，绳子在她手里。”弗林特船长说。

大门的守卫看着他们回来，向他们微笑着。他们没有进门，而是沿着城墙绕了过去，而守卫也并没有阻止他们的意思。他们绕过大门后，走上往下通往渡口的那条路。他们的兴致又高涨起来，可是很快就遇到阻碍又跌落下去，因为连渡船停泊的登岸码头都不允许他们去。

“可是为什么不能去？”南希生气地说，“李小姐说我们可以去任何地方。”

渡口的守卫懂一点英语。

“不能做。”他脸上带着友好的微笑解释说。他很开心能回答他们的疑问，很期待他的话能让他们满意。

“好吧，就这样吧。”弗林特船长说，“我们要去跟李小姐谈谈，最好弄清楚最坏的情况。”

穿过大门进入小镇没有遇到任何麻烦，他们作为囚犯从张老爷的衙门来这里时走的就是这扇大门。可是虽然人们就在这扇大门里面制作龙，就连罗杰都没有了去看一眼的心思。他们回到李小姐的庭院，脚走疼了，满面尘土，满腔愤怒，朝自己的房间走去。弗林特船长也跟着他们，因为正像他说的，不是万不得已的话，坐在笼子里没有意义。他们进入院子的时候，李小姐的老阿妈在议事厅的露台上，一看到他们，她就消失了。他们还没走进房间，李小姐就出现在花园门口。

“你们出去散步还愉快吧？”她问，“从高地上看，风景非常美。”

他们非常生气，说话都不注意礼貌了。

“这不叫自由。”罗杰说。

“可是我告诉过你们，你们是自由的，”李小姐说，“去哪儿都行，做什么都行，只是不能离开。你们可以在整座龙岛上自由行动。现在你们休息一下，也许可以学一点语法……不……也许最好明天……你们准备好后。”

“他们哪儿都不让我们去，”南希说，“我都告诉他们了，您说我们是自由的。”

“不要离开龙岛。”李小姐说。

“我们连靠近自己的船都不行。”提提说。

“我想去外面那座桥上。”罗杰说。

“他们甚至都不让我们去看看渡口。”约翰说。

“你们靠近虎岛的话，张老爷会砍掉你们的头。”李小姐说。

南希跺起了脚。“那我们还是囚犯。”她说。

“不是囚犯，”李小姐说，“是客人，朋友，学生。你们不明白吗？我的师爷，还有张老爷、吴老爷，他们都认为你们不该在这里，不该在这里活着。他们记着我父亲的法律。我留你们在这儿，每天都在违反法律。他们认为炮舰会来，毁掉一切。我告诉他们是安全的，你们不知道自己

在哪儿，炮舰不知道你们在哪儿。我，李小姐，必须向大家表明他们不需要害怕。我必须让他们明白你们不会离开。”

“可是我们总有一天要走。”苏珊说。

“怎么走？”

“您可以让张老爷的船长，就是把我们从海上救起来的那个人，把我们带到海上，到时我们遇见一艘英国轮船就行了。”南希说。

“好吧，”李小姐生气地说，“南希，你没有脑子。张老爷的船长把你们带到海上？他会第二天就回来，说拦下了一艘英国汽轮，把你们送上汽轮了。我告诉你，他会这么说的。可是我也要告诉你，张老爷很害怕，吴老爷很害怕，我的师爷很害怕。张老爷的船长，三岛任何一位船长，都会把你们带到海上。是的，他会带你们去。可是夜晚来临的时候，他会把你们丢下海，一个、两个、三个、四个、五个、六个、七个，还有猴子、鹦鹉。他会把你们全部丢下去喂鲨鱼。你认为这样好吗？你们最好留在这里当好学生。”

她转身背对着他们，然后走了出去。

“你现在做到了，”苏珊说，“把她气疯了。”

“李小姐说得没错，”弗林特船长说，“她是我们唯一的希望。”

“可要是她一直不让我们走怎么办？”苏珊说。

“爱尔兰猪，”弗林特船长嘟哝道，“爱尔兰猪。”

“我们不是。”罗杰说。

“你自己是猪，”南希说道，“你也是，苏珊。这不是我的错。”

“当一个爱尔兰人赶着一头猪，”弗林特船长慢慢地说，“他用绳子系在猪的后腿上。猪以为这个爱尔兰人想让它后退，于是便往前走。我们要做的是让这些天杀的海盗以为我们想留下来。这是让他们想打发我们走的最好方式。这是对像李小姐这样的人有用的唯一方式。”

“呃，”南希说，“只要我们是自由的，我宁愿留下来。”

“很好，”弗林特船长说，“你尽量表现出来。现在李小姐是那个爱尔兰人，我们是猪。李小姐想要的是给我们上拉丁语课，不想要的是……她认为就连罗杰都不是真的想学。”

“我不想。”罗杰说。

“我们要对功课热心得不得了，让李小姐自己都厌倦上课。”

“第二斜桅和船头斜桅支索，”南希说，“可是她恨不得每天上二十四小时的课。”

“好吧，”弗林特船长说，“我们要让她看到我们很高兴有这个机会，巴不得可以在二十四小时里塞进三十六小时的功课。”

“她会很开心的。”提提说。

“好吧，”弗林特船长说，“我们就让她开心。如果她把我们留给其他人，我们就不会有多大的机会了……也许，除了你，那位爱鸟人士会保护你。”

“他喜欢的是波利。”提提说。

“把罗杰放到糖果店，”弗林特船长说，“他很快就会厌烦巧克力。我们对李小姐试试这一招。”

“那就遂她的心。”南希咧嘴笑着说，“如果我们要加油学功课，你也要加油。她认为你今天早上的表现很糟糕。”

“我会的。”弗林特船长说。“那本拉丁语语法书在哪儿？要是明天早上之前我还不会‘Artifex’和‘Opifex’，我就吃掉我的帽子。快点，低年级学生。还有你们，约翰和罗杰，接着翻译埃涅阿斯神父的故事。”

“快点，”约翰说，“别偷懒，罗杰，哪怕你已经读过了。”

“我的外语学得不好。”苏珊说。

“我们没有人学得好，”弗林特船长说，“可是我们很快就能成为语言大师了。”

“Mensa，mensa，mensam。”南希沮丧地背着。

他们一直努力学到晚饭时间。晚饭后，阿妈和一个卫兵要把弗林特船长带走锁起来，他恳求他们给了他一盏灯笼，还带上了拉丁语语法书，放在笼子后面睡觉的地方。夜深了，还能听到他背动词和其他东西的声音，最后大门口的守卫过来让他闭嘴别背了。

注：苏珊说，你应该在什么地方把这事写进去。有天晚上中国人把我们的衣服都拿走了，第二天早上又拿了过来，衣服都洗过晾干，可以穿了。我告诉她这不重要，可是苏珊说这太重要了。

——南希·布莱克特船长。

第十八章

模范学生

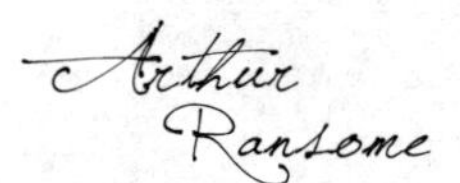

第二天上午，李小姐有了一个由模范生组成的班级。

用过剑桥式早餐、收拾完毕后，李小姐都不用派阿妈去叫他们上课。她从花园走进书房，发现他们已经围着桌子坐好了。

“很好。”李小姐说。

“Salve，domina！（您好，主人！）”他们用拉丁语回答。

“Salvete，discipuli！（你们好，同学们！）”李小姐说。

弗林特船长站起来，双手背在身后，开始快速地背诵：“阴阳性同形的有 Artifex 和 opifex……”他一直背到这个词尾结束。

李小姐震惊地听着。

“可是我还以为你……”

“昨天晚上我又背了背。”弗林特船长简单地说道，然后坐下来。

“Mesnsa，mensa，mensam，mensae，mensae，mensa。”南希背诵着，然后用胳膊肘捅了捅佩吉，让她接着背诵。“mensae，mensae，mensas……”佩吉犹豫了，南希瞪了她一眼，然后和她一起背到结尾：“Mensarum，mensis，mensis。”

“不知道您要不要听我背完整个第二变位？”约翰说着背了起来，“昨天我还一头雾水呢。”

“苏珊呢？”李小姐突然问。

“她和我一起学了第二人称词形变化。”提提说。

“我们已经翻译到‘蛇从海上游过来，拉奥孔和他的两个儿子出现’那里了。”罗杰说。

“非常好，非常好。”李小姐说。

基调定好后，他们日复一日这么做。李小姐在全世界都找不到比他们更努力的学生了。私下也有人抱怨，主要是南希，可是从不会在快乐的老师面前流露。约翰和弗林特船长重新捡起语法，很快就要赶上罗杰了。就连罗杰，虽然照例对功课不太上心，但是发现自己尖子生的地位受到约翰和弗林特船长的挑战后，也开始史无前例地用功，晚上其他人想使用词典时，还总是抗议。使用词典对他们不太容易，因为只有一本拉丁语英语词典、一本英语拉丁语词典、一本语法书和一本维吉尔的著作。而且那些第一次学拉丁语的倒霉蛋和有学问的罗杰之间差距太大了。但是他们做了最大的努力。弗林特船长常常抄写他要背诵的部分，回笼子被关起来的时候随身带着。南希和佩吉发现抄写在学习中非常有用，于是用完了两支铅笔。虽然提提喜欢像中国人那样用毛笔写字，可是这样写字很耗时间，不太管用。不过有一次他们在路上碰见一个老妇人在给鹅褪毛，于是约翰向她要了一把长鹅毛，接下来一次自习时间李小姐来他们房间的时候，发现她的七个用功的学生都在用上乘的鹅毛笔写字。

每天上午的课结束后，他们就出去散步，但现在总留心不去任何可能被卫兵拦下的地方。他们对龙岛的地形了如指掌，可是从来不做任何可能让人觉得他们想离开的事情。他们从来不去渡口，也再没想过要走峡谷上的那座桥。他们远离岛另一边造船的地方，也从来不试图靠近小

弗林特船长背诵拉丁语

海湾，而是满足于用望远镜看仍然停泊在泥地上的燕子号和亚马孙号。虽然他们无法和通往渡口的那扇大门附近制作龙的人们交谈，可是他们之间非常友好，他们甚至让罗杰往龙张开的大嘴下颚上涂红色的颜料。

“重要的是，”弗林特船长说，“让大家认为我们从来没想要离开。我们要做的是让李小姐自己厌倦上课。”

可是这看起来似乎是毫无希望的任务。她完全没有厌倦上课，反而好像从来都上不够。原来的想法是由弗林特船长教数学，可是他上第一堂课时，坐在旁边的李小姐变得越来越没有耐心。她再也没让他上第二堂课，而是宣布其实学数学不急于一时，最好一次学一个科目，第一年就学拉丁语。上午上课她还不满足，总是随时给他们“开小灶”。“囚犯”们常常怀着希望，选择一个人当牺牲品，通常是罗杰、弗林特船长或者提提，让他们去李小姐的房间，手里拿着书寻求帮助。每次做牺牲的人都会受到开心的接待，李小姐会讲解不规则变化动词或者拉丁语的数量词，或者类似的内容，一直到阿妈进来说该吃晚饭了，或者守卫们等着把弗林特船长关进笼子里才停止。

李小姐不仅没有厌倦他们，反而越来越满意她的学生，她还用自己的方式努力表现出来。有一天吃早餐的时候，罗杰说到他们在张老爷那里看到的龙和在李小姐自己的镇上看到的龙，李小姐就跟他讲了舞龙节，龙就是为舞龙节准备的，还有三岛怎么庆祝舞龙节，其他岛的龙都会来到龙岛，在街上一起舞起来。“天啊，多好玩！”罗杰说道。那天晚上他们在用功学习的时候，李小姐意外来造访他们。

“优秀的学生。”她从花园进来时说，“我想罗杰想要一条龙。每座岛都有自己的龙，为什么我的学生不能有？趁着天还没黑透，过来看看。”

他们充满了疑惑，李小姐转身带他们出去。除了弗林特船长，其他人都放下功课出去了。弗林特船长又坐了下来，抄其中一页的语法，活脱脱完美的优秀学生。

“你也来吧。”李小姐说，“你来举龙头，约翰和南希不够强壮。”

他们来到花园，刚好看见两个举着龙的人把一只巨大的龙头放到小径上，另外四个人用类似于担架的东西抬着那条龙。那玩意儿就像一卷地毯，还有带鳞片的僵直尾巴。

“这是去年的龙。”李小姐说，“你们也看见了，他们在为今年做一条新龙。会有五十个人舞龙，这龙有一百条腿。”

龙的身体被打开了，沿着小径一直延伸到李小姐房间另一侧的花园尽头，然后又折回来。

“对你们来说太长了。”李小姐说，“你们只有七个人，不，是六个人。罗杰在前面持宝珠舞龙。”李小姐指着一只涂成金色的葫芦，葫芦用一根金色的线和一只圆圆的小灯笼吊在一起，“这是日明珠和夜明珠。”她说，“可是你们只能举十二条腿，必须把龙身的一大部分裁掉，再缝起来。”

“太好了，”罗杰说，“苏珊的针线活很拿手。”

“我会给你们准备针线的。”

李小姐身材娇小，穿着黑色的丝绸上衣和长裤。她给他们看龙一条条腿的位置，每两条腿之间的间隔是二十五厘米。她解释道，弗林特船长举龙头，也就是最前面的两条腿，其他五人举其余的腿，加上后面摆

来摆去僵直的长尾巴，这条龙虽然比较小，可是仍然货真价实。在她的指挥下，龙长长的身体被裁成两部分，不要的那部分被卷起来拿走了。龙头、相当长的一段龙身，还有龙尾，就存放在这些学生的大房间里。

“好学生，”李小姐说，“就该舞好龙。而且我想我的人看到你们舞龙会非常开心。大家晚安。”

“唉，”她走了以后弗林特船长说，“罗杰，你这个小坏蛋，你好像想让我们有更多的事干。”

“我自己来做针线活。”罗杰说。

苏珊笑了。“还是佩吉和我来做，”她说，“而且会花很长很长时间。我不知道我们还怎么同时学语法。”

“不要紧的，”弗林特船长说，“我们都会帮忙。这事可能会很值得，我们能让越多的人高兴就越好。”

阿妈站在门口，表情阴沉。“该去监狱了。”她说。

“来了，来了。”弗林特船长说。他匆忙从拉丁语语法书上誊写了一个句子，然后顺从地跟着她走出去，向等着的卫兵走去。

李小姐对她的模范学生越来越满意，可是在阿妈和师爷那里是另一番情景。他们知道，老师爷从一开始就一直敌视他们。他们和守卫们以及镇上遇见的其他人相处得都很融洽，见面微笑，可是从来没有从老师爷这里得到过一丝笑容。起初他们在花园里从坐在椅子上梳理稀疏胡须的师爷身边经过时，他的眼神让人感觉仿佛他们不存在似的。有时候他们发现他盯着他们，就像罗杰说的，“好像我们是蛇而不是人”。至于阿妈，一开始她似乎很高兴他们在这里。她是李小姐的保姆，看起来她很高兴又有孩子可以照顾了。她为他们的事情忙忙碌碌，还用她“非常好的英语”骄傲地和他们聊天，更像一只护着小鸡崽的母鸡。就连对待弗林特船长，也把他当作一只不知怎么混进小鸡里的大鸭子。可是现在一天天过去了，李小姐把越来越多的时间花在她的教学上，于是阿妈变得沉默了。除非迫不得已，她再也不跟他们说一句话。她的脸色也变得越来越沉郁。

“我们做了什么事得罪了阿妈吗?”有一天老阿妈叫他们去吃早餐，那个样子仿佛觉得他们根本不配似的，于是苏珊问道。

“没有。”李小姐说，“你们是优秀的学生，她是生我的气。她觉得我在课堂上用的精力比在父亲的生意上用的精力更多。她就像卡珊德拉[①]，预感会有灾祸。她和师爷一样。师爷造访了张老爷，还造访了吴老爷，然后他告诉我，我会失去三岛。这都是无稽之谈，我父亲跟我说过要自己做判断，我有自己的判断。”

“Hoc volo，sic jubeo.（我希望这样，我要求这样。）”罗杰说道，李小姐笑了。

一天整个班的学生都在学习，为了换换气氛，李小姐给他们演示应该怎样翻译。他们读的是熊熊大火中特洛伊战争那段，李小姐自己翻译成了生动活泼的英语，带有轻微的中国气息，比如她把普里阿摩斯的宫殿说成是他的衙门，赫克托耳是希腊老爷。阿妈走到门边，用汉语说了

① 卡珊德拉（Cassandra），希腊、罗马神话中特洛伊的公主，阿波罗的祭司。有预言能力，又因抗拒阿波罗，预言不被人相信。

句什么，李小姐不耐烦地挥了下手让她离开。后来她又回来了，李小姐再一次皱起了眉，指了指房门，继续读书。最后师爷亲自来了，李小姐用力地合上书，停止了课程。

学生们听到院子里的吵闹声，出来发现一群人在听一个人愤怒地讲话，这个人一直看着露台。师爷出来跟他说了几句话，那人叫喊着跑开了。人们跟着跑出大门，一路向下到了渡口。学生们跟着人群，看到有四艘中国式帆船正在做出海的准备。人们乘着舢板划过去，帆正被挂起，船锚绞盘吱吱作响。庞大的帆船一艘接着一艘拔起船锚驶离岸边，迎着东风逆流而上。那天晚些时候，李小姐接着中断的地方继续阅读，可是大家都能看出来她心神不宁。第二天照常上课，可是下午学生们散步的时候，看见那些帆船正缓慢地沿河向上游行驶。

“要放鞭炮了。”罗杰说。

可是只有几个小男孩在上岸点放了零星几只鞭炮，差不多立刻就停止了。回去的路上，学生们看见帆船上的人怒气冲冲地进了小镇。

在弗林特船长的指点下，罗杰被派去见李小姐，借口是他想了解这本书的作者维吉尔本人的一些情况。其他人等着罗杰回来，无心想拉丁语的事情，苏珊和佩吉继续慢慢做针线活，把龙的两部分缝起来。跟往常不同的是，罗杰这次去的时间没有以前长。

“我说，”他回来后说道，“我问她为什么大家看起来这么气愤，我还以为她不会告诉我，可她说了。你们知道昨天发生什么事了吗？一艘中国式帆船回来，带来了消息，说有许多商船经过却没交费用……”

“我想就是那句，”提提说，“一艘二桅小船从遥远的地方驶来，仿佛一只振翅飞翔的小鸟……”

“就是这句，”罗杰说，“只是理查德·格伦威尔爵士[①]不像李小姐一样教拉丁语。你们还记得她是怎么不肯听阿妈说话的。后来，师爷进来告诉了她，她再发布命令，已经太晚了。商船已经走了，帆船追不上它们。这就是为什么大家回来后都看起来那么气愤。”

“难怪。”南希说。

“呃，”弗林特船长说，“不管怎样……”

“你这次在她那里的时间不太长。”约翰说。

“那个坏蛋老师爷进来了，”罗杰说，“他把李小姐责备成什么样了，李小姐都跺脚了，可是他继续说，然后她就叫我出去了。”

“起作用了。”弗林特船长说。

“起作用的方式和我们想的不一样。”南希说，“我们越努力，她越想把我们留在这里。”

“不管哪种方式，有用就行。”弗林特船长说，“好啦，我们必须坚持下去。语法书在哪儿？”

“在龙下面。”罗杰说，一边四下环顾。

可是语法书不在。语法书、维吉尔的《埃涅阿斯纪》，还有两本词典都消失了。

“太好了，”罗杰说，“她给我们放假了，今天晚上不用做功课了。”

---

① 理查德·格伦威尔爵士（Sir Richard Grenvile，1542—1591），英国海军指挥官，曾担任英军舰队的中将，后遇西班牙舰队，所有船只都不敢应战，只有他敢于出击，最后在激战中负伤而亡。这里引用格伦威尔爵士的目的是说李小姐跟他一样果敢，但格伦威尔爵士不会像她一样上拉丁语课。

“我们是自己努力赢得的。”南希说。

“恰恰相反。”弗林特船长说，“如果她厌倦了上课，现在我们就该表示想学更多的东西。罗杰，你回去，告诉她我们只不过想把书要回来。”

三分钟后李小姐来到他们的房间。

“南希，”她说，“是你把书藏起来了吗？”

“不是我。”南希说道，因为知道自己想要这么做，所以她变得越加的气愤。

李小姐怀疑地看了看那个年龄最大的学生。

“不是我。”弗林特船长说。

“我们谁都没有藏，”提提说，“我们出去的时候，书都还在。”

“我们回来就迫不及待地要去拿书。”弗林特船长说。“不规则变形动词表呢？”他又说道，神态仿佛罗杰正在谈论他最喜欢的巧克力。

“我们以为您上课上烦了，想要放个假。”约翰说。

“我们在英国确实有假期。”罗杰说，但是看了一眼弗林特船长后就闭嘴了。

李小姐拍了一下手，然后他们听到老阿妈啪嗒啪嗒的脚步声。她摇了摇头，眼睛眯成一条缝，说话几乎不张开嘴。他们一个字也听不懂，但是感觉阿妈像是回到了二十年前，仿佛她还是奶妈，李小姐还是淘气的孩子。李小姐一直等阿妈说完，然后她说了简短的一句话，接着阿妈跑出了房间。

“是她把书拿走了。”李小姐说，“她和师爷说的话一样，他们说我给你们上课对三岛不好，对我不好。他们说我父亲不会高兴的。我说，我父亲非常高兴。”

阿妈又回到房间，把书狠狠甩到桌子上，生气地哭着走了。

“她的用意是好的。”李小姐说，“好阿妈。可她是一个没有文化的女人。现在你们可以继续学习，为明天的功课做准备。”

“好烦啊！”李小姐走后南希叫道。

“会有好结果的。”弗林特船长说，“快点，我们拿张纸。Domina Lee amet nos——让李小姐爱我们。你也是，罗杰，坐下读维吉尔。你是我们的王牌。苏珊，今天晚上别缝那条龙了……”

于是他们郁闷地坐下来做功课。

第二天上午他们得到一个意料之外的奖赏。

听到罗杰说英国的学校有假期的时候，李小姐没什么反应，可是显然考虑了这件事，也许她想起了自己上学时的情况。早餐用毕，他们回到书房，做好了上课的准备。罗杰和约翰又匆忙看了看预习过的《埃涅阿斯纪》，其他人在互相背诵语法。李小姐微笑着走进房间。“你们是非常棒的学生。”她说，“今天我们放假。我要去拜访吴老爷，我要带上我的学生。不过我要先去看看我父亲的墓，你们和我一起去我的小岛。”

“三百万次欢呼！”南希说，“我和佩吉还从来没见过小岛呢。”

“我们可以拿我们的东西了，”苏珊说，“还要收拾一下。”

“我们要去我父亲的墓地，”李小姐说，“那是他让三岛的人停止争斗的地方，然后我们去我父亲的椅子那儿，以前他坐在椅子上看船和海。”

“我们怎么去那儿？”罗杰说，“走那座桥吗？”

“我们坐帆船去。”李小姐说。

“第二斜桅和船头斜桅支索！”南希惊呼道。

“然后我们回来时去龟岛拜访吴老爷。回来我们走桥，我父亲建的桥，一座非常棒的桥。”

“我们见过。”罗杰说着，马上想起不能说任何有关他们试图过桥被拦下的事。

“你们要多长时间才能准备好出发？”李小姐说。

“马上就好。”约翰和南希同时说道。

“很好，”李小姐说，“下课。我让阿妈十分钟后来接你们。”

“又可以航行了。”提提说。

“我想知道我们会乘哪艘船。”南希说，“我敢打赌，肯定是其中一艘中国式帆船。”

“我说，约翰，”弗林特船长说，“你说过我的六分仪被好好地放在那里。”

“在我们被抓之前是在那儿。”约翰说。

“她说没有她的命令，谁都不能去那里。”苏珊说。

“谁知道呢？”弗林特船长说，“可是如果要走，我们需要那台六分仪。”

“她永远也不会让我们走的。”苏珊说。

“机会要来了，”弗林特船长说，“只要我们时刻做好准备。”

“可是机会要快点来，”苏珊说，“妈妈已经要担心我们了。”

“时机还没有到。”弗林特船长说，“我们本来不是计划去荷兰人的岛吗？他们知道我们乘坐的不是班轮，不按照时间表航行。”

“我们已经在这里待了很长时间了。”苏珊说。

这时他们听到了阿妈的脚步声。

“模范学生，”弗林特船长说，“在放假，可是着急回来学习，这才是我们应该有的样子。”

阿妈沉着脸，也不笑，站在门口招手。

“她认为李小姐不应该带上我们。”提提说。

“谁在乎？”南希说，“我们就是要去。”

第十九章

假日出游

当李小姐领着阿妈和学生们走出衙门的时候，没有传来锣声，或许是因为她没走院子，也没穿大门，而是从花园那堵墙上的门走出去的。

外面的巷子里，几个轿夫正在椅子旁等她，旁边还站着六个凶悍的守卫，身上都背着枪。李小姐坐上椅子，轿夫们抬起椅子，假日聚会就这样开始了。阿妈和学生们跟在李小姐后面，再后面跟着的是守卫们。

“我们不是去渡口。”罗杰说道，此时行进队伍正沿着花园的围墙往右转。

“我们是要去小海湾那儿。”提提说。

“会看到我们的船。”约翰说。

他们离开房子，沿着那条已然熟悉的小道，穿过树林向小海湾前进。今天没有必要停在林子边通过望远镜观察两艘小船了。李小姐此时坐在椅子上，轿夫们抬着她径直往前走。在小海湾外，一艘被刷成亮色的中国式帆船停靠在那儿。人们忙着解开绳子，帆也准备好了，每艘舢板上都有几个水手待命，准备把乘客接上船。

“天哪！”罗杰说，“我们要乘那艘小船出去。”

“我早就料到了。”提提说。

约翰和南希发现可以自由行动了，就飞奔向自己的小船。没人上前阻止他们。约翰抚摸着没好好收起来的船帆，检查了一遍缆绳和船锚，然后焦急地巡视船板有没有损坏的痕迹。

“船况还行，”南希说，“我之前还老担心稳向板龙骨呢。”

“燕子号也没事。”约翰说。

他们环顾四周，发现李小姐已经从轿子上下来了，站在他们旁边。

“还能顺利航行吗？”她看着亚马孙号说。

“我看应该没事。”南希说，然后突然间，她的态度坚决起来，一下从一名模范学生转变成了船长，“帮我个忙，佩吉，动起来！约翰，你负责拉船头！李小姐，我们立马就能让它开动起来，瞧好了！”

李小姐摇了摇头，瞥了一眼阿妈和等着他们上船的舢板，说道：“不了。”

“那就下次吧。”南希说。

“他们赶时间出发呢。”约翰说。

“说得也是，”南希说，“把它拉到水面还会弄得一身泥。”

“今天小溪水位比那天高，”约翰说，“我们上次见到燕子号时，船尾没有泡在水里。”

他们跑步追上了李小姐。

“涨潮了吗？”约翰问道，“水比之前多了。”

“啊，你也发现了。”李小姐说，“不是涨潮的缘故，是下雨了。”

“可最近并没有下雨啊。”南希说。

“是山上的雨水流下来了，”李小姐说，“从很远的地方流下来的。”

此时，其他人已经登上等待许久的舢板，他们一个接一个地从沾有泥巴的狭窄竹栈桥上走过，然后被舢板接驳到那艘颜色鲜亮的帆船上。那艘船的桅顶上，印有一条金龙的黑色长三角旗正迎风招展。

李小姐一登上船便下达命令，同时一个箭步跑上台阶，来到那高高的后舱甲板上。

“嗨……呀……嘿……哟！”光着膀子的中国水手叫喊着，一边转动着绞盘，把锚拉出水面，然后伴随着竹帆板吱吱嘎嘎的声音，将主帆拉到桅杆上。

“我们也去帮忙吧。”罗杰说。

“别去掺和了，让他们来吧。”弗林特船长环顾四周，对他们说道，快活得就像是放假的学生。

“船动起来啦。”罗杰从一侧看过去说。

“天哪，”南希感叹道，“李小姐在亲自掌舵。”

“她绝无能力把这艘船绕出这条小溪。”弗林特船长在一旁嘀咕。

可是站在后舱甲板上的李小姐显然对于她的船了如指掌。小帆船驶到远端的岸边，船离岸很近，他们甚至觉得船的龙骨快要碰到岸边了，又眼看着主帆就要缠到树枝上了，只见她将船往右一转，迎着风，毫发无伤地避开了阻碍。速度不断提升，她驾驶着帆船向开阔的河面快速驶去。

“你瞧瞧！”南希说道。

“好吧，我们的李小姐还真是个实打实的水手呢。”弗林特船长说。

此时后帆已经扬了起来。接着，前桅杆上的斜桁四角帆也升了起来，那群水手脸上挂着微笑，蹲在甲板上，眼睛则盯着李小姐，随时准备放下或拉紧帆脚索。船中间的几个守卫则跟“囚犯”们一起，背靠着舷墙坐在那儿，步枪横放在膝盖上。阿妈此时已消失在艉楼下的船舱里。罗

杰往那儿瞄了一眼，报告说她正朝着几只大竹篮瞧来瞧去呢，里面肯定有吃的。其他几个人从他们的眼神就能看出是经验丰富的老水手，一举一动都被他们收入眼底：中国人在升降索上拴缆绳的方式、奇怪的帆脚索排布方式、船移位的方式，等等。曾在这种小海盗船上待过的南希不停地指这指那，说道："这艘船的确很小，上次我们搭的那艘船上还有枪呢。"提提则踮着脚尖，努力感受着再次踏上甲板航行的感觉。

一名中国水手碰了碰弗林特船长的胳膊。"李小姐。"他小声说道，一边指了指艉楼。李小姐招手示意，于是一伙人登上阶梯去跟她会合。

真是难以置信！此时的李小姐穿着金色小鞋，叉开腿站在那儿，迎风自如地掌着舵呢。那个每天给他们灌输拉丁语语法的李小姐就像换了个人一样，她那神气样儿，就好像跟什么剑桥大学、拉丁语动词，统统沾不上边！

"这船不错吧？"李小姐问。

"漂亮极了！"约翰称赞道。

"它叫什么名字？"提提问。

李小姐说了个汉语名字，然后用英语向他们解释："明月号。"

"这艘船十分擅长逆风航行。"弗林特船长看着河岸说，此时小帆船迎着海风从河面驶过。

"是激流的助力。"李小姐说道。

"即使没有激流，这艘船逆风航行的能力也很强。"弗林特船长说，"船是在哪里建造的？"

"是我的手下为我造的，"李小姐说，"他们现在正在建造另一艘。"

“我们见过。”约翰说。

“只是他们不让我们靠近。”罗杰还是忍不住说了，但最后几个字没有说出口，因为他突然记起不应该将他们被当成囚犯的事说出来。

“那人是用鸬鹚捕鱼的渔夫。”提提说道。

紧靠在岸边的那艘平底船便是渔夫的，舷缘处站着一排黑色的鸬鹚。明月号离他越来越近了。渔夫瞥见了艉楼上正准备起身的李小姐，他站起身，双手合拢，深深地鞠了一躬。

“天哪，那天他在您的岛上看到我们时就害怕得要命。”罗杰说。

“他知道谁都不准去那儿，”李小姐说，“于是便报告了吴老爷，吴老爷这才派人来杀你们。”

“幸亏及时脱身了。”约翰说。

“然后我就看到罗杰在我的书上写的字了。”李小姐微笑着说。

罗杰闭口不言，只是看着苏珊，确定她也听见了。

小帆船在龙岛高耸的悬崖之间来回穿梭，他们好像在远处低矮的河岸看见了牵引道，便向李小姐打听。她说，如果没有海风助力，帆船就得由人力顶风拉上岸。小帆船仍旧来回穿梭着。有时，船会始料不及地突然转向，原来是碰上了肉眼瞧不见的暗礁。

“这船比野猫号可要容易操纵多了。”正观察着李小姐轻巧掌舵的罗杰评论道。接着，他突然觉得对自己的船说了亏欠话似的，马上又补充道：“也不是野猫号的问题，因为它只是用舵轮控制的，用舵柄控制的才好玩呢。”

“明月号在狂风中航行时拉舵柄可吃力了。”李小姐说。

“好家伙，”南希一边说，一边推了推身边的弗林特船长，“这船连只罗盘箱都没有！”

这话被李小姐听见了。“不需要。”她说，然后就向他们介绍了中国人发明的指南针，还说中国的帆船曾经去过很远的地方，“常常会去印度，”她说，“还有非洲……阿拉伯……但明月号从来没远离过母港。”

“我想起来了。”弗林特船长说，“大约一年前，我见过一艘从上海航行到英国的帆船。”

李小姐脸上的微笑消失了，转而用眯成缝的眼睛看着他。

弗林特船长想圆一下场，笑着说道：“您不是害怕我们想拐走这艘船吧？所以才带上了卫兵？”他指了指船中央的那些人。

“并不是。”李小姐说。

“您跟我们在一起很安全，小姐。”弗林特船长说。

“我跟谁在一起都很安全。”李小姐轻轻回道，手指轻轻拍了拍手枪皮套。

明月号此时正向一排陡峭的悬崖驶去。

“快看快看！”提提喊道，“峡谷就在那儿！”

“天哪，真高！”罗杰说道。

他们从水平面望向之前从崖顶看到的狭长峡谷，它看上去像被一个巨人用一把巨斧将一块巨石劈开，由此造就了龙岛和龟岛。等他们快到峡谷对面时，两座岛看起来又连成了一体。

“千万不能靠得太近。”李小姐说。她指着一块高出水面的黑色礁石，那石头好似是从悬崖上掉下来的，“如果我们经过那块石头，借着水流就能穿过去——这儿礁石很多，水不深。”

“我说，我们就不能直接穿过去吗？”南希问道。

“只有在水位很高时才行。”李小姐说，“礁石太多了，还会有涡流……太危险了。我们过桥的时候你就能看到了。”

“那地方叫什么名字？”提提问道。

“咆哮峡谷。”李小姐说道。

“为什么‘咆哮’？”

“因为水流的声音，悬崖之间会不断发出回响。”

“那这条河又叫什么名字呢？”

李小姐说了个汉语名字，然后又为他们翻译：“银河。”

“那边那条呢？”

“死水。”

“为什么叫‘死水’呢？”罗杰问道。

“因为它其实不算河。以前有条河从那里流过，可现在已经没了水流。所以，这条河河水上升的时候，水都会汇入那条河中，峡谷因而会发出咆哮的声音。”

“有人去那儿航行过吗？”南希问道。

“有过，要等水位很高的时候。”李小姐回答。

“您去过吗？”

“很久以前去过，”李小姐说，“我的父亲非常生气。他说要是帆船船长驾船经过也就算了，但对我来说实在是太危险了。”李小姐笑了，接着，在船靠近黑色礁石的时候，她用汉语喊了一句，然后往前一推舵柄。

明月号突然转向，那些中国水手随即调整帆脚索。他们回头一看，已经看不见峡谷口了。

抢风航行了一段距离后，他们终于靠近了河口，看到河口一边有一座小堡垒。紧靠河堤的地方，每座堡垒上面好像都停着一艘长筏子，或许只是从上面的森林里漂流下来的一大堆原木。

“你们是从这里运木材出去吗？”弗林特船长问道，他此时已经完全忘记李小姐的老本行了。

“不是。”李小姐顺着他的视线看去，笑着说道，“如果有敌人来犯，我们就把河对岸的圆木拉下来阻挡他们。”

“有人试过吗？”南希问道。

“很久很久以前啦，”李小姐说，“但那些拦木总是时刻待命的。”

“到底发生了什么呀？”罗杰问道。

“船上的敌人在一片漆黑中看不见拦木，”李小姐说，趁说话的当口把船头轻轻调转了方向，“两艘船一撞上拦木就沉了。最后沉了三艘，船上都有枪，有一艘船搁浅了。敌船无一幸免。后来嘛，他们就不敢再来惹我们了。”

“您当时在场吗？”南希急切地问道。

“我那时还是个小女孩。”李小姐说，还比划了个手势，示意她当时只有六十厘米高。

她先将船驶向一座堡垒，然后又朝着另一座堡垒驶去。每座堡垒里都跑出六个人，冲她欢呼着。接着，船再次抢风航行，很快便到了河口。“我们的船就是在这里抛锚的！”南希说道，过了一会儿罗杰说道：“这是我们的岛……李小姐的岛。”约翰说：“上次，吴老爷的人就是从悬崖上下来到这里的。”他还往上指着一条长长的踩踏过的痕迹，那条小路在岩石中蜿蜒穿梭。旅途马上就要到终点了。

现在不抢风航行了。明月号沿着崖底轻松地航行靠岸，离大风那晚燕子号停靠的小岛越来越近。船在岛和悬崖之间狭窄的水域中穿梭着。那些中国水手正在准备艉楼和前甲板上的绞船索。

“这儿有个上岸的地方，”罗杰说，“那边还有一个。”

“那是庙的绿色屋顶。”提提说道。

李小姐发布了命令，轻轻掌控着舵柄，明月号转向小岛的码头。那群中国水手松开帆脚索。小帆船的速度越来越慢，终于轻轻地停靠在码头旁。哪怕船挡板上护着的不是竹子，而是薄薄的蛋壳，也不会损坏半点呢！

“干得漂亮！”南希说道，“太棒了，李小姐！”

李小姐开心地笑了，领着大伙儿一同上岸。

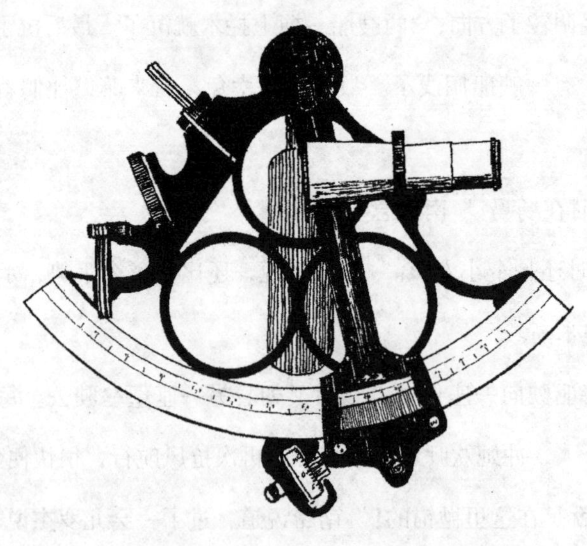

第二十章

弗林特船长拿回六分仪

阿妈和那群模范学生跟着李小姐，一同往码头那儿有着绿色屋顶、每个檐角上都雕有鲜红色龙的庙宇走去。南希、佩吉和弗林特船长还都是第一次见到这座建筑物。罗杰指着岩石间的涓涓细流，讲起了那天他们惊吓到用鸬鹚捕鱼的渔夫的事。

“真希望我们当初没把事情弄得一团糟。”苏珊说。

“要是早知道这是座庙，我们是不会进去的。”提提说。

“我现在只关心我那台六分仪。”弗林特船长嘀咕道。

“它肯定就在那儿。”约翰说。

在门槛那里，李小姐停留了片刻，眉头紧锁，但她又想起了学生们的内心是善良的，随即便进了里屋。里面的确被弄得一团糟。当时，约翰和苏珊被叫去追亚马孙号，他们不得不把东西留在这里。鹦鹉早上吃的谷壳撒落一地，睡袋像床一样仍旧铺在那儿，还有他们用锡罐装的应急干粮。那支绿色的发簪仍然放在当初发现李小姐书籍的桌子上，阿妈一眼就看到了。

“我在码头上捡到的。”罗杰说。

阿妈一言不发，板着脸，随即拿起发簪，插在自己的头发上。

“六分仪呢？”弗林特船长说，但他很快就找到了。那是一只红木制成的方盒，上面有把锁，柄是黄铜做的，两个小铜钩扣住了盖子。

“真希望它一切正常。”约翰说。

弗林特船长把盒子放在桌上，打开钩子，揭开盒盖。他从里面取出一小片麂皮，是专门清洁擦拭用的。接着他又取出六分仪，手指一一抚摸着小望远镜和护目镜。

“一切正常。”他说道，“约翰，要是我们回到英国，你也要给自己准备一台六分仪。”

“我有天文历。”约翰说着，从盒子里把它拿了出来，那盒子是他用来存放气压计和罗盘的。

弗林特船长合上六分仪的盒盖，迅速来到外面的廊檐下面，看了一眼太阳。他回来时，从提提和苏珊的腿上跨了过去，此刻她们正忙着打扫鹦鹉吃剩的壳呢。

“我们来看看天文历。”他说道，“现在还没到正午时分，如果能看到海平面，那还有时间测量。我能准确地判断经度，希望我对日期的判断是正确的。我们在船上待过一晚，在堡垒里待过一晚，在张老爷的‘动物园’里也待了一晚。我们学了多少天拉丁语？”他翻动着天文历，撕下校正表，仔细折好后放进口袋，然后又撕下一张广告页，在空白处写了些数字。

“你准备干什么？”约翰问道。

“要是有机会的话，我们要观测一次天象。”弗林特船长回答。

在里屋那片阴影里，他们看见李小姐将一根火柴点燃了。一只椭圆形的木箱上，一道细细的蓝色青烟正从一支香上慢慢腾起。现在他们知道那东西不是祭坛，而是一座坟墓。李小姐背对着他们，在那儿不断地鞠躬。

她出来时，正看到她的学生们忙着在那儿收拾睡袋，李小姐又变成了和蔼可亲、正在度假的老师。“那就对了。”她说，“你们就把东西留在露台上吧，阿妈会安排把它们弄上船的，今晚我们回家的时候你们就能看到了。”

“可是明月号跟我们回去吗？”南希问道。

“我们要去见吴老爷。”李小姐说，“明月号现在就得回去，否则风就要小下来了，它得借着风才能去上游。”

“别管什么吴老爷了。”南希小声说道，李小姐都没听清她在说什么。

“现在，”李小姐说，“我们要穿过这座岛，到我父亲的石椅那儿去。”

李小姐和她的学生们沿着林中小路出发了。

“你没打算一直带着这个吧，吉姆舅舅？”佩吉说。

“我绝不会冒丢失它两次的风险。”走在佩吉前面的弗林特船长说，手中紧握着红木盒的铜柄。

“但她说我们可以把所有东西都留在露台上。”佩吉说。

“佩吉，亲爱的，”弗林特船长说，“别再多嘴了。南希喊你‘笨蛋’是在开玩笑，但有时候你还真有点笨呢。”

一行人来到岛另一侧满是岩石的岬角边，李小姐先是鞠躬缅怀了父亲，然后坐在大石椅上，举目眺望开阔的海面。

“就是这儿，”她说，“先父喜欢坐在这里，看他的船进进出出。除了我的父亲，还有他的女儿——我，没人可以坐在这里。”

罗杰和提提都曾将这张椅子当作瞭望塔。此刻他俩面面相觑，一言

不发。李小姐沉浸在过往的回忆之中，谈论起舰船之间、舰队之间的战斗，互相扭打、纵火烧船，在平静的海湾掀起一场场激烈的火药战。她的学生都躺在椅子旁边的地上静静听着，一个故事结束了，南希还不过瘾，恳求李小姐再讲一个。

约翰发现弗林特船长从椅子后面做了个手势，他俩便很快溜了出去。

“时机已到。”他们下到岸边某个隐蔽的地方时，弗林特船长瞥了一眼太阳说，同时从盒中拿出他奉若至宝的六分仪。十分钟后，他们带着胜利的微笑回来了。即使没有船，导航仪也再次发挥了作用。

“你在笑什么？”南希问道。

“噢，是这个。”弗林特船长说，手对着大海的方向挥舞了一下。

“大海的景色非常漂亮。”李小姐说。

“抱歉，打扰您了。”南希说，“李小姐，请继续讲下去吧，刚才您讲到您父亲被人抓了，但他夺走了抓他的帆船。那时您父亲身处敌舰包围之中，他究竟是怎样把船开出去的？”

李小姐继续讲了下去，结束后又接连讲了好几个故事，最后，她瞧了一眼罗杰，提议他们回去吃一顿剑桥式的野餐。按照她的推测，阿妈现在已将野餐准备好了。

“我就说那些篮子里是吃的吧。”罗杰说。

他们回去时发现明月号已经走了，尽管卫兵还在码头上等着，但所有东西都不见了，露台上的野餐已经准备就绪。这顿饭也真是奇特，混杂着中式和剑桥式的餐点。中餐有柿子，里面的果肉软软的红红的，还有用碗盛着的米饭和鸡丁。剑桥式的餐点呢，有肥肥的火腿三明治，可是尝起来根本不是熟悉的剑桥味，里面那调过味的面包可能是某种蛋糕。一壶茶水在炉子上沸腾着。苏珊试着跟一言不发、对他们充满敌意的阿妈解释，说他们上次吃过早饭后本想着好好收拾一番的。

“他们没把这个拿走吗？”李小姐突然问道，她看见了弗林特船长旁边地上的红木盒子。

“没事的，小姐，”弗林特船长赶忙说，“这玩意儿轻得很，我拿着就行。”

他们刚吃完野餐，就看到三艘舢板来到码头，崖脚下的码头上人头攒动。

“现在我们就去吴老爷那儿，”李小姐说，“希望刚才这顿野餐你们吃得开心。”

“野餐棒极了，”南希说，“特别是航海那段，还有您讲的那些故事。”

“好戏还没结束呢，”罗杰说，“我们还要穿过那座桥。”

“今天真是愉快的一天。”弗林特船长说，“但当然啦，还是上课有意思些。”

“哈，”李小姐说，“没有什么事情比学习知识更快乐了。Labor ipse voluptas——工作本身便是一种快乐。”这是今天她唯一一次从嘴里蹦出拉丁语。

舢板纷纷驶进码头。阿妈将空碗收好，放进篮中。李小姐再次走进里屋，朝她父亲坟前鞠躬，她的学生在外头等着。几分钟后，这群度假的人，连同卫兵，当然还少不了弗林特船长紧紧拿着的那台六分仪，一起乘坐渡船来到龟岛那个黑崖底下的码头上。

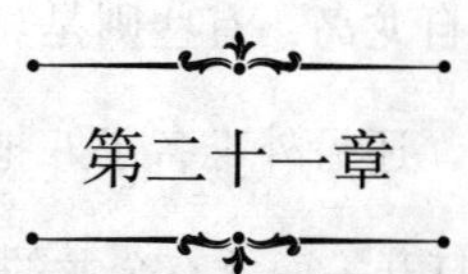

第二十一章

老水手吴老爷识破天机

当李小姐离开龙镇、出门野餐时，并没有摆出什么派头。现在可不同了，她这是要去见吴老爷。一群人都在悬崖底下的码头等着。拿枪的人更多了，其中有些人来自龙岛，有些则是吴老爷亲自派来的仪仗队。除了李小姐出行的轿椅外，还另外准备了八把椅子，每把都配有轿夫。当李小姐走上岸时，有人打开一面绣有金龙的黑旗，和张老爷当初遛鸟返家时在前面开路的虎旗有点像。

“天哪，”罗杰说，“我们都像老爷了……我说，那些准备抬弗林特船长的人可真够呛。”

“小姐，您是否觉得，我还是走路过去更好？”弗林特船长说道。

“一切都安排好了。”李小姐说，她已在椅子的金色软垫上落座，“我们去见吴老爷，请上轿吧。”

“没事的，”罗杰说，“一把轿椅有四个人抬着呢，是专门为你准备的。我们的只有两个人抬。”

过了一会儿，他们出发了。手持龙旗的人走在前面，紧跟着六名卫兵，后面是坐在金色软垫椅上的李小姐，跟在后面的老阿妈则坐在蓝色丝绸装饰的普通轿椅上。跟在阿妈后面的是六个模范学生，然后是坐在大椅子上的弗林特船长，他的手中还紧握着六分仪。最后面有一群卫兵压阵跟着。

几个领头的卫兵起头唱起了歌，后面的也跟着唱起来。队伍的前后你一句我一句来回唱着，不可能有交谈。椅子架在竹竿上，一群苦力抬着他们来回摇摆，队伍沿着悬崖那面一条狭窄的小径往上走时，这群学生竭尽全力才装作毫不介意。他们越爬越高，一侧的崖壁悬于他们头顶，另一侧下面就是绝壁。再往上走，从他们之前去的那座小岛的树梢望过去，碧蓝的大海映入眼帘，过了一阵，下面的小岛看上去几乎像一个绿色的小点，浮在水面，庙堂的绿色屋顶也变成了一个小点，跟周围树的颜色简直混成一片。一圈又一圈，那条小路不断蜿蜒向上，最后他们终于到达崖顶。

到了此处，大伙儿稍作休整，可不一会儿又沿着一条稍宽点的路摇摇晃晃地往前行进了。现在他们是往一个平缓的下坡朝一座宽阔的峡谷进发，可在峡谷的远处，他们看到在那光秃秃的岩石中又有一条往上的小径。但在峡谷的中间，他们看见了稻田，女人们正在田里、树林里和被城墙围着的村子里忙碌着。队伍的前方，龙旗迎风飘荡，队列匆匆沿着小路朝农田方向前进。

来到村庄城墙的门口，锣声响起，一共二十二声。行进的队伍不断扩大，就像一只越滚越大的雪球，在稻田里劳作的女人们放下手中的农活，也跑来加入队伍。那些矮平房里跑出一群男男女女，鞠着躬，喊着“李小姐”，他们跑到轿夫旁，看着那群学生。为端午节筹备宴会的男男女女，也都抛下手中的活计，加入到队伍中来。

突然，在前面稍远处，学生们看到有人举着一面灰红两色的旗帜从门里冒了出来，他们知道那正是吴老爷的龟旗，上次他们曾在李小姐的院子里见过。吴老爷也出来迎接他的首领了。他们看到了他，就是那个满脸皱纹、身材矮小结实的男人，身穿蓝紫色的长袍。上次在议事厅见到他的时候，他坐在李小姐旁边。人群停止前进，在原地等待。两个旗手会合了，吴老爷朝李小姐鞠了一躬，然后指着大门。他又向老阿妈鞠了一躬，却当没看到那群学生。李小姐仍旧坐在轿椅上，由人抬着往里面走去，身材敦实的小个子吴老爷迈着罗圈腿走在她旁边。“咚，咚……”二十二下锣声依次传来。李小姐和吴老爷消失在大门后，坐在轿椅上的阿妈也跟了进去。轿夫把学生们的轿椅放在地上，伸了伸胳膊，蹲了下来。

“活见鬼了！”南希喊道，一边从轿椅上下来，“这算什么礼仪！我还真以为他也邀请我们了呢。”

“当老爷的感觉如何？”罗杰跑过来，问提提。

“我倒希望那些轿子不是由大活人来抬的。”提提想到那些苦力，不禁说道。

“他们可比驴强多了。”罗杰说。

被吓得发抖的佩吉也跟了上来。“我老想着我们会不会摔下悬崖呢。”她说。

“我也是，”南希说，“直到我发现他们比山羊还稳健。”

“可还得过那座桥。”罗杰说，“喂，他们拿什么东西出来喝了呢。”

的确，但那可不是为这些学生准备的。门口有人端着一只巨大的碗，还有一碟碟的小碗。卫兵和苦力都围了过来，大口喝着，不时咂着嘴巴。

“看来吴老爷并不怎么待见我们。”跟在约翰和苏珊旁边往前走的弗林特船长说。

“我纳闷她要在里面和他谈多久。”苏珊说，“到我们回家的时候天就要黑了，没时间倒腾那条龙了。就凭那些灯笼的光线，我可没办法做针线活儿。”

“你看到他们这里的龙了吗?”罗杰说，“好像都准备好了。”

“呵，他们可是有十几个人在干活呢，”苏珊说，“我们只能靠佩吉和我。”

“我昨天至少缝了一百针。”南希说。

“真是纳闷他们到底在说些什么。”约翰说。

“我猜她会跟吴老爷说起我们的事。”弗林特船长说，“我想，她肯定想把吴老爷拉入阵营，一起对付老师爷。喂，振作点，罗杰。看，他们好像答应了。”

此时从门口走出一个人，手里端着一只盘子，上面放有一排小碗。

“我们其实也不是很渴，”罗杰说，“再说里面肯定没放糖。”

不管怎样，当那人走到他们面前时，尽管感觉自己依然不受欢迎，但他们还是从小碗里啜饮了几口淡淡的茶水。

十分钟后，吴老爷的态度似乎又缓和了些，只见有人端着满满一盘吃的出来了，上面堆了糖果，还有黏糊糊的点心，每块都插上了牙签，方便取用。

大概又过了二十分钟吧，卫兵一阵骚动，坐在轿椅上的阿妈被人抬出来了。卫兵看清楚来者何人之后便又回到他们原先待的地方。阿妈在那群等待的学生面前停了下来，她的脸色从来没有这么难看过。他们都想打听一番，但即使罗杰都觉得还是不问为好。“她依旧态度强硬。”弗林特船长说道。

突然，苦力和卫兵腾地起身。李小姐和吴老爷一起朝他们走来，后面跟着轿夫，正抬着李小姐的空椅子。

“她说服他了。”弗林特船长说。

“她根本用不着说服他，”南希说，“迎接她的锣声有二十二下，而吴老爷只有十下。”

李小姐开心地说着话，吴老爷那满是皱纹的脸上也堆着笑。两人一起来到那群等待的学生面前。

“我告诉吴老爷，我和我的学生们在一起有多开心。”李小姐说，“你们都是好学生。我说你们都很喜欢学习，而且学得很快……”

学生们不安地扭了扭身子，这一幕仿佛就是学校颁奖典礼的现场：一学期下来只知道调皮捣蛋的学生，在一群仰慕者的面前被赞为品行优良的好学生。接着，李小姐逐一介绍了他们。

“这是罗杰。”她叫出罗杰的名字，然后转头跟吴老爷用汉语说了一大通话。吴老爷在一旁听着，朝罗杰友好地笑了笑。而罗杰一时不知道该怎么做，只是伸出一只手。吴老爷微笑着，热情地握了握他的手。

“这是约翰。”李小姐说，然后继续说着汉语，大概是在告诉吴老爷他重拾拉丁语的速度有多快。约翰也跟吴老爷握了握手。

“这是提提。”李小姐接着介绍，她显然是按照学生成绩好坏的排名来介绍的。接下来分别是苏珊、佩吉和南希。每个人都轮流跟面色棕黑、略带微笑的吴老爷握了手。

李小姐转向弗林特船长，此时他已经准备好跟人握手了，事先将那

只红木盒从右手换到了左手。

“这位是弗林特船长。”她一叫出名字便住了口。

笑容已经从吴老爷的脸上消失了。他虽然比弗林特船长的个子小很多，但并不瘦，他指着那只抛光的木盒，那布满皱纹的棕黑色脸瞬间好像更加阴沉了。他对着李小姐说了些什么，愤怒地指着盒子。李小姐回答了他，然后又用英语问道：“吴老爷在问，你手上拿的是什么。我告诉他是约翰和苏珊留在我父亲庙堂里的东西。”

吴老爷皱着眉头，怒气冲冲地看着弗林特船长，又跟李小姐说着什么。

“他问里面是什么，”李小姐说，“请给他看看。”

此时已经别无选择了。弗林特船长将盒子放在地上，拨开挂钩，打开盒子。吴老爷弯下腰，拿走盒中的麂皮，抓住六分仪想拿出来，但卡住了。

“让我来。”弗林特船长说，小心翼翼地将自己的宝贝器具从盒中拿出。吴老爷伸出手，弗林特不情愿地把六分仪给了他，并摆出接着的姿势，生怕吴老爷失手弄到地上。

吴老爷踩起了脚。

“这是六分仪，”他咕哝着，好像在说英语，“六分仪。”他说，“李小姐告诉我……她将你们……留在这儿……很安全……你们找不到三岛……没法将三岛的位置告知炮舰。这个，六分仪，你们测子午线……用手指着地图……就知道……”

弗林特船长忍不住说话了，而约翰想起了几小时前他们干的事情，

吴老爷拒绝与弗林特船长握手

脸变得通红。

“我说，”弗林特船长问道，“您对子午线高度有何高见？”

“我是名老水手。”吴老爷说着，岔开自己的罗圈腿，通过六分仪看着早已西沉的太阳，“我是名老水手……在英国船上、中国商船上……做伙计……当水手……水手长。船长观测子午线高度时要花不少时间……可我是名老水手，很了解六分仪。你们骗了张老爷……骗了李小姐……但骗不了吴老爷……我要告诉李小姐……我要告诉张老爷……把你们留在这儿没好事……早该砍了你们的头……”

他把六分仪给李小姐看，嘴里骂骂咧咧，说话声越来越大。卫兵和轿夫在一旁听着，坐在轿椅上的阿妈也仰着身子仔细听着。吴老爷恨不得将六分仪扔在地上。李小姐伸出手去要，吴老爷把六分仪递给她。

“请把盒子拿过来。”李小姐冷冰冰地说。

“我来放进去。”弗林特船长说。她把六分仪给了弗林特船长，船长小心翼翼地将它放回毛毡衬里作保护的盒中，然后拾起地上的麂皮，盖在六分仪上，再扣上钩子。

吴老爷伸手示意要拿盒子。李小姐脸色铁青地摇了摇头，然后亲自从弗林特船长那儿拿过盒子，放在她轿椅的搁脚板上。两人礼貌地道别后，又互相鞠了一躬。没人跟那群学生说道别的话，他们一言不发，紧张地坐在轿椅上。举旗的人等着出发的信号。信号终于等来了，一声接一声，吴老爷的大门处响起二十二声锣响。举旗人走在前面，后面跟着坐在轿椅上的李小姐，六分仪简直就成了搁脚凳。这一行人再次出发了。吴老爷跟他的手下站在那里，眼看着弗林特船长被带走，飞快地做了个手势，就跟当初他们第一次在张老爷的衙门里见到的一样——那个用手砍向后颈的手势。

度假的闲情逸致瞬间烟消云散，所有人都感觉自己像是囚犯而不是学生了。他们都知道这事非同小可。情况甚至比以前更糟，因为现在，坐在轿椅上的他们沿着吴老爷的峡谷成一列纵队排开往前走，彼此没法说话。他们看不到脚下的路，看不到西沉的太阳。在阴沉压抑的氛围中，一行人在轿椅上颠簸前行，来到了峡谷处。过了那座窄桥，脚下便是几百米深乱石遍布的谷底。

好不容易过了桥，突然听到身后响起尖锐的笛声，回应并非来自龙镇，而是河对岸的虎岛。他们看见走在前面的李小姐举起一只手。队伍立马停了下来，轿椅都被放了下来。和其他人相比，罗杰的情绪好似不那么糟糕，加上刚过那座桥，他甚至突然快活起来，从轿椅上跳了下来，跑上前去询问李小姐笛声是怎么回事。

他发现李小姐安静地坐在椅子上，脸色铁青地听着信号。

“怎么回事，李小姐？”他问道，“请告诉我发生了什么。”

笛声停了。

“是吴老爷，”李小姐沉闷地说道，“他要张老爷过河来跟他谈话。”她一声令下，队伍又重新出发了。

罗杰快跑回自己的轿椅上，大声把这个消息告诉大家。这消息可没法让他们快活起来。

龙镇外面，在稻田里忙活了一天的人都回来了。一看到龙旗，他们一窝蜂地拥到路边，围住过路的李小姐。一群人正在城墙旁等着，

二十二下锣声响起的时候，他们大声欢呼着。镇上里里外外所有人都从自家的屋里跑到街上不停地欢呼，大人们抱起自己的孩子看李小姐经过。四面八方又拥来一群人，等到李小姐走进自己的大门时，人们又一起欢呼起来。锣声再次为李小姐响起，轿椅被依次抬进院子。假日野餐终于结束了，李小姐又回到了家中。

“好吧，这也算是个好消息。”弗林特船长从轿椅上下来，和其他人会合时说，“她也许和吴老爷、张老爷有过节，但是她的村民们可是真心爱戴她呢。”

“我们应该去感谢她，带我们出去野餐。”苏珊说。

可惜为时已晚。李小姐拿起弗林特船长的六分仪，从椅子上下来。她迈上几级台阶，来到议事厅外的露台上。

“囚犯”们回到自己的屋里。地板上已经整齐摆放好了他们在庙里留下的东西，除了弗林特船长的六分仪外，所有东西都在。

“要是你把六分仪和其他东西放在一块儿就好了，”南希说，“那它现在就会在这儿，就不会失去它了。”

“是我把事情搞砸了。”弗林特船长说，“现在我们又多了个敌人。”

“我看见他又做出砍头的恐怖手势了。”罗杰说。

“我也看到了。”弗林特船长说着，用手轻轻地摸了摸自己的后颈。

第二十二章

钱被退回

一大早，苏珊就被一阵刺耳的笛声吵醒了。她立即下床。离端午节只剩一天了，要把龙做好可不是件容易的事，还要复习拉丁语，加上昨天出去了一整天，点灯的时候才回家，本来可以轻松完成的工作也变得困难重重。李小姐曾说过，学生制作的龙会让她手下的人高兴。弗林特船长也这么说。学拉丁语时，虽然苏珊几乎是班上最差的学生，但缝制这条龙，她可以发挥作用。无论如何都要把这条龙做好。其他人醒来时发现她正在那儿忙着，都准备去帮忙。这活儿可不轻松，龙的外皮是用结实的红布做的，外面还有一层金色的鳞片，两者连接的地方要缝得牢牢的，还要将许多鳞片缝在里面，不能让人看出接缝。那巨大的龙头是用一种特殊的纸糊起来的，重量很轻，方便携带。此时，许多金色的油漆已经脱落了，龙嘴那里的红漆也大多脱落了。

“这条龙看上去有点寒酸呢。”提提说。

“没事的，”约翰说，“李小姐说这是以前的龙，他们都不用了。”

“要是我能找点油漆来就好了。”提提说。

“去问问李小姐。”苏珊一边说，一边舔了舔线头，“喂，南希，要是你把那边折弯了，我们就得拆开重头弄起了。”

“你的龙真是烦人，罗杰。”南希看到罗杰从院子里回来说，他刚去看吉伯尔了。

“我说，”罗杰说道，“我和吉伯尔看到有人在笼子里给弗林特船长刮

胡子，还看见那个留着三绺胡须的老头坐在椅子上被人抬出去了，弗林特船长正要转头去看他时还被划伤了。”

铃响了，他们抛下手中的龙，赶忙穿过花园去吃早饭。

“Salvete discipuli！（你们好，同学们！）”李小姐回复了他们的问候，但大伙儿都看出她心里在想别的事。

阿妈把弗林特船长也带来了，他的下巴上还有道浅浅的红印，就是那个中国理发师不小心划伤的。他一脸烦闷，嘴里嘟哝了一声“早上好”，但李小姐好像没听见。

早餐在一片沉默中开始了。吃到一半时，约翰壮起胆子说：“李小姐，您昨天带我们去参观小岛，我们还没表示感谢呢。”

李小姐看着他，说：“我原本想向吴老爷证明他可以认同我的意见，一起反对师爷和张老爷。”

“看来是我把事情搞砸了。”弗林特船长说。

“现在情况更糟糕了，非常糟糕，”李小姐说，“吴老爷和张老爷要见我的师爷。为什么不直接见我呢?”李小姐的问题似乎是问自己的，“不过，我还是派我的师爷去见他们了……”

“我们看见他出去了，”罗杰说，“就是因为这个，弗林特船长的下巴被划伤了。”

“幸好只是下巴。”李小姐说。

直到早餐结束，提提才鼓起勇气，询问李小姐油漆的事情。“我们也不需要很多，”她说，“只是龙头那个位置需要一点。现在龙嘴是白色而不是红色的。”

李小姐第一次露出了笑容。“罗杰的那条龙？”她问道，“没问题，你们拿点就行。”

接着，她的得意门生罗杰才敢提醒李小姐，昨天的假期使得他们没有时间预习功课。“没关系，”李小姐说，“我们就来看看你们忘了多少。没有预习我们也能翻译。”

这堂课真奇怪。他们惊讶地发现自己竟然还记得那么多。如果他们以前算是模范学生的话，那李小姐这个老师可真算是当得很成功了。要不然，她会跟往常一样，只挑知道答案的人回答问题，这样的话，就连南希也会让李小姐这个考官满意。但是，尽管今天李小姐看上去很高兴，可他们知道她的心思不在课堂上。有时候，她问问题的间隔时间会很久，还会心不在焉地翻开语法书，视线却不在书上。甚至有时候，即使学生们及时回答出了问题，她也好像忘记自己刚才提了什么问题。

临近中午，他们听见院子外面一阵喧闹。阿妈进来跟李小姐说了几句话。

“老师爷回来了。”她说完便跟着阿妈出去了。

“最糟糕的事情就在眼前了。”弗林特船长说。

“要是我们处境糟糕，”罗杰说，“你觉得她会怎么做呢？不让我们参加端午节吗？”

“那还算好的。”弗林特船长说。

她去了很久，回来时，不再是那个和蔼可亲的女教师了，更像是他们第一次见到的那个严肃陌生的李小姐。她在议事厅里正襟危坐，四周

围着的是她手下的船长们。她坐下后，抿着嘴，眯着眼睛，手指在桌子上敲打着。

“那两个老爷威胁要造反。”她最后说道，“吴老爷告诉张老爷，你们留在这里一分钟都不安全。他们说我父亲说得对，不能有英国囚犯。他们要我砍掉我学生的脑袋……”

一阵长久的沉默。

“他们真有脸说这话。”南希最后说。

“没错，”李小姐说，“他们现在就要我回个准信。要我决定，杀还是不杀。”

这时他们听见尖锐的笛声响起，信息很短。罗杰抬头望去。

“我给他们回信了。”李小姐说，“回信就是，不杀！”

“您太好了！”南希说。

“太好了！”罗杰说。

“谢谢您，小姐。”弗林特船长说。

“接下来他们会怎样？”提提说。

“他们不能怎样。”李小姐说，“没有张老爷的帮助，吴老爷什么也不会做。张老爷也不会做什么，因为你不是他的囚犯了。张老爷这人极度贪婪，我给过他很多钱。我让他留着那个旧金山人，来换回我的学生。然后因为你们想救他回来，我又把他买下了。张老爷宁愿冒险也不会放弃那笔钱。他什么都不会做。”

“被您那样买下，我可不高兴。”弗林特船长说道。在李小姐的注视下，弗林特船长说话结结巴巴的，最后住了嘴。

“我这么做你应该高兴才对。”李小姐说。

然后，好像什么事都不值得一提似的，她给他们布置了任务。“明天不上课了，”她说道，“因为是端午节，但你们要为后天的课做准备。”

“李小姐，”罗杰说，“我们还会照常参加端午节吗？”

“我承诺过你们，”李小姐说，“你们要去。”

全力赶制那条龙成了当下最紧要的任务。一个男人拿来两只碗，一碗红漆，一碗金漆，给他们演示：如何搅拌、使用油漆。提提的脸上和手上这一块、那一块的都是金色的油漆，最后龙头总算是焕然一新了。罗杰则在龙舌上刷着鲜红色的油漆。龙尾被拖到房间的一侧，部分龙尾悬在桌子上，跟另外一段放在几张椅子上的龙尾搭在一起。约翰、弗林特船长和佩吉抓住连接处，这样苏珊和南希可以交替着来回缝制，用长线将两头缝在一起。这时，李小姐从花园走过来。

“Vide，nostra domina，nostrum draconem.（我们的主人，请看我们的龙。）”罗杰说道。

“用‘Domina nostla’应该更好些，罗杰。”李小姐说，“不过，你很有前途。”

她站在那里，看了她的学生们几分钟，然后就离开了。

“真有意思。”弗林特船长说，“我在想她为什么来这儿呢？”

“她肯定有烦心事。”提提说。

“真不知道那两个嗜血成性的老爷接下来会干什么。”弗林特船长说。

“他们什么也做不了，”南希说，“你们也听见她说了。她用你把我

们赎了回来，然后又把你买下了。我们都是她的人，而不是那两个老爷的。”

那条龙已经不需要再刷红色的油漆了。罗杰不止一次地问他们到底还去不去散步，苏珊说她们在这里忙着缝制时，他和约翰更多的是在帮倒忙。最后，弗林特船长说：“走吧，小船长，还有你，罗杰，我们出去吧，让这些行家好手忙活吧。”

“现在我们就能大展身手了。”他们前脚刚走，苏珊便说道。提提刚将金色的漆刷在龙头最后那块没有颜色的地方，还没等油漆干，就马上又跟苏珊一起缝制一条接缝，南希和佩吉则在缝制另一个地方。“至少要缝四排，”苏珊在动工前就提醒过，“缝得少了就会松开。”

约翰、罗杰和弗林特船长出去大约一个半小时后，忙着缝制的几个人听到院子里传来一阵骚动。

“这次又会是谁呢？”提提说，“我要出去看看吗？”

“别管那么多了。”苏珊说，“如果不快点赶工，我们根本完不成。”

原来又是李小姐过来了。她迅速地环顾了一下四周。

“罗杰去哪儿了？”她问道。

“跟约翰和弗林特船长出去散步了。”苏珊说。

“您要找他吗？”提提说，“要我去找他回来吗？”

“他们朝哪边走了？”李小姐问道。

“他们没说。”南希说。

“约翰说是想去看看河来着，”佩吉说，“他们说完就走了。”

李小姐像是要向院子走去，但又改变了主意。她走到花园，不过很快又回来了，坐在屋子里。其他人只顾忙着缝制那条龙。

李小姐又站了起来，在屋里来回踱步。正在折叠的龙身下干活的提提将针递给上方的苏珊，瞥到了李小姐那金光闪闪的小鞋。

“你们真是聪明的油漆工呀。”李小姐看着龙头说，“或许我该派人去……苏珊，他们会出去很久吗?”

大伙儿都感觉到她的声音里透着焦虑的情绪。苏珊的线也从针上掉了出来。

“怎么回事?”提提问，“出事了吗?”

“我会告诉你们的。”李小姐听了听，过了一会儿说，“我告诉你们吧，张老爷把我给他的钱退回来了。”

“天啊!”提提说，“弗林特船长正担心这事呢。”

“情况确实不妙，”李小姐说，“你们不懂。这样的话，张老爷会认为你们还是他的囚犯，不是我的。他从你们，甚至弗林特船长身上都没捞到什么好处……他现在可以为所欲为了，也就是说……”

院子的大门突然被撞开了，罗杰急急忙忙跑了进来，手里抓着帽子，往前伸得长长的。

“快看快看，南希!”他大喊道，“我们正观察那条涨潮的河呢……不，不，李小姐，我们没去渡口，不该去的地方我们都没去……我们只是去看那条河了，然后听到砰的一声……我又听到嗖的一声……然后我的帽子就飞走了，你们快看!”他指着帽檐上一个清晰可见的窟窿。

“罗杰!”苏珊大喊道。

“罗杰！”南希也大喊，“你这家伙真是太走运了！”

“有个粗心的家伙在打鸟。”跟约翰一起进屋的弗林特船长解释道。

“不是！”李小姐说，“他们是朝着你们开的枪。就是这样的……告诉他发生什么事了……听着！你们谁都别离开我的衙门。谁都不行，花园也不行！我必须马上去见我的师爷……”

说完，李小姐便急匆匆地走了。

赶工制龙

第二十三章

李小姐与师爷达成一致

罗杰的帽子被子弹打穿一事，大大影响了制龙的工作。南希对此事羡慕不已。提提则想知道究竟发生了什么。苏珊转过头，不去看那帽子，脑袋里只想着那颗子弹离罗杰的头该有多近啊。弗林特船长郁闷地坐在椅子上，不巧屁股下是龙的一部分。

“都是我的错啊。”他说。

“唉，你确实挺傻的，吉姆舅舅，”南希说，“竟然让吴老爷发现了六分仪。”

“我怎么知道那个家伙做过水手长？”弗林特船长说，“我从没见过他开口说话。再说那些经常出海的人，即使把六分仪放到他们的眼皮底下，大部分人也不认识。”

“还有，”南希说，“要是不准我们出去，那也不用费力气去缝制这条龙了。我的大拇指可受苦了，不是为了把针戳出去而不断被刺疼，就是被佩吉穿过来的针扎。”

“天哪！”罗杰说，“我们甚至都不能去观赏别人的龙了。”

“他们切断了我们的去路，”苏珊说，“眼看就要完工了。不过我们还是会把它做好。”

“我看我们还是继续学拉丁语好了。”约翰说。

黄昏将至，苏珊发现天有点黑，看不清楚字了，于是由弗林特船长领头，开始互相提问拉丁语语法问题，与此同时，他们心里也无时无刻

不在期盼着饭能够快点送来。突然间，门口出现了一个身影，李小姐回来了。

“Salve，domina.（您好，主人。）”罗杰说道。

“Salve（你好），罗杰。”李小姐回答道，但那口气听上去不怎么认真。她回头朝花园望去，做了个手势。阿妈进来了，李小姐用汉语跟她说了几句话，让阿妈通过窗户观察外面的院子。她自己再次将视线往花园方向投去，说道：“罗杰，麻烦你坐在门口，要是有人进来，你就能看见了。”

弗林特船长为李小姐拉来一把椅子，她随即入座，但坐下没多久，便再次起身，看了看那本拉丁语语法书和弗林特船长抄下来到笼中学习的那一页，然后拿起词典，打开，合上，又放了回去。突然，她将书和纸都扫到一起。

“不上课了。”她说。

“可我们喜欢上课，”弗林特船长说，“而且我们的进展都不错呢。”

“不上课了，”李小姐说，“上课没用。我曾经多开心呀，还以为当年剑桥的时光又回来了。你们都是很好的学生。现在一切都结束了。我父亲曾经说‘三岛不能留英国囚犯’，真是一点都没错！”

学生们听到这里，不禁困惑不已，面露惧色。这不是他们的李老师了，而是那个掌管着三岛、坐在衙门的议事厅里、坐在她父亲的椅子上、给身旁的老爷和船长们下命令的李小姐。那个他们熟悉的李老师，那个高高兴兴的教师，那个拉着他们学习拉丁语的李老师，那个能干的掌舵手，此时好似消失不见了。他们印象中的那位李小姐，可是什么都难不倒的。

“三座岛，”李小姐仿佛在自言自语，并不顾及周围的听众，“三座岛，先父完成了三岛的统一大业，他信任我，信任我能继承大局。而如今呢，我却眼睁睁地看着他们分裂。我的师爷说得对，什么英国学生、英国囚犯、剑桥大学，通通都不要了。只要保全三岛的统一，就要在所不惜，我的父亲才能在九泉之下安息。”

“您会放了我们吗？”坐在门口的罗杰说，他一直盯着花园里的小径。

所有人都表现出了不安。罗杰说出了大伙儿的心声。

李小姐的怒气瞬间就上来了。“你们要走是不是很高兴啊？就连罗杰也是！”

“我们很喜欢这里，”南希说，“我们一辈子都不会忘记的。”

“太短暂了，”李小姐说，“这段时间或许太短暂了。”

突然，他们听见尖锐的笛声响起。李小姐的心情立即又变了。

“你们听见了吗？”她说，“我已经和我的师爷达成一致。我告诉他，可以去和两位老爷说我同意他们的意见。他刚发出了信号。我已经许下承诺，端午节过后就不扣留英国囚犯了。”

“这不就是明天吗？”苏珊说。

“您不会让他们砍掉我们的脑袋吧？”坐在门边的罗杰大声问道，“我们可不愿那样！”

“他们说，要我砍掉你们的脑袋，他们才满意。”

“李小姐！”提提喊道。

“第二斜桅和船头斜桅支索！”南希喊道，“可这不公平！”

“Vale，domina.（再见，主人。）”罗杰伤心地说道。

李小姐忍不住笑了。

“罗杰的拉丁语真是大有前途啊。”她说，“你们都是好学生……刻苦用功……连南希都跟上来了。（南希正准备反驳，但随即改变了主意。）不，李小姐是不会砍掉学生的脑袋的。”

“那您打算怎么摆脱我们呢，小姐？”弗林特船长问道，“送我们去香港……还是新加坡……或是别的什么通商口岸？只要我们能和领事联系上，去哪儿都行。”

李小姐将一股子怒气抛向他。“没错，”她说，“我的师爷也是这么跟我说的。你去跟领事讲这件事，领事就会发电报给舰队司令，然后舰队司令就会一声令下派来炮舰，那样，我们三座岛的生意就全都毁了。”

“我们不会让他们那么做的。”提提说。

“无论是张老爷、吴老爷，还是我们的船长，都不会让你们有机会跟领事透露我们的情况的。”李小姐说，“他们可不会冒险。砍掉你们的头，或者淹死你们，这样就万无一失了。”

“但要是您跟他们说了，他们肯定会听您的。”南希说。

“你看看今天都发生了什么！”李小姐说，“看上去就像一场意外。舢板可以将囚犯带上岸，然后把囚犯淹死。噢，真对不起，全是谎言！我又能做什么？砍掉船长的脑袋？那敢情好，可囚犯们还是得淹死！如果你们还要留在这里，同样的事情还会发生，比如悬崖上掉下一块巨石砸中脑袋、食物被人下毒、一个人为了打鸽子结果打中了罗杰。不行。最好的办法就是忘掉剑桥、停止上课，我的好学生们都离我远远的！”

“但怎么离开呢?”南希问道。

“要是我们的燕子号和亚马孙号在身边就好了。”约翰说。

“那两艘船太小了,”李小姐说,“而且速度太慢。”她眯缝着眼睛看着弗林特船长。

“如果我李小姐相信你们,”她说,“如果给你们一艘大帆船,你们能答应我立刻航行离开吗?不去香港,不去澳门,不去海南,不去任何一个中国港口,你们能做的就是离中国海远远的?”

“我们保证,”弗林特船长说,“到新加坡之前我们谁都不联系。”

“新加坡的港务长会说:‘喂,你们的中国船是哪儿来的?’到时候你们怎么回答?”

弗林特船长仔细想了想。“没有证明文件的话的确难办,”他说,“但我们会尽量说服他们。就说我们的帆船在海上没了,上岸后从渔夫手里买下这艘帆船,然后再次出航,也搞不清方向了,很高兴来到这里。”

“你们不会派炮舰来吧?”

“当然不会!”南希说道。

“你保证?”李小姐又看了看弗林特船长。

“还没等我们把您招出来,他们就会把我们大卸八块,小姐。但该怎么把船送回来呢?港口的官员可能会跟踪它。”

“谁把船开回来?”李小姐不屑地说,“如果我派三岛的人跟你们一起去,恐怕你们永远也到不了新加坡,没过两天就横尸大海了。他们不会相信你们的,只有我,李小姐,还相信你们。”这时她又想起了什么,“没有中国水手帮你们,你们会驾驶我的船吗?”

“我们有七个人，”弗林特船长说，“在我们的那艘帆船烧毁之前，我们几乎走遍了半个地球……我对中国的大帆船不是很了解，但小的应该没问题。”

“那我就把明月号交给你。”李小姐说。

“李小姐！”南希兴奋地叫道。

“天哪！”罗杰说道。

“我会驾驶着它去世界各地。”弗林特船长说。

“我们绝对会好好照顾它的。”约翰说。

“可是把明月号给了我们，您怎么办？”提提说。

“再造一艘……再造一艘更好的。”李小姐说，“明月号是艘好船，它会带你们去英国的。你们到时候就知道中国的帆船有多大的能耐了。我就待在龙岛，把剑桥什么的通通忘了。”

“跟我们一起走吧。”提提说。

“别再干这些海盗行径了，”弗林特船长说，“您跟我们一起回英国，回到剑桥，把学位全都拿下来，最后做个大学校长。”

李小姐的双眼顿时亮了，但很快就恢复了常态。“我必须留在三岛。”她说。

“其他人会让我们走吗？”苏珊问道。

“不会。”李小姐说。

“那到头来都是一场空。”罗杰说。

“晚上出发就行，”李小姐说，“他们不会看见的。到了早上，见不到囚犯，他们还去砍谁的头呢？”

“那些大帆船的速度很快。”南希说。

“我们的船长不会航行得很远。如果你们走远了，他们不会去追的。”

“我们什么时候出发？”苏珊说。

“明天。”李小姐说，“明天是端午节，老爷们都会来我的衙门吃饭。虎岛和龟岛的人会把他们的龙带来。他们一整天都会看到你们，晚上会看到你们舞龙。他们知道我已经同意不留英国囚犯，他们会想，好吧，等到明早再砍你们的头。这样一来，端午节那天他们不动枪也不动刀，从早到晚我们都和和气气的。等到晚上你们就走。所有人都要参加宴席，都要睡觉，等他们睡下了，你们早就不见了。”

“我们怎么才能神不知鬼不觉地溜走呢？”约翰说。

李小姐在昏昏的暮色中逐一看着他们。“我最好跟你们的船长单独谈谈，你们还是不知道为妙。现在你们都出去吧，天已经黑了，没办法开枪了。”

“出去吧。”弗林特船长说。

六个人毫不犹豫地走进了花园，留下弗林特船长和李小姐在迅速落下的夜幕中秘密商谈。

在昏暗天空的映衬下，苏珊抬头看着花园城墙上朦胧的树梢。“罗杰，来这儿，”她说，“别走露台。我们就待在橘子树下，他们不会发现的。”

“哎呀，”南希说道，“要是不走该多好啊。”

“你不是想留在这里被人砍掉脑袋吧？”约翰说，“谢天谢地脑袋还在我们的脖子上。”

“我们坐那艘船去新加坡要多长时间？”苏珊问道，“只有到了新加坡

才能向妈妈报平安。”

“就看风力大小了。”约翰说，“可咱们的明月号是艘很棒的小船。”

“对了，”提提说，“现在我们不用坐班轮回去了，可以开自己的船回家了。”

“还是中国的帆船。”罗杰说，“天哪，没想到当初吉伯尔把野猫号烧掉竟然变成了好事。”

“才不是呢。”提提说。

“好吧，可野猫号的确安装了引擎，”罗杰说，“我就不用费力了。”

“不用吗？”南希说。

“穿越红海的时候必须拖拽，”约翰说，他已经开始畅想未来的事情了，“那里刮的全是北风。弗林特船长当初也是靠引擎才驾驶野猫号抵达地中海的。”

“现在最麻烦的就是怎么逃走，”苏珊说，“到处都有哨兵。要是我们硬闯，只会让他们更容易抓住我们。”

“真是傻！”南希说，“苏珊，你也是！我们要是留下来的话，脑袋早就没了。我们逃走的时候被抓，大不了也是被砍头！当然啦，我们会成功逃脱的。再也不用学该死的拉丁语了。还有，再也不用听那个船工一个劲地唠叨拉丁语了……”

“我是一等水手！”罗杰说。

“第二斜桅和船头斜桅支索！要是我们这些大副和船长不给你安排工作呢？”南希说，尽管她不愿离开海盗岛，可让她在罗杰成绩最好的班级里做个成绩垫底的学生，她可是满心的不情愿，“拉丁语！”她不屑地说道，“你还不如去干些擦铜器的活儿。”

“明月号上没什么铜器可擦。”罗杰说。

“有的是柚木需要打磨。”南希说。

“有可能船上没磨石啊，”罗杰说，“再说了，谁还会在意这个？”

“我们很快要出海了。”提提说。

“不知道那艘船怎么收帆。”约翰说。

“只要有支帆板就很容易。”南希说。接下来，两位船长就如何收帆的事情争吵起来。

他们在橘树林中走来走去，想到很快就能踏在摇来晃去的甲板上，这些许久没下过水的水手心里美滋滋的。在树叶掩映下的蝉声之外，他们像是听到了木板嘎吱嘎吱的声音。他们在黄昏中来回踱步，盯着从花园到屋里时要经过的那扇门，盼着李小姐或弗林特船长叫他们进去。

最后，当夜幕几乎全部落下之时，他们看见一个人影拿着一捆东西从他们的房子匆匆走到李小姐的房间。接着，他们又发现李小姐本人也回屋了。他们在外面又等了等，看到他们屋里灯光摇曳。阿妈把灯笼点燃了，随后也出了房间。

回到屋里，他们发现里面一个人都没有，弗林特船长也不见了。

“晚上他又被关起来了。”南希说。

“最好去确定一下。”约翰说。

“对了，”苏珊说，“燕子号上所有的东西都不见了。”

“那些正是老阿妈手里拿的东西。”罗杰说。

他们走进院子，所有人都来到弗林特船长的笼子旁，而罗杰到隔壁

关着吉伯尔的笼子前跟它说话。这时，他们通过笼门看到弗林特船长睡觉的箱子里有光线在闪烁。

“嘿！”提提悄悄喊道，“弗林特船长！”

笼中的囚犯手里端着一碗饭，走到笼子前。

“快回去，”他说，“你们来这儿干什么？”

“我们想确认一下一切正常。”

弗林特船长压低嗓门说：“我已经确定好了航行路线，你们想知道的就是这个吧？”

“我们所有的东西都不见了。”苏珊说。

“我知道。”弗林特船长说。

“那条龙呢？”苏珊说，“我们其实用不上它吧？”

“恰恰相反。”弗林特船长说，“赶紧回去，尽一切可能利用好它。弄不好就别睡觉，晚安！”他转身回到睡觉的箱子里，关上了身后的门。

他们回到屋里，发现正好有人把晚饭送过来了。他们草草地吃了晚饭。在灯笼光的照耀下赶工可不是件容易的事，但他们睡觉前，那条小龙已经做好了——除了那十二条腿。

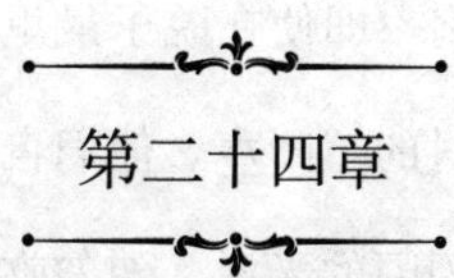

第二十四章

舞龙会

端午节当天已经没什么剑桥式早餐了。跟往常不同，弗林特船长也被早早地从笼子里放了出来，被人带去跟其他学生用筷子一起吃中式早餐，早饭仍然是米饭和鸡肉。即使在院子最里头的房子里，他们仍然能够隐约听见海盗小镇过节时的喧闹声。他们自己的那条龙此时正躺在地上，叠在一起的皱褶发出闪闪的光泽。匆匆吃完早餐后，苏珊将最后几块多余的鳞片缝在龙身接缝处，就在此时，李小姐从花园的门口走了进来。

她环顾了一下四周。“你们很开心嘛。”她有点沮丧地说，“不用上课，也不用学拉丁语了。离开李小姐，你们都很开心嘛。”

“不是那样的。”提提说。

“您一直对我们很好，小姐，”弗林特船长说，“但是您也知道，每个人都想保住自己的脑袋。”

“而且我们还要回家呢。”苏珊说。

“回去上学。”李小姐说。

“去见爸爸妈妈，”约翰说，“当然啦，我们要去上学。”

“去剑桥。”李小姐说，好像在她的世界里，剑桥就是上学的代名词。

“我们希望您能跟我们一起走。”提提说。

李小姐摇了摇头。

“再见了，”她说，“祝你们旅途愉快。我不能再跟你们多说了，弗林

特船长知道该怎么办……”

就在这时，响亮的锣声敲打起来。

“这是什么意思？”罗杰问道。

“是张老爷，”李小姐说，“或者是吴老爷，我必须去见他们了。”

“稍等片刻，小姐，”弗林特船长说，“让我最后确认一下我的航行方向是否正确……”

罗杰悄悄溜进院中。没等弗林特船长和李小姐说完，他就回来了。

“是张老爷，”他说，“但他并没有带龙来。李小姐，张老爷为什么没带龙来？”

“舞龙还没那么早开始，”李小姐说，“虎岛的龙可能在路上了……你们最好去外面看看他们是不是来了，反正没课要上……”

“他们现在出去安全吗？”弗林特船长问道。

“非常安全，”李小姐说，“舞龙会当天，没人会动枪。在明天的太阳升起之前，所有人都要和和气气的。你们最好出去，这样大家就会知道你们并不害怕。”这时锣声再次响起，一共十下。

“是吴老爷。”李小姐说着匆忙走到花园，准备迎接两位老爷。

“我们还没有和她好好告别呢。”苏珊说。

“我们再也见不到她了。”提提说。

“我们肯定还会见到她，”南希说，“肯定会的，只不过有那两个老爷在场，她不方便跟我们说话而已。第二斜桅和船头斜桅支索！我想我们必须离开这儿了，但跟这群中国海盗生活一段时间后，再回学校感觉没什么意思了。”

“你在学校就不用这么用功了，”弗林特船长说，“何况我们还没离开这里呢。真希望我们已经离开了。”

“赶紧走吧。”罗杰说着，一边用手指通过弹孔转动着那顶帽子，“我们出去，看看其他的龙。”

他们走进花园，看见虎岛和龟岛的岛旗靠墙放着，便知道他们的宿敌正在和李小姐谈话。他们从大门走了出去。经过昨天的事情，虽然还有所期待，不管李小姐如何描述这场盛会，对于即将面对的敌人，以及那些人做出的砍头的手势，他们都心存顾虑。除了做饭的，镇上没有人在干活——只能闻到厨房里传来阵阵饭菜的香味，特别是烤猪肉的香味。人们在街上闲逛着，抽着烟，谈笑风生，好像在等马戏团杂技表演开场似的。他们往城墙的南门走去，想从高处看到吴老爷的龙，沿着通往河对岸渡口的那条路，他们还能看见张老爷的龙。龙岛的龙，他们几乎是一眼就看到了，似乎没什么生气。现在，那条龙被单独放在镇里的一条街上，龙身上的鳞片闪闪发光，红色的丝绸鲜亮无比，龙身下面伸出几根竹竿作为支撑，等到舞龙时，其中一人会把它举起来。现在，舞龙的人都还在旁边的地上歇着呢，正拿着小碗喝着什么东西。有些舞龙者经过他们身边时，还会向他们致以问候。

“他们在说什么？”罗杰问。

“我不知道。”弗林特船长说，“舞龙快乐吧，我猜，大概就是这个意思。”

“他们还真友好呢。”南希说。

“是的，”弗林特船长说，“今天说‘舞龙快乐’，明天就要说‘人头落地’啦！不过，到明天这个时候，如果一切顺利，我们早就逃之夭夭了，他们想追也追不上。”

“一切都会顺利的吧？”罗杰说。

“只要李小姐不出岔子，就没问题。”弗林特船长说。

“她不会的。”提提说。

“还有，只要我们的龙完成任务。”

“这事跟龙有什么关系？”罗杰问道，但弗林特船长并没有回答他。

他们再次走到城墙外门时也没人阻止。大伙儿越过绿油油的稻田，往那边的高地看去，好像他们等待的东西随时都会出现。

“我们最好不要走得太远了。”苏珊说。

“我们得去看那些龙。”罗杰说。

“那当然了。”南希说，“去看看他们怎么做，这样我们或许就能舞得更好了。第二斜桅和船头斜桅支索！燕子号和亚马孙号万岁！我们的龙一定会把他们打个落花流水。”

“河水还在上涨。”弗林特船长说，但他们走过城墙外面的稻田时，他回头看了看渡口，“渡船几乎跟对面码头在同一水平面上。”

“看那儿，大船上有人上岸了！”罗杰说。

“我们必须经过那些帆船。”约翰说，他绞尽脑汁想把河道的形状都记下来。无论如何，他们必须在夜间驾船过那条河，“你觉得到时候风向会是怎样的？”

“运气好的话，晚上吹的是陆地上来的风。”弗林特船长说，“如果要抢风航行，那逃出去的机会不大，那样太耗时间了。”接着，约翰和南希开始谈论起船上的绳索，他们希望有机会能亲自掌舵，弗林特船长扯开了话题。“我们还没上船呢，”他说，“事情得一样一样来，现在我们要把心思放在舞龙上面。”

他们赶紧爬上稻田那边的斜坡，来到一个可以俯瞰峡谷的地方，看到了那座连扶手都没有、连接峡谷的窄桥。

“南希，”罗杰说，“他们抬我们过桥时你有没有往下看？我看过。”

“想想李小姐驾船经过峡谷的情形。”南希说。

“把望远镜给我，提提。”弗林特船长说，“那肯定是条龙。”观察了一会儿后他说道。

“我们也来看看。”罗杰说。

望远镜在他们手里传来传去。峡谷对面高高的悬崖上，一条龙蜿蜒着身躯，从满是石子的小径往桥这边过来。

“听，快听！”提提说。

他们听到一阵击鼓的声音，不时地还有奇怪的笛声，不成调地尖啸着。

“快看前面领舞的人。”罗杰说。

“那就是你要干的！”弗林特船长说，“好好看看，学着点。”

“看他在那儿跳来跳去呢，”罗杰说，“转着……他脑袋周围有什么东西在转着圈。”

“跟你要转的那玩意儿一样，像只葫芦。”弗林特船长说。

“像蛇和蜈蚣，”南希说，“那条龙的腿像是有成百上千条呢。”

远远地在峡谷的那头，一个身穿鲜红色衣服、戴着红色尖顶帽的男

人在那边跳跃着，翻着跟斗，做着高踢腿，不时一跃而起，在空中做出旋转动作，一边还不停地转着绳子末端拴着的一个像球一样的东西。龙头摇来摆去，后面跟着亮丽的龙身，在空中翻飞。通过望远镜，他们还能看到龙身下舞龙人轻快的脚步。他们的步伐是那么的复杂而又自如，舞龙人身上的龙是那么的身姿矫健、形态万千。

“我没有那样的帽子，”罗杰说，“连身像样的衣服都没有。”

“他那样做有什么用？”提提问道。

“那是龙珠。”弗林特船长说，“前面的龙珠是用来戏龙的。”

“就像用胡萝卜吸引毛驴一样。”南希说，“没错，罗杰，你不是也有一颗吗？”

“我们也会给他做顶帽子。”苏珊说。

罗杰仔细观察着舞龙者的表演，也学着踢了两脚。

“我猜，”罗杰说道，“他们过桥时肯定不会再跳了。”

龙来到桥前，领头的舞龙人在前面跑着，跟在他身后的龙就像一根笔直的绳子。

“看他那得意样儿！”罗杰说，此时的舞龙人停在窄桥中间，转身，跳跃，旋转，“我看，我们最好也回家练习练习。”

“先看它过完桥吧。”南希说。

龙稳稳地过了桥，他们发现龙身下的那些腿脚决定是时候休息一下了。舞龙人用竹竿举起长长的龙身，放到地上，现在那条龙就跟龙镇里的那条一样，像条死蛇似的躺在地上。舞龙人聚在一起，抽着烟斗，南希通过望远镜发现他们正在用手绢擦去脸上的汗水。

峡谷

“走吧，”约翰说，“我们最好回去用自己的龙练习一下。现在我们知道该怎么做了。不过，我们肯定没他们灵巧。”

“谁说我们比不上！”南希说。

他们几乎是一路跑回龙镇的。路边的人朝着他们大声问话，他们猜那些人可能在问他们有没有看见龟岛的龙，于是便回过头朝后面指了指。接着，他们经过一群正望向对岸的人。远处，通往虎岛的那条下坡路上，另一条龙也正蜿蜒舞动着朝渡口而来。

“那些是张老爷的人。”弗林特船长说。

“走吧。”南希说，“快点，提提。”

城门处已经有一大群人在等着了，消息不知怎么也传到了他们的耳里，已经有人看到别的龙了。镇上的人赶紧往外跑，有些人走向渡口，有些人则跑向南门。主街上，龙镇的舞龙者也已经准备舞龙了。他们一路往回跑，经过李小姐衙门的院子，最终回到自己的房间，地上那条龙正趴在地上，硕大的龙头正朝着花园门口看去。

罗杰拿起拴在绳子一头的镀过银的葫芦，开始不停围着自己的脑袋绕圈。

“小心点，你这个小傻瓜！”弗林特船长喊道，那葫芦差点打中他，“我的头倒是够硬，不怕被你砸到，但要是你砸碎了这颗龙珠，就找不到第二颗了。去花园练习！”

“那儿有人，”提提说，“李小姐和很多人都在那里。”

“给罗杰留出点空地，”南希说，“去那里面。求求你了，你挥舞那东西要保持重心啊。对了，就是那样，高点，再高点。现在，双脚离地跳起来，旋转身体！”

“继续练习，你肯定能做好的。”弗林特船长一边说，一边远远地在门口看着他。

“过来，罗杰，”苏珊说，她一只手拿着针线，另一只手拿着从龙身里找来的什么鲜红色的东西，“让我量量你的头围。”

南希和佩吉剪了几条红色和黄色的小细条，将它们缠在一根绳子上。

镇上的喧哗声变响了。附近突然响起一阵噼里啪啦的鞭炮声。

“这么早就开始放鞭炮了。”弗林特船长说。

“他们到了！”南希说。伴随着锣鼓声、竹笛声和鞭炮声，衙门口人声鼎沸，“别犯傻，罗杰！站着别动！”

“希望能够粘上去。”苏珊说，“不管了，我已经尽力了。”

“这就行了。”弗林特船长说，“在舞龙会开始之前我们先围着镇子走一圈。务必记住，每个人都看好前面人的脚。”

“跟着你前面的人的脚步走，”南希说，“这样龙才能连贯地舞动起来。天哪，我希望再有五十个人就好了。跟那条大蜈蚣相比，我们这条十二条腿的小龙真是太不起眼了。”

“没关系，”弗林特船长说，“我们每条腿都能‘物尽其用’。我们得让观众们心服口服。如果被人喝倒彩，那我们的整个计划有可能全部泡汤。”

“什么？”罗杰说，“什么计划？”

“等着瞧。”弗林特船长说。

阿妈在花园门口招呼着。“李小姐说要出发了。”她说，看到罗杰在

那儿蹦跳着，不禁扑哧一笑。她瞧见罗杰戴着红帽，腰间缠着绳子，十几根红黄色的丝带像火焰一样飞舞着。“这边走。”她说完便离开了。

“能让我们的老对头开怀一笑，那就对了！”弗林特船长说，“一开始要慢点，熟悉一下就好了。”

罗杰走在最前面，手里甩着那只葫芦，东张西望。阿妈远远地站在李小姐门外，给他们指着方向。其他人都不见了。罗杰跳了一两次，回头看到他们的龙也走了出来。巨大的龙头猫着腰钻过门口，过台阶时弗林特船长被绊了一下，龙头于是又低下一点，之后便昂着头出来了。通过龙身中间的一个小孔，弗林特船长看到罗杰愉快地跃起。其余的舞龙人也陆续出来了。罗杰倒着走在前面的小路上，龙身下面依次是南希、约翰、苏珊、佩吉，最后是提提的双脚。那僵硬的龙尾巴在提提身后甩着，擦到了门框，她不安地从下面探出头，想看看龙是不是撞坏了。

“前路无阻！”罗杰说。

“记住，千万不能走直线。”南希提醒道。

“让我先咬住龙珠！”弗林特船长大声说。罗杰将“龙珠”朝龙鼻子的方向甩过去，又迅速抽回，开始跳起舞来。

他领着整条龙，从议事厅后面橘子树下的小路走过，再经过李小姐的房间。那扇院门是开着的。他从中间走了过去，犹豫了一下。

“继续走啊。”弗林特船长说。罗杰先是迈出一条腿，然后又迈出另一条，转了个圈，有时向后跳，有时向前跳，摇着葫芦在头顶绕圈，一会儿将它送到龙头跟前，一会儿又收回去，最后经院子往大门走去。他希望能看到李小姐和其他的老爷，但宽宽的露台上除了忙着摆放椅子和一张长桌子的人外，没有别的人了。看到小龙过来，那些人都又笑又叫，小龙的舞龙者们都更加自信了——没有人起哄呢。

站在门边的人都往镇上看热闹。

“嘿！嘿！”罗杰大喊着。卫兵和他们的朋友纷纷转过身。人群先是一阵惊讶，然后突然大笑起来，让那条小龙过去。摇摆的龙尾甩到一个卫兵的头，但其他卫兵只是把那人推开，让他别挡了小龙的路。

现在他们到了街上。镇上的那条大龙下有几百条腿在那儿游移，巨大的龙头上下点头，像是把小龙当成了朋友，致以问候。大龙绕成一个圈，后面的小龙也赶紧跟上，一阵大笑从人群中爆发出来。镇子上响声震天，四处都能听到鼓声、笛声和人们的叫喊声，伴随着人们对虎岛和龟岛的龙的欢呼，不绝于耳。

“你们没事吧？”弗林特船长朝着身后的人喊道。“你们没事吧？”这句话接龙传了下去。“没事，长官。”大伙儿的回答又从舞动的龙尾传到龙头。

三支舞龙队现在集齐了，虎岛和龟岛的人看到龙岛的这群小孩学着他们的一招一式，再次笑翻了天。几条龙聚在一起后又分开了，开始绕着房子舞来舞去，一边等待信号。最后，浑厚的锣声终于响起，一共二十二声。

“李小姐！”

人群里突然一阵骚动。镇上所有的龙，无论在何处，都向衙门奔去，争先恐后地朝院子大门走去。张老爷的龙最先到，也是最先进去的。吴老爷的龙稍稍领先龙岛的龙。小龙则最后进去。平时账房先生们办公的

小龙离开衙门

桌子上现在已经摆满了吃的。而大厅前面的露台上坐着的正是李小姐和老师爷，李小姐身旁是张老爷和吴老爷，还有那些海盗船的船长正笑着站成一排。几条龙一路舞动着，经院子走上台阶，前面领舞的人一边舞动着前行，一边频频鞠躬。三条大龙鞠完躬后，第四条小龙好不容易也挤到它们旁边。弗林特船长跪在地上，放下龙头，好让龙的下巴恭恭敬敬地碰到最低的台阶。罗杰一跃而起，脚下一滑，摔了个大跟头，但立马跳了起来，只看见张老爷已经在椅子上笑得人仰马翻，李小姐微笑着，吴老爷和那些船长也笑出声来。

老师爷抬起他那只像爪子一样的手，人群顿时不作声了。接着，李小姐对龙致欢迎辞。她说完后，每条龙的领头人腾空跃起，硕大的龙头随即抬起。门口的人群响起一阵欢呼声，瞬间，整座龙镇都沸腾了。随后，筋疲力尽的舞龙者从龙身下面钻了出来，把龙身搁到院子里之后，急匆匆地朝着早已为他们准备好的食物冲去。

“我们怎么办？”罗杰很快问道。

“把咱们的龙放到屋里去，”弗林特船长说，“一路舞过去。”罗杰跳跃着，引着小龙绕过李小姐的房间，经花园往屋里走去，消失在众人的视野中。

“真是的，”弗林特船长说着，一边把龙头扔在地上，“这活儿还真费劲！”

“真对不起，我竟然摔倒了。”罗杰说。

“那可是整个表演中的亮点，”弗林特船长说，“把那个大坏蛋张老爷都逗乐了。他肯定笑得肚子都疼了。”

“至少笑得打嗝了。”罗杰满心欢喜地说，“对了，我们要不要去和大家一起吃东西？”

“当然要去，”弗林特船长说，“和那些海盗一起热闹热闹。别让他们发现我们有什么异样。我想去你们的大水缸里洗个澡，洗洗我的光头。”

“好主意。”南希说。

“要想快点凉快下来，”苏珊说，“最好的办法就是把手腕背面弄湿。”

“我知道，”提提说，“就像把手伸出疾驶的列车窗外一样凉快。”

他们赶紧让自己凉快下来，来到外面的院子里。李小姐依然跟两位老爷和那群船长坐在露台上，看不出她注意到了他们，但当他们加入用餐队伍时，那些桌旁的舞龙人都开始大喊大叫。海盗们稍稍挪了挪，为他们腾出地方，不一会儿，他们跟其他人坐在了一起，那些人用他们听不懂的汉语说着什么，然后，他们又听到那个扛着虎岛龙头的前厨师用蹩脚的英语冲他们喊：“你们的龙，一级棒！”算是对他们表演的称赞了。

和李小姐在一起的时候他们吃得很好，但都比不上今天的阵势。就连上次他们被抓时，张老爷和他的船长跟他们一起吃的晚餐和这次相比也只能相形见绌了——精心熬制的粥品和燕窝汤，上面浮着一些果冻一样的东西。“像蛙卵。”罗杰小声说。还有鱼翅、咖喱、鸡肉蒸米饭，大碗大碗的米饭上拌着烤猪肉，还有鱼肉拌米饭……“鱼是用鸬鹚捕来的。”罗杰说。一碗碗的茶，还有一碗碗奇怪的饮料，那味道他们可不喜欢，尽管那些海盗倒是喝得尽兴，狼吞虎咽，大声吧唧着嘴，然后不停地添饭。他们吃东西的声音还真大，即使明白那些人在说什么，也没法听清

楚。而且，这场宴会好像没完没了似的。他们每每觉得菜品已经上完了，总会有人端来堆积如山的菜肴，摆在他们面前。就连罗杰也退缩了，海盗们还在意犹未尽的时候，他们早已吃撑，祈祷着别再上菜了。

最后，当背对院子坐着的提提回头望去时，发现李小姐已经不在那里了。两位老爷、老师爷和船长仍在露台上，一边抽烟，一边喝酒，但吆喝声、聚餐时的欢呼声就像黄昏时的鸟叫声一样，逐渐变小了。酒足饭饱的人群喝得目光呆滞，乐呵呵地离开了桌子，各自在阴凉处找了个地方，躺在那儿呼呼大睡。刚才还坐在提提和弗林特船长中间的那个男人，现在趴在满是残羹剩饭的桌子上，呼呼大睡。提提从那人的背后伸手推了推弗林特船长，他点点头，站了起来。

“我们先睡会儿，为晚上做准备。”他对其他人说道。

“我们也像他们一样先睡一会儿。”

“可不能在这里睡。”苏珊说。

“那当然，”弗林特船长说，“去我们放龙的屋子。”

他们从睡着的海盗中间蹑手蹑脚地走了过去，离开院子，回到自己的房间。

“哎哟哟！”南希说，“我感觉自己吞了头大象！”

“睡会儿吧，”弗林特船长说，“先睡一会儿。现在进展顺利，但晚上我们舞龙时必须让他们刮目相看。你怎么样，罗杰，喜欢在龙头领舞吗？”

“现在可没那感觉。”罗杰一本正经地说。

“好了，你们都去睡觉吧。”弗林特船长说，“身在龙镇，就要体现出

龙的架势。休息好了我们就要开始舞龙了。我去院子里睡觉，要是有人醒了，就会看见我。等时间到了我再来找你们。哈哈，佩吉已经睡着了，真乖……”

和那些海盗一样，佩吉已经沉入了梦乡。再过两分钟，其他人也睡了，还没睡着的都在后悔刚才吃得太饱了。整座衙门都无人说话，只有梦话和鼾声在院子里回响。

他们醒来时已是深夜，发现弗林特船长正忙着往龙脖子里鼓捣着什么。他们睡觉时有人进过屋子，点燃了房间里的灯笼。外面的树上也挂着灯笼，在那儿晃来晃去。

“时间紧迫，”弗林特船长一边说，一边笨手笨脚地缝针，“有条龙走了，另外两条也准备出发了。你们感觉怎么样？脑袋感觉稀里糊涂的，我想我跟大家一样吃多了。但现在没事了。”感觉像是早上了，整座镇子里的人似乎都在叽叽喳喳说个不停。

“快点，”罗杰说，“我们赶紧出发。”

“罗杰，这次点上灯笼。”弗林特船长说，“把葫芦从绳子上取下来，再把灯笼放上去。”

“你在干什么？”苏珊说，“还是让我来吧。”

“天哪，”南希说，“你怎么把这东西要回来的？”

“我进来的时候，它就放在房间中央的地板上，”弗林特船长说，“这么看来她是真心要让咱们走。”

他从龙身一侧割下一块布料，正将六分仪缝进龙脖子里。苏珊从他那里接过针线，帮他缝好。弗林特船长开始向众人介绍详细的行动计划。

“要是我们不回来了，”提提说，“是不是要去跟李小姐好好道个别？”

“她今天早上已经和我们道过别了。”弗林特船长说。

“可我们没跟她说啊。”提提说。

“我们现在还不能确定已经万事大吉了。”弗林特船长说，“她之前也说我们已被解放，可我们看到的是仍然有很多哨兵盯着我们。”

“我去看看能不能找到她。”提提说。

“那也行。”弗林特船长说，“但要是她跟老师爷、张老爷，或那个脑袋长得像核桃的水手长在一起，就别去跟她碰面了。”

提提穿过大门奔向李小姐的屋子，却被阿妈挡在门口。

“我只想见见李小姐。”提提说。

“李小姐累了，”阿妈说，“李小姐谁也不见……你们为什么把她惹哭了？”

她回到大伙儿身边，发现罗杰一只手牵着吉伯尔的牵绳，另一只手摇晃着绳子那头点燃的灯笼。约翰和南希举着龙头，弗林特船长正往里面塞鹦鹉笼子。

“你见到她了吗？”苏珊问道。

“没有，”提提说，“阿妈说她在哭。”

“那就没事，”弗林特船长说，“反正我们也帮不上忙。她是个好人，虽然有点怪，可我不想看到我们脑袋落地，而且，要是出了什么事，张老爷和吴老爷可是会不由分说让人砍掉我们的脑袋。”

“反正我们必须回家。”苏珊说。

两分钟后，一切就绪。苏珊四处看了看有没有东西落下。她发现罗杰那顶被子弹打穿的白帽子还在床上，昨天，他戴上那顶红色的尖顶帽时将它扔在那儿了。

“我一定要把它带上。”罗杰说，他抄起帽子，塞进自己胸前的衣服里。

小龙舞动着再次上路了。他们沿花园走进院子，里面挂着灯笼，灯火通明。弗林特船长牵着吉伯尔。罗杰摇晃着灯笼在前面领舞，出了大门来到镇上。

“别舞得太起劲了，罗杰，”弗林特船长说，“悠着点，我们要撑到最后。把灯笼拿稳，别让火灭了。”

“好嘞！”罗杰说，往后跳跃着，“我是说，遵命，长官。”

每座房子的屋檐上、窗外伸出的竹竿上，甚至是大树上，都挂满了灯笼。无论是大人还是小孩，都在外面放着鞭炮，噼里啪啦的声音不绝于耳，像是硝烟四起的战场。他们很快就找到了其他几条龙。人们舞着龙，在大街小巷蜿蜒穿梭，人群在旁边一边追逐着，一边放着鞭炮，长长的鞭炮挂在竹竿上响个不停。小龙学着别的龙，由罗杰在前面领舞，而一旁的吉伯尔被鞭炮声吓得四处乱跑乱跳。他们来到主街，吉伯尔大概是厌倦了踩自己脚的把戏，于是一个跃起，抓住龙的鬃毛，让自己随着小龙在空中荡来荡去，围观的人都笑个不停。

“猴子去哪儿了？”弗林特船长喊道。

“骑在你脖子上呢！”罗杰叫道，“我是说在龙脖子上！”

“不错。”弗林特船长说。

他们继续舞着龙，蜿蜒穿过街道，绕过这座房子，走进那条巷子，又来到两座房子中间，然后再回到主街，走进院子里，只见老爷们和船长们正坐在议事厅的露台上大笑不止。他们再次走到街上，追着其中一条大龙，可不一会儿，又轮到大龙来追赶它了。最终，两条龙碰面了，对着彼此点了点头，接着又传来一阵开怀大笑。

“天哪！”提提喘着气说，“叫他别走那么快！”

这句话很快从龙尾传到了龙头，他们来到一条小巷里短暂休息了一会儿。话说回来，其他的龙也时不时地需要休息。

“还要跳多久？”又休息了好一阵后，罗杰问道。

“我们要选好时机，”弗林特船长说，“但还要继续舞下去。”

“都怪那顿宴席！”罗杰说道，然后又说，“我现在能继续了，走吧。”

拖着疲惫的步伐，小龙又舞动起来。

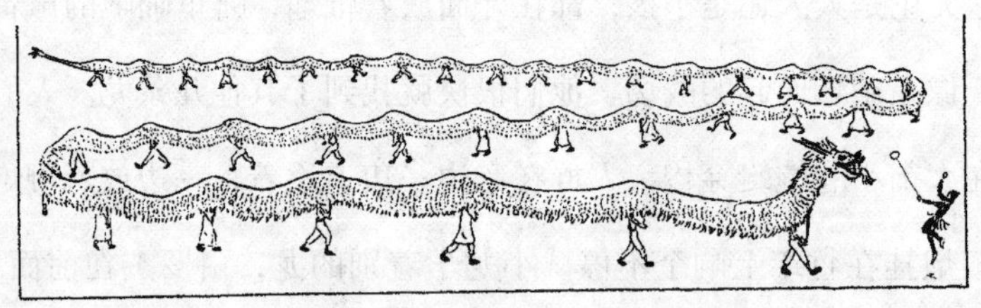

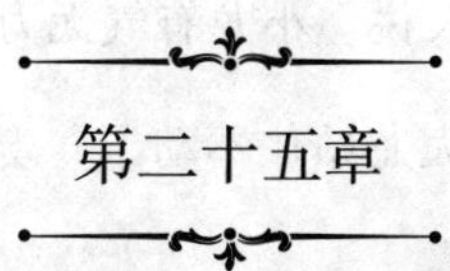

第二十五章

小龙独舞

午夜十二点早就过了，屋苑上四处挂着的灯笼也逐渐熄灭了。刚舞过龙的大伙儿，感觉自己的腿像灌了铅一样。

“坚持住。”弗林特船长说。小龙有气无力地蜿蜒而过，路经一条街道时，他们发现其中一条大龙站住不动了，凑热闹的群众正给舞龙人送喝的。

“坚持住，加油，罗杰。如果还能挺住，就再来几个高踢腿，让他们见识见识，我们还有两下子呢。等他们最后一次回衙门休息之前，我们就得开溜啦。”

“砰……砰……砰……”一个中国男孩手上拿着一串绕在竹竿上的鞭炮，正响个不停，还在他们旁边手舞足蹈。

“好啦，”弗林特船长说，“等他放完鞭炮我们就得往前走啦。他那鞭炮总会放完的。现在到旁边的小巷子里去，罗杰，咱们绕到衙门后面去。”

“砰……砰……砰……”中国小男孩跳来跳去，一会儿到龙头位置，好像要给罗杰鼓劲，一会儿又走到龙尾后面，叫他们使劲摇尾巴。提提因为紧跟着前面的佩吉，当鞭炮突然在她身后响起的时候，不由得吓得跳了起来。

鞭炮声终于消停了。

“他走了。”罗杰说。

“我们的时机到了！”弗林特船长说，“传话过去，我们现在就来试试！”

站在龙肩下的南希把信息传给了约翰……约翰此时正盯着南希的脚左右摇摆着，很快将话传给了苏珊……苏珊又传话给佩吉……佩吉传给提提。

“遵命，长官。”提提喘着粗气说，纳闷自己还能撑多久。

可就在这时，一串鞭炮在身边响起，一条大龙和跟在大龙旁边的人群绕过拐角处，就跟在他们后面。

“还是转身跟他们碰个面吧，”弗林特船长招呼罗杰说，“不要让他们以为我们舞个龙还不情不愿的。罗杰……让他们开开眼界吧。抓紧了，吉伯尔！”

罗杰瞬间跃起，先是伸出一只脚，然后再踢出另一只脚，将点着的灯笼在头顶转着圈，对着龙尾舞动着。弗林特船长、南希、约翰、苏珊、佩吉和提提也跟着他将龙舞得虎虎生威，小龙转过身，往后蜿蜒退去。龙头里的鹦鹉尖叫着，坐在龙脖子上的吉伯尔也叽叽喳喳说个不停。在前面蹦跳不停的罗杰被观众们瞧见了，当他模仿百足大龙领舞者的一举一动时，观众们更是笑得合不拢嘴。

两条龙相遇后擦身而过。人群去追随大龙了。弗林特船长又吩咐了一句，罗杰转身沿一条小巷子走去。光线突然变暗了。这里灯笼更少，也更安静。百足大龙一直在镇子的中心地带活动。小龙身下的那六双脚则在空荡荡的房舍之间穿来穿去，屋子里的人都出去看热闹了。

“砰！”

提提被吓了一跳，小龙的尾巴因此往旁边一摇。

“又是那个放鞭炮的男孩！”罗杰大声说，“不知道谁又给了他鞭炮。”

“告诉提提，想办法用尾巴甩他一下。”弗林特船长说。命令很快传到了后面，提提使出全身力气，可男孩轻巧地闪身躲过，还把他给逗乐了。他在提提旁边不停地手舞足蹈，鞭炮几乎就在她耳边响起。

现在他们无计可施，只得再次转身，舞着龙沿着一条条街道往前走去，只有等到那个小男孩放完鞭炮，跑到别的有鞭炮的地方去才行。

“现在，”弗林特船长说，“我们再试一次。快跟上……以防别人监视我们……向右转，罗杰，再往右转。那是衙门的城墙！”

小龙仍然摇来摇去地蜿蜒前进，朝李小姐花园那边的城郊走去。身后的节日氛围渐渐淡去……灯笼越见越少……最后干脆没有了……地上漆黑一片，倒是天上繁星点点，可是掩在龙身下的舞龙者们看不到星空夜色。

“成功了！”弗林特船长说，“好了，罗杰……把那盏灯笼吹灭……笔直前进……沿着通往小海湾的那条路……全力进发！”

“那我们的小龙怎么办？”南希问道。

“现在还不能出来。李小姐说过小海湾边没有哨兵，但没法保证一定没有。”

“要是有哨兵呢？”

“那我们就只能舞着龙往回走了。”

现在，小龙不再曲折前进了，而是笔直划一地往前走去。小龙下的六双脚沿着无数人走过的泥土路穿过竹林，匆匆赶路。

龙尾巴吓坏了

“慢点!”他们走出树林时，弗林特船长轻轻地说。他的命令很快传到了龙尾，“就这儿，把龙放下来吧。”

小龙的“腿脚”们现在已经又热又累了，他们一个个从龙身下钻了出来，龙身则有气无力地耷拉在地上。

“一切正常，”南希悄悄来到前面说，“没有哨兵。现在这条龙怎么办?”

弗林特船长已从龙头里取出鹦鹉笼子，把它交给提提，又撕开龙脖子，从里面掏出六分仪。罗杰则在那儿一个劲地夸吉伯尔是只多么听话的猴子。

“最好把它也带上。”弗林特船长说。

黑暗中传来约翰低沉的声音。

“我只找到了燕子号，”他说，“亚马孙号不见了……小海湾的沿岸水位很高。河水涨了不少啊。”

“水位已经够高了，”弗林特船长说，“可风力不大啊。”

“我们不能抛下亚马孙号不管。”南希说。

“没别的办法了，”弗林特船长说，“我们只能挤在燕子号上了。”

“龙和其他东西呢?”罗杰问道。

“我们就把龙藏在林子里吧。”弗林特船长说。

在佩吉、苏珊和提提的帮助下，弗林特船长把龙身卷了起来，塞进一片竹林。南希沿着河岸寻找亚马孙号去了。

“亚马孙号不见了，”她说，“舢板不见了，栈桥也被水淹了。”

“我们得赶紧出发，”弗林特船长说，“好事者随时都会发现我们不

见了。”

镇上仍然是鞭炮声噼噼啪啪响个不停，烟火的光亮星星点点地越过树梢冒了出来。

“可是，”南希说道，“我们不能……”

“如果我们能够脱身，我就再给你一艘亚马孙号。燕子号还在，就已经很幸运了。这么大的洪水，照理说它也早就跟别的船一起漂走了。我看今天早上河水真的涨了不少。”

“我来拿船桨。”约翰小声说。

“八个里亚尔！”

“别让鹦鹉出声，找样东西把它给罩住。”

“吉伯尔上船了，”罗杰说，“我也上来了。”

“我来负责划桨，”弗林特船长说，“不……还是你来吧，约翰，尽量划得小声点。你看见那艘帆船了吗？”

“我知道它在哪儿。”

小船被挤得满满当当。约翰坐在中间划桨，提提趴在舱底，鹦鹉笼子在她身边。罗杰还在愤愤不平，抱怨他们不让自己去船头，但他也只得去船尾同南希、苏珊和佩吉坐在一起。

“准备好了吗？”

弗林特船长悄悄地将船推离河岸，一边从船尾上了船。约翰调转船头，用力划船进入小海湾。

“还看不到那艘船。”弗林特船长压低嗓门说，“往右点……往右点……”

“我好像看到什么了，”罗杰说，“就在那边……我们就要经过它了。”

“很好……往左边点……左边点……慢点……”

帆船黑色的船身赫然耸现在他们面前。

“当心左侧船桨！”

“遵命，长官。”

弗林特船长伸手之时，小船轻轻摇了一下。他的手摸到帆船边，抓稳了。

“把桨收回来吧……慢慢靠近。太往前啦……不要超过船中干舷[①]的高度……嘿嘿……他们还留了架绳梯呢……”

“噢，太好了。”提提小声说。

“你上去，约翰。系船索在这儿，接下来该谁了？安静点，不要命啦……”

茫茫夜色中，他们一个接一个地爬上船，翻过栏杆，上到小帆船的中间。吉伯尔也跟着罗杰上了船，总算摆脱牵绳的束缚了，它开始在船上探索起来。鹦鹉笼子也被递了上去，波利好像感知到身处险境似的，一声都没吱。

“把它放到船尾去，约翰。黑灯瞎火的，就别指望它一声不吭地待在船上了。”

约翰拿着燕子号的系船索来到船尾，爬上艉楼，将缆绳在船尾栏杆的系缆墩上系紧了。

---

① 干舷，自吃水线至甲板间的距离。

南希踮着脚回到船尾。“已经抛下一具锚了，”她悄悄说道，“一根绳子系在岸上呢。”

“不知道水流够不够大，能不能把船开出来。”

“反正那天的水流可够大的。”罗杰说。

“我们尽量不要拖船，那样声音会更大。可我们需要用主帆……这小家子气的风啊……你能摸黑找到主升帆索吗？”

“我找到了，”约翰在一番摸索后说，“我另一只手还拿着绞索呢。”

“这些竹制的支帆板上升的时候会发出声响，”弗林特船长说，“不过，只要我们出发了……就能很快驶离这里。我们离开后，那些舞龙的才会回到衙门去。听着，我要砍断岸上的缆绳了，把锚索拉到船尾。接下来，只要船能够往小溪下游滑去，我就解开缆绳……锚就只能丢下不管了……船上还有备用的……你们只管把主帆什么的赶紧升起来。”

“遵命，长官。”

“谁来掌舵？”罗杰问道。

“我解开锚索后就能腾出手来。不过，船只要开始滑动，你们中必须有一个人将系在绞盘上的绳子砍断。我们可不能像上次一样，船头被锚给牵住。”

“我能办到。”佩吉说。

“你那把刀锋利无比，”南希说，“我磨过了。”

“苏珊，你跟约翰收拾东西，南希到主升帆索处待命。”弗林特船长说，“我的天啊，幸亏还有星星给我们提供点光亮，开动吧……”

不紧不慢地，大伙儿在黑暗中摸索，每个人都各司其职。

竹林那头的镇子仍然是鞭炮声响个不停，但没有之前那么密集了。烟花快燃尽了，端午节的庆祝即将告一段落。

明月号上是死一般的寂静。突然，船头传来刀割绳索的细碎声响。弗林特船长使出全身力气将锚索慢慢从船尾拉上来。轻轻的刀割声再次传来，这是佩吉在割缆绳呢。

“船转弯了。”提提一边小声说，一边看着被星夜照亮的通向主河道的水面。

“喂!”弗林特船长喊道，“这是什么？船中间位置还有人停了艘船……”

“是舢板吗?”南希急切地低语。

“看不清楚……不对……我确定那是我们的亚马孙号。”

“太棒了!”南希大声喊道，从主帆下箭步冲了过去。

“赶紧回到你的岗位上!”弗林特船长小声说，“不错，罗杰，我在这儿摸到系船索了。把燕子号往左舷上系紧，一旦锚索被割断，就把亚马孙号系在右舷上。”

“天哪！天哪！天哪!”南希小声说，“我还以为永远见不到它了呢。李小姐真好。我打赌，她想着我们在夜色里不会用到两艘船。”

“现在船已经摇摆起来了。”提提说。

弗林特船长此时站在高高的艉楼上，只说了两个字：“起帆!”

约翰、苏珊和南希使出全身力气，拉升帆索。伴随着恐怖的吱吱嘎嘎声，帆往上升了。可他们立马停下了，因为噪声太大，还听到了缆绳入水溅起的水花声。明月号起航了。

“起帆！”站在船尾的弗林特船长在黑暗中命令道，“别管声响大不大了……上来个人吧……噢，罗杰，你来吧。现在还没有人拉舵柄呢。你能看到溪口吗？保持方向，往中间笔直行驶……”

他从艉楼跳了下来，双手交替，用力把升帆索拉上去，把帆升了起来，全然不理会吱吱嘎嘎的声响。

“就这样……系紧了……船开动了。哎呀！我早应该解开主帆索的。”

“快来帮忙！”罗杰大叫，“我控制不了。”

约翰爬上艉楼，用力拉动舵柄。明月号开始加速前进，往小溪下游驶去。

“我们必须用上前帆。”弗林特船长说，“南希去哪儿了？”

“准备拉帆呢。”南希的声音从高高的前甲板传来。

“把前帆拉起来。”拉的时候还是发出了嘎吱嘎吱的声响，尽管声音没之前那么大，小小的前帆总算爬上了桅杆。

此时，明月号的速度越来越快，如幽灵般驶出小溪，进入主河道。

“我们成功了，”弗林特船长说，他把帆脚索解开，将小小的三角帆也拉上了后桅杆，然后来到舵柄处与约翰和罗杰会合，“我们成功了……”

可就在这时，从镇中心传来一阵陌生的钟声，响亮而刺耳。

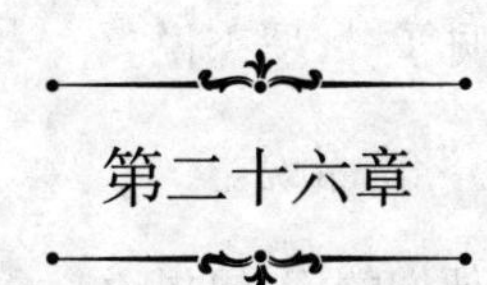

第二十六章

唯一的出路

黑暗中，帆船艉楼上围着的这群人感受到了一阵震颤。

“警钟的声音。”约翰说。

“他们发现我们的龙不见了。”罗杰说。

“他们猜到我们溜走了。”南希说。

“李小姐会想办法对付他们的。”提提说。

“可她也没办法阻止他们搜寻我们。”约翰说。

“她会想办法的。”提提说。

“她不会的，”弗林特船长说，“她以为我们早已出海了。”

“他们会把我们抓回去的，”苏珊说，“到头来还是逃不掉。”

“不会有事的，只要出城的时候没人看见我们往哪边走就行。”弗林特船长说，“我觉得不会有人知道的……除非那个放鞭炮的小孩还在跟踪我们。”

“他把鞭炮全放完了，”罗杰说，“为什么还要跟着我们？”

“不，”弗林特船长说，“他专往声音大的地方跑。”

“小心！”南希喊道，“要撞上那艘船了！”

“小菜一碟。”弗林特船长说，此时一艘黑色的大帆船赫然出现在他们上方。现在小帆船已经行驶到涨满水的河里了，正沿着主流往大海驶去，又有另一艘大帆船横在他们前面，一艘接一艘不少呢。

“他们为什么还不亮锚泊灯呢？”约翰说。

“幸好没点，”弗林特船长说，“要不，他们在岸上就能看到我们溜走了。”

“那边稍微亮一点。”罗杰说。

“往东行驶，”弗林特船长说，“太阳快升起来了。”

“还要多久？”

“希望我们驶出这条河就能看到太阳。但是在我们逃走之前，肯定还看不到。”

“镇上已经发出不小的动静了。”南希说。

往那边看去，很难分辨出水和陆地的分界，但是龙镇看上去就像正在爆燃的烟花。开始只是星星点点的烟花，但现在，黑暗被光线穿破，往外四处探去。声音很快从水面传了过来，明月号艉楼上着急的船员们听到此起彼伏的命令声，还有人群叽叽喳喳的谈话声。

“让他们叽叽呱呱去吧，”弗林特船长说，“只要他们别猜到我们去了小海湾就行了。”

“那个方向有光亮，”提提说，“在树林里闪来闪去的……像萤火虫……看呀……你们看呀，现在又看不见了。”

“他们看不见我们吧？”佩吉问道。

“该死的，”南希说，“我们连手电筒都没有用过啊。”

“太远了，”弗林特船长说，“而且我们身后就是虎岛……黑影撞黑影……不……他们不会看见我们的，还没看到。”

“他们知道我们不会到上游去。”约翰说。

“如果他们发现船都不见了，只会想到是被大水冲走了。”南希说。

“他们肯定不会想到我们将这艘帆船开走了。”弗林特船长说，“他们不知道这艘船不见了，除非他们的眼睛能看清黑暗中的东西。”

“他们有些人就可以。”南希说，“李小姐的父亲可以，她也可以。上次她在小岛上讲故事时说过。”

“大多数人的视力比我们强不到哪里去。”弗林特船长说。他的话刚说完，黑暗中，他们的船后突然响起一片叫喊声。

“这声音听起来不妙啊，像是从小海湾那边传来的。”罗杰说。

“我们的小帆船速度很快，”弗林特船长说，“就凭舢板，他们是追不上的……而且要把那些该死的战舰开出来可没那么快。他们有些人已经醉得不省人事了。如果是那些舞龙的，估计也跟我一样，差不多快累瘫了，肯定没那力气追上来……”

风力不大，但还能推着明月号从河道往海里驶去。伴随着星空点点的倒影，他们眼前只能隐约看到水道的轮廓，而彼此只能看到影影绰绰的人影了。他们说话的时候也都需要肢体确认彼此的位置。在他们右舷的方向，龙岛高处的悬崖耸立在夜中，仿佛是一块以星夜作背景的黑纸板。左舷那边升起的一大片，则是虎岛连绵的隆起。

“我们现在到什么地方了？”罗杰问道，拽了拽提提。

“大约在悬崖起始位置的对面。”提提说，“你也看到那块黑影有多高，快和天上的星星相接了。”

“吉伯尔不见了。”罗杰说，“喂！吉伯尔！”

“轻点！”约翰说，“我们能听见他们说话，他们同样也能听见我们。”

“它会回来的。”提提悄悄说道。

“大概到桅顶上去了。”南希说。

“好吧，”罗杰说，“就当它在给我们放哨吧……”

灯光仍旧从那块升起的地面上散出，朝高地而来。灯光仍旧在树林中不断移动。

“现在不许大声说话，”南希说，“或许他们其实没发现明月号已经不见了呢。”

“如果他们发现船不见了，就会一路沿着河堤搜寻，到头来总归会发现船的系船索被解开了。”弗林特船长说，“他们很快就能猜到我们驾船逃跑了。不过，我们出发很顺利，操作很流畅，这小船还真不赖。”

“老天爷啊！”南希叫道，“那是什么玩意儿？”

此刻传来的是一声奇怪的巨响，仿佛是他们当初在野猫号上那巨大的雾角发出的声音。但是这回的声响更加饱满，甚至要比野猫号雾角所能发出的最长的号声还要来得长久。

“我看那肯定代表了什么。”罗杰说。

“那是海螺号角的声音。”弗林特船长说。

三四分钟后，一个类似的声音做出了回应，号角声音很长，隆隆的回声似乎是从河下游传来的，接着，又有回应发出。

他们遥远的前方发出一道闪光。

“肯定是其中一座堡垒，”约翰说，“龟岛一边有一座堡垒。”前方闪光处的对面又发出一道闪光。

“嗯，”弗林特船长说，“那样的光线下他们不大可能会开枪。”

“开枪？”佩吉说。

“我想他们根本不会开枪的，”弗林特船长说，“不过我们必须躲开过来侦查的舢板。河的下游并没有他们的帆船。”

更多的灯光出现了，先是两三束灯光交织在一起，紧接着，灯光分散开来，组成了一条光链……再是两条光链，互相靠拢过来。

“是舢板吗？”约翰说。

“我还真没想到会这样。”弗林特船长说，他的声音透露出一丝不安。他们都感觉到舵柄被猛地一拉，小帆船打了个急弯，然后再次面对灯光，笔直朝前面驶去。

“我们的踪迹被人发现了。”罗杰说。

“怎么回事？”南希说。

“他们放下拦木了，”弗林特船长说，“赶紧将船使出河道，我们被包围了。”

好一阵子，河面一片寂静，明月号继续往前行驶着。

“我想不会是她干的。”弗林特船长说。

“他们在跟我们玩猫捉老鼠的游戏，先逼着我们往一个方向走，然后收网，把我们逮个正着……”

“李小姐肯定不会干出这种事的，”提提气愤地说，“肯定是其他人。一定是那个姓张的干的，在李小姐还没想办法阻止他之前，他已经发出了信号。”

“她之前也说过我们自由了。”弗林特船长咕哝道，“什么自由！还不是四处都布了哨兵……”

“当时她只能那样做。”约翰说。

“当时和现在有什么区别？”弗林特船长说。

又是一阵寂静。下游闪烁的灯光在黑暗的海岛间来回扫视，就像一串闪闪发光的项链，在河面上拉得长长的。然后，那些灯光开始聚拢，两岸各聚集了一束。

“我们已经被彻底包围了，”弗林特船长说，“他们把拦木放下来了。要是这些拦木对大船能起作用，那对付我们真是绰绰有余啊。”

“不管了，我们冲出去！”南希说。

“我们很可能会撞到悬崖。”弗林特船长说，“拦木是用柚木做的，小船会像火柴盒一样撞个粉碎。”

他仍在河中央操控着小船往前航行。

“要不我们就回去吧？”苏珊建议道。

“没法逆流而上啊。”约翰说。

“我们还是抛锚吧。”苏珊说，“要是逃不掉的话，那就只能接受现实了。”

“可是在哪里靠岸也都没好事啊。”弗林特船长这话与其是说给他们听的，不如说是在自言自语。

“还有个办法，”提提说，“如果我们能够通过峡谷的话……”

再一次，他们觉察到弗林特船长掌舵时不如往常那般自如了。提提伸出一只手扶稳身子。

“喂，当心点。”罗杰说。

“只要水涨得够高就能过去，”提提说，“李小姐不是说她成功过？”

“那时河水都涨快到岸边了。”约翰说。

“到处都是礁石。”弗林特船长说，“现在水位太低了，过河简直就像过阴沟。”

“拜托了。”南希说，“不试一试，我们就再也出不去了。”

又是一阵寂静，打破它的是下游堡垒突然传来的两声长长的号角声。

“他们就等着抓我们了。”弗林特船长说。

“我们现在肯定离峡谷口很近了。”约翰说。

“听着，苏珊，”弗林特船长说，“你知道张老爷他们对我们是什么态度。要是我们被抓住了，什么事情都会发生。是意外还是有意为之，对他们来说都无关紧要。现在穿过那座峡谷，好歹可以试试，要是被他们抓了就一点希望都没有了。你看怎么样？”

好一阵子没人开口。黑暗中，小帆船继续往前行驶。就连南希也不说话了。跟弗林特船长一样，他们在等苏珊的回答。

“好吧。”苏珊最后小声说道。

南希如释重负地长呼一口气。

“天啊！”她说，“我刚才还担心你们看不清现实，这可能是唯一的办法了。”

“换了爸爸也会这么说。”约翰说，“我听他说过，‘如果实在没辙，那就一笑了之。倘若还有机会，就要全力以赴’。”

“我们会的，”弗林特船长说，“而且机会也不是那么渺茫……要是我能在黑暗中看清就好了……哪怕再亮一点也好。但要是用了灯光，他们就会看见我们的动作，到时候会在另一头截住我们。现在只能看水位够不够高，还得看我们的本事了。小船倒是能从满是石头的小溪里毫发无

损地行驶过去，但流经岩石的水有很大的冲力，会阻止小帆船前行的。”

“船必须有点动力才行。”约翰说，“想想那天我们回小岛时，这艘船逆风而行的情形。涨潮时，正好有一条通道可以过去，现在水位已经够高了。既然李小姐能行，我们为什么不行？”

“那我们就放手试试。”弗林特船长说。

“那燕子号怎么办？”提提问道。

“还有亚马孙号呢？”南希也说。

“它们只能听天由命了。”弗林特船长说，“黑灯瞎火的，我们没法把它们弄到帆船上，现在肯定离那峡谷很近了……嘿……上游好像有人过来了。”

帆船的身后，有灯光远远地朝这边过来了。

“他们要上帆船了。”约翰说。

“太棒了，”南希说，“他们肯定会被自己放下的拦木困住。除非天足够亮，他们发现我们不在河上了才会打开拦木，到时候……”

“最好别去看那些灯了，”弗林特船长说，“也不要去看那两座堡垒。接下来半个小时，我们要使出火眼金睛，要是盯着那些灯光看，眼睛都要被亮瞎了。我们来瞧瞧，龙岛尽头的岸边有块巨石，恰好在峡谷口的上方，那天我们去那里看过……”

“没错。”约翰说。

“要不你去侦查一下？”

“遵命，长官。”

“我也去。”南希说。

“小心点，”弗林特船长说，“等到了那里，手里一定要抓住船上的什么东西。当你们看到那块大石头，要是在右舷船头方向，你们就大喊‘右舷’二字，明白了吗？别说让我往哪个方向掌舵，你们只管大声喊出石头的方位。”

约翰和南希转身从艉楼下来，摸索着往船的前部走去，爬上前甲板。

“他们大声喊叫，海盗不也听见了？”佩吉说道。

“很难听见，”弗林特船长说，“听不听得见也无所谓了。你要不去前面放哨？”他轻声命令道。

“遵命，遵命，长官。”回应的声音咕哝着传了过来。

“看呀！看呀！”提提说，“峡谷口到了……星星就在头顶……”

繁星点缀的夜空仿佛是一片锋利的楔子，将黑色的悬崖劈成两半，明月号正在河面上如螃蟹走路般横着滑行，往峡谷驶去。

“别一心只想着过去。”弗林特船长喃喃道，说着，峡谷上方的星空便转到了船的左舷方向。

“右舷！”船头一个焦急的声音传来，“那块巨石的位置！”

弗林特船长再次改变航向。

“天哪，这操控的感觉真奇怪，”他对着自己说道，然后又大声说，“激流控制了我们……把我们卷进去了……现在连后路都没了……”

他们像是驾驶着帆船直接朝悬崖驶去似的。头顶的星空不断收窄，他们的另一边是高耸入云的黑色崖壁。

小帆船突然一个急转弯。提提、罗杰和佩吉一个踉跄，但摇摇晃晃后，他们总算站稳了。

“大家快趴下！”弗林特船长说，“快趴下，手里能抓住什么就抓住。要是我们触礁了，我可不想有人被甩出去……趴下……到了峡湾风会更大……幸亏风是从这边吹过来的……如果风向变了……航向就会变……这事我们做不了主……但千万别把帆脚索弄乱了……天啊，要是我能看见就好了……”

艉楼下面的一扇门突然砰地发出一声巨响。

“什么声音？”佩吉倒吸了一口凉气说，“船舱里有人……”

“是吉伯尔在乱跑。”罗杰说，“要不我去把它带过来？”

“给我趴着！”弗林特船长几乎是愤怒地说道。

“吉伯尔！”罗杰叫道。

“闭嘴！”弗林特船长说。

“我只要叫它，它就会过来的……”

“该死的猴子！”弗林特船长说。

提提在黑暗中摸索着，摸到罗杰的手腕后，一把牢牢地抓住。她知道，他们全都知道，自从认识他以来，弗林特船长第一次感到害怕。

夜晚也不再平静了。流水声、浪花声，每时每刻都变得越来越响，在峡谷高耸的悬崖之间回荡。小帆船摇来晃去，颠簸个不停，因此，即使趴在甲板上，他们也得牢牢抓住什么东西，要不就会从甲板上滚落下水。先前在开阔的河面上，他们还看到了黎明的曙光，但如今，船已行至悬崖之间，他们又回到了午夜的彻底黑暗之中，什么也看不见。被卷到石壁上的浪花落下时如细密的雨雾，溅得他们一身的水。撑主桅的支帆板猛烈摇晃，发出恐怖的嘎吱声，然后突然抽动了一下，帆脚索砰然一声巨响。

“帆向变了。”弗林特船长嘟囔了一声。

说时迟那时快，随着啪的一声巨响，帆向再次改变。

“什么也看不见，”弗林特船长咕哝着，“我看不见……”接着又说，“要是我们撞上崖壁，船就要粉身碎骨了……你们抓稳了，相信我们会过去的……对不起，苏珊……我错了……我本以为这里会有更多光线的……对这艘船我已经无能为力了……”

罗杰突然晃动了一下，提提感到有人从她身边跨了过去……轻盈的脚掌滑过她的身体……

“谁站在那儿？”弗林特船长大喊道，“趴下，趴下啊！”

“抱歉，我想最好还是让我来掌舵吧。”那竟是李小姐的声音。

第二十七章

继承大业

漆黑一片的悬崖底下，事情有了转机。趴在后舱甲板上的提提、罗杰、佩吉和苏珊现在知道：明月号有了掌舵能手，不用再在黑暗中摸索航行了。李小姐能够在黑暗中识路前行。之前那种可怕的无助感已经荡然无存，大伙儿甚至没问李小姐为什么会出现在这里。单单听到她对弗林特船长说要接过小帆船自己操纵，对他们来说已然足够。“请拉，请推……”耳畔响起她那熟悉的声音。明月号的转向不再那么急促突然了。小船航行得越来越快，朝峡谷中最狭窄的地方驶去，船像是自己主动往前行驶着，而不是像之前那样被命运席卷着往下游滑去。

罗杰转过身来。“我们过桥了吗？”他小声说，“桥在那儿呢……就在星空下……看啊！就在我们头顶……我们过桥了！”他大声喊道。

“那里就是最狭窄的地方了，对吗？”他们听见弗林特船长问道，语气明显放松了下来，“对不起，”他们又听见他补充道，“不能打扰到掌舵的人。”

小帆船继续破浪前行，飞溅的水花落到了船中间，悬崖上飞溅而下的冰冷水雾则落到了艉楼之上。

突然，他们听见李小姐说话了。

“快叫约翰和南希趴下，”她说，“马上要进入旋涡了……你朝着他们大声喊话。”

水流轰鸣，弗林特船长大声喊着他们，回音在他们头顶的悬崖之间

萦绕。“南希，约翰，趴下，抓稳了！你们听见了吗？”

两个声音从前面传来：“遵命，船长！”那声音听上去就像老鼠的低语。

“我会尽量绕过旋涡……要是可以的话。”李小姐说，“等我回话，你们就用力拉舵柄……”

“遵命，船长！”弗林特船长说。

“旋涡！”罗杰说。

“不会有事的。”苏珊说。

“真希望南希也在这儿。”佩吉说。

他们立即被卷进了旋涡。他们进入的地方伸手不见五指，只听见旋涡发出震耳欲聋的声音。他们听到李小姐喊道：“拉……快点……拉……”主帆张开时撞到了什么东西，整艘船都跟着摇晃……帆向转变了……主帆再次张开时，又撞到了什么……响声巨大。他们第一次感觉风迎面扑来——明月号往右转了个大弯，朝上游驶去。风帆被吹得鼓鼓的，撑满的一瞬间又发出一声巨响……帆向又改变了……接着，风从船尾吹来，明月号已经成功越过旋涡，稳稳地朝下游驶去。

“这桅杆真结实啊。”他们听见弗林特船长自言自语地咕哝。

紧接着，他们突然发现四周已经不如之前那般漆黑一片了。远处，河岸两边耸立着的悬崖也没有那么高了。尽管船帆和支帆板是黑色的，他们却发现主帆不再像星空下的一块黑色幕布了。往前看看，再往下看看，他们发现进入前甲板的门和方形的窗户都清晰可见。身处前甲板和船头的两名小哨兵再次站了起来，眼睛盯着前方。此时的水面也更加平静了。明月号在越来越宽的峡谷中行驶，速度却越来越慢。船后，由峡谷生成的风不再集中了，风势也越来越小。岸上的公鸡在报晓。崖壁间的回音也越来越弱，他们渐渐能听见别的声响了——那警钟的鸣叫，那从遥远的龙镇上传来的尖锐的笛音。

“抵达开阔水域！”李小姐说着，把舵柄交还给弗林特船长。

前甲板上的小哨兵们转过头来。

“我们成功了！”南希欢呼雀跃着，“太棒了，吉姆舅舅！”接着，她换了一种口气喊道：“李小姐！”

随着南希的那一声叫唤，提提、罗杰、苏珊和佩吉的心突然沉到了谷底。他们仍然是李小姐的囚犯，他们这才又想起这沉痛的事实。他们原以为，李小姐的出现只为解救他们的生命、拯救她心爱的小船。他们闷闷不乐地爬了起来。约翰和南希爬上艉楼跟大伙儿会合。

“我不管你们怎么说，但我觉得这事太糟糕了。”南希说。

弗林特船长发话了：“要不是李小姐及时掌管了舵柄，我们绝对过不了峡谷。还能活着已经很幸运了。当李小姐的囚犯总比被吴老爷和张老爷抓住要好。”

南希背对着弗林特船长。突然，她猛地转过身来。

“胡说，”她说，“这里连个卫兵都没有，我们不是她的囚犯。她才是我们的囚犯，把她关进船舱。”

在微熙的晨光下，李小姐的脸上掠过一丝笑容。“南希，”她说，“你是个勇敢的孩子，可还是会犯傻呢。我跟你们一起走，回剑桥去。”

“棒极了！”南希快活地大喊，也不介意别人说她傻了，“烧烤的公山

羊！我本以为弗林特船长是认真的，我们在玩猫捉老鼠的游戏呢。”

李小姐看着弗林特船长，后者赶紧转移视线，走到舵柄那儿。

“天哪！”南希说，“李小姐，您跟我们一起走我真是太高兴了！放了假您一定要来贝克福特看我们……”

“时间多得是！”李小姐说，“到时我们举办个读书会……”

“啊，天哪！”罗杰喃喃道，“暑假我们可不要上课！对了，吉伯尔没在桅杆上啊。吉伯尔……吉伯尔！”

“你的猴子在船舱里。”李小姐说，尽管她在想着别的事，但耳朵也在倾听着周围的动静，罗杰声音中的恐惧她立马听了出来，“它很久之前就进去了。”

“是您让它留在那里的。”罗杰说，他想起李小姐是禁止猴子去她屋里的，“太感谢您了。”

“我想那样更好。”李小姐说。

罗杰从艉楼上滑了下来，打开船舱，把吉伯尔放了出来。提提从艉楼上下来，从艉楼和船舷之间的角落里提起鹦鹉笼子——他们一上船，她就将笼子放在了这个安全的地方。

“它浑身湿透了，”她说，“但还好没事。”

“要我说，”罗杰说，“我们过峡谷时有她在还真是幸运，就连弗林特船长……”

“我知道。”提提说。

提提把鹦鹉笼子递给艉楼上的约翰，自己也爬了上去。罗杰跟在她后头。

“这是个新信号。”李小姐说，“之前的信号你们听到了吗？”

“都听到了，”弗林特船长说，“但我们不明白是什么意思。只知道在牛角吹响后，他们的船就开到拦木那儿了。”

“开始的信号是说你们在明月号上，李小姐要不惜一切代价把你们抓回来，活要见人，死要见尸。但李小姐要求鹦鹉和猴子要抓活的，那些外国佬就不管死活了。”

“那肯定是张老爷发出的信号，”提提说，“他一直很喜欢波利。”

“没错，听上去就像那个爱鸟人士的风格。”弗林特船长说。

“新发出的信号可不一样，”李小姐说，“告诉那些大船不用管囚犯死活，只管把明月号弄沉。”

“可这是为什么呀？”

“不管是谁发出的信号，”李小姐说，“这人知道我在船上，不想让我活着回去。”

“谁会知道您和我们在一起？”弗林特船长问道。

“没人知道，就连我的阿妈也不知道。连我自己都不知道。我只想到我的学生不见了……”李小姐沉默了一会儿，“我本想等船航行到大海上才让你们知道。但他们放下了拦木，你们的船驶入峡谷，我就……”

“我们听见舱门的响声了。”佩吉说。

“谁会知道我们开走了明月号？”

“我阿妈知道……还有我的信号员也可能知道，是他帮你们把东西搬上船的。”

“他们这么快就发现我们不见了。”南希说。

“张老爷是个聪明人。”李小姐说。

“不管那些了，反正我们已经甩掉他们了。”南希说，“那些大船都被拦木挡住了去路，还在那里找我们呢，但我们早已逃之夭夭了。他们绝对猜不到我们已经过了峡谷。我们现在已经出来了，他们绝对抓不到我们。”

“我们既然能轻松而退，他们也能轻松过来。”李小姐说，“刚才大船上发出的信号说你们不在河上。”

“他们要是过来的话可要花上点时间了。而且大船笨重，花的时间更久。”弗林特船长一边说，一边望向龙岛最南端绿色的小宝塔和远处死水的河口。

突然，震耳欲聋的号角声在附近响起。

“啊，”李小姐说，“他们从宝塔上看见我们了。我刚才还在想他们有没有睡着。”

“那是瞭望塔？”南希问道。

“没错，”李小姐说，“现在所有人都发现我们的行踪了。”

“没关系，”弗林特船长说，“我们已经出来了，开了个好头。”

“天一亮这股风就会变小。”李小姐说。

黎明已然来临，明月号一路航行，经过南边岬角那绿色的宝塔，驶入辽阔的大海。他们看着李小姐，发现她先是盯着后桅的缆绳，然后望向远方。

“所有的升降索都搅成一团了。”南希说。

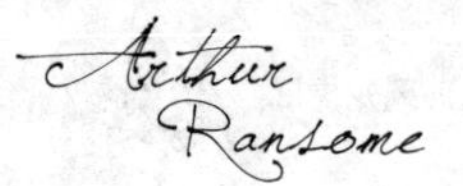

“那是因为我们在黑夜里操作的缘故。”约翰说。

“来吧，”弗林特船长说，“我们必须充分利用好每一张船帆。对了，提提，掌舵时悠着点。我们得清理一下。”在约翰、苏珊、南希和佩吉的帮助下，他终于将所有东西归位了。昨天晚上给这艘陌生的船升帆时，他们得在黑暗中摸索船上的缆绳和楔子。升降索乱七八糟地缠在一起，帆桁也升得太低了，没法好好航行。现在，借着黎明前最后的微光，他们开始忙碌起来，在桅杆和桅杆之间、缆绳和缆绳之间不停穿梭着，李小姐也跟着他们，告诉他们应该怎么做。然后，他们将拴在船尾的两艘小船拉到船侧，把里面的工具拿了出来，打包整理好。小船的两位船长高兴坏了，他们还以为帆船过峡谷时，小船已经砸成了稀巴烂。“快点，”弗林特船长说，“我们把小船拉上来，这样帆船的速度还会稍微快点。”既然燕子号和亚马孙号还安然无恙地拖在船尾，也没必要逆风停船了。此时的风速已经降下来了。

随着时间的流逝，天色越来越亮。

“喂，”罗杰叫道，“有艘舢板朝下面码头上的帆船驶过去了。”

他们回头望向死水，一些黑点正朝大帆船移动。

“幸好他们一开始没想到这么做。”弗林特船长说。

“他们从没想到我们会这样穿越峡谷。”提提说。

“我们会甩掉他们的，”弗林特船长说，“他们过来要花不少时间。只要起风，我们就能甩掉他们。”

但风速越来越小，而天空却越来越亮。东边的海面上，太阳突然从

地平线上跃起，光芒四射。此时的明月号就像一座小岛一样。海上，一排火光直扑他们而来。船舷撒下一片阴影。太阳将所有人的脸照得通红，明月号的船员互相看着对方，好像他们才认识似的。而往左舷的方向望去，在那黑色的悬崖下，阳光照耀着庙堂所在岛上的树木，如翡翠般光芒四射。鹦鹉波利，在它那艉楼上的笼子里，开始梳理自己的羽毛，猴子也停在船头的绞盘上晒着太阳，它的身下便是波光粼粼的海水。

“太阳升起来了，”李小姐说，“舞龙会结束了。”

突然，明月号的主帆啪的一声张开了，然后又拍动了几下，最后垂了下来。提提的眼睛都看花了，她不停地移动舵柄。“我操纵不了，”她突然说，“船开不动了……没方向了……船停了。”

“不要紧，提提。”弗林特船长说，“没别的办法了，我来掌舵。今天天气不错，晚上吹陆风，白天吹海风。日落和日出时风平浪静。太阳再升高一点，就又会起风了。”

“死水那儿有艘帆船扬起了帆。”罗杰说道。

“我们会比他们先感受到来风。”弗林特船长说。

“把望远镜拿来，提提。”罗杰说，“快点……有艘舢板根本没在帆船旁边停留，它朝我们驶来了。”

“舢板我们能搞定，”弗林特船长说，“最好让他们一块儿上。我担心的是另一条河中的大帆船。李小姐，他们关闭拦木后要多久才能打开？”

李小姐此刻正站在艉楼上，看着小岛上那些郁郁葱葱、围绕着她父亲坟墓的树木。她转过身来。“因为水流的关系，关起来容易，打开的话就要花点时间了。”她说。

“太好了，他们活该。”约翰说。

就在这时，四艘扬着棕色大帆的战舰依次从悬崖那儿出现在眼前，慢慢地沿着虎岛的岸边驶了过来。

“没有风，他们的船怎么会动呢？”提提大喊道。

“因为他们是顺着河水来的。”弗林特船长说，“等到起风时，我们就没有甩开他们的机会了。”

“我们根本就没逃脱他们。”苏珊说。

这情形就像一只疾驰的野兔突然僵了身子，而后面全是追逐它的猎狗。

“既然什么都做不了，”李小姐说，“那就保持冷静。罗杰，你去船舱把我那本贺拉斯的书拿来——跟其他书放在一起——里面有我给弗林特船长画的航海图。”

罗杰从下面的船舱里拿来了航海图和贺拉斯的书。李小姐接过那本书，但当他们将航海图在甲板上打开时，李小姐迟疑地看了看约翰和弗林特船长。这是一张一八七九年的旧图。“它是我父亲的。”李小姐说。弗林特船长从口袋里掏出一张纸片，那是他从航海历上撕下来的，用铅笔记录着纬度。不一会儿，他便在海图上画了个叉。

“让我瞧瞧。”李小姐说，“没错……差不多就是这里，你怎么知道的？”

“那天我们跟您去寺庙小岛时我做了测绘。”弗林特船长坦陈。

李小姐眯起眼睛。然后，她拿过铅笔，也在上面做了个记号。“我们的位置在这儿。”她说。

“谢谢，小姐。”弗林特船长恭敬地回道，然后看了看航海图左下角，那是进入新加坡的入口。

“要是他们早晚会追上我们，弄这些还有什么用呢？”约翰说。

“这艘船太小了。”弗林特船长说。

“我们所有的东西都在船舱里，”罗杰说，“但就是没有吃的。”

李小姐微笑着从那本贺拉斯的书上抬起头。“我早就储备好了，”她说，“淡水也很充足。”

“苏珊，”弗林特船长说，“你能不能弄点吃的？要是早晚会沉船的话，我可不想饿着被淹死。”

“来吧，佩吉。”苏珊说，两个大副走到前面，从前甲板下的门里走了下去。

“那些帆船正由舢板拖拽着前行，”过了一会儿约翰说道，“那些帆船前面都有舢板拖着。”

“听着，”南希说，“坐在这里等死我可受不了，我们也让小船拖着走。”

“不行。”弗林特船长说，“要是舢板上的人追上了我们，我们现在就要想好怎么对付。”

此时，李小姐瞥见一艘草席圆顶小船正飞快地朝明月号的一侧驶来，上面还有人站在船尾用力划桨。

“那是龙岛的舢板。”她说，“可能是渔夫……那人可能想着抓到你们，不管是死是活都能从我这儿拿到一大笔钱……”

她突然合上书，站起身往外倾听。在金色阳光的照耀下，她的面颊露出粉色的光泽。她用一根手指在栏杆上敲了敲，又听了听远方尖锐的笛声。

“这真像摩斯密码。”罗杰说。

“真希望我们能明白这信号的意思。”提提说。

“我也糊涂了。”李小姐说，“这本是命令……是我的命令……给我衙门的议事厅发出的……我自己的衙门……”

“别管那些了。”弗林特船长说，“如果您跟我们回剑桥，当个老师或者医生什么的，到了那边，您也就不用想在地球的这一边他们用什么奇怪的调调传递什么信息了，完全不用理会。要是我们全死了，也会有人发出信号，至于用什么调吹的，也跟我们一点关系都没有了！我们现在能做的，就是祈祷风能够大起来，希望明月号能赶紧上路甩开那些大帆船！喂！南希、约翰，你们把前甲板上的绞盘棒拿下来，然后全员到甲板上来。那家伙马上就要登船了。”话毕，只见那舢板离他们只有不到三十米的距离了。

佩吉从前舱跑了出来，苏珊手拿一口蒸锅跟在后面。南希和约翰将绞盘棒扔到船中央，苏珊则将她的蒸锅用绳子缠起来，再拿过一根绞盘棒。佩吉犹豫地拿起另一根。当舢板来到他们身旁时，约翰和南希跳到船中央。

“所有人手里都准备好一根棒子！”弗林特船长大喊道，自己也抡起一根，像体操棒一样挥来舞去，顺便还活络了一下手腕，“谁的爪子伸到我们的栏杆上，我就一把砸上去。喂，住手！你想干吗？”

“那是我的信号员，”站在艉楼上的李小姐对下面的船员小声说道，

"让他过来吧。"

现在他们总算见识到这名信号员的真容了，他将吹信号的笛子挂在背后，接着双手抓住栏杆，也没人用绞盘棒打他的手。约翰给了他一根绳子，他系紧了。南希把几块竹垫扔到船侧。这时，老阿妈从舢板那圆顶的船舱里走了出来，还是一袭蓝衣蓝裤。坐在里面的另一人手捋胡须，这人正是老师爷。

"让他们上船吧。"李小姐说。

在弗林特船长和信号员的帮助下，阿妈也翻身上了船，老师爷紧随其后。老妇人爬上艉楼，跪在甲板上，双手紧紧抱着李小姐的脚，没完没了地哭诉着。那个老头也跟着上了艉楼，朝李小姐鞠了一躬，坐在一卷绳子上，静静地等着，长指甲慢慢捋着他那稀松的胡须。

李小姐抬起一只手，阿妈顿时住了口。李小姐向老师爷做了个手势，于是他便说起来。明月号的船员在一旁耐心聆听着，那名信号员则气喘吁吁地躺在舢板的舱底。那些大帆船正慢慢地靠近他们。

最后，他们不再用汉语谈话了，李小姐用英语解释："他们是逃出来的。"接下来继续讲述她断断续续听来的消息：大龙一回到衙门，张老爷就问小龙去哪儿了。他还问李小姐去哪儿了，阿妈说没看见她。他又打听了一番，等到老师爷发布命令、拉响警报，阿妈就跑到李小姐的房间，这才发现她真的不见了。她还发现书架上很多书也都不见了，立即猜到李小姐跟她的囚犯逃跑了。她又把这事告诉了老师爷。就在这时候，他们听见号角发出关闭拦木的信号，便知道明月号已被困在河中。老师爷想到了这座峡谷，还记得李小姐很久以前还驾船从那儿过去过。于是，他们带上信号员，悄悄从花园溜了出去，从下游的造船厂弄来一艘舢板，然后赶紧出发。别人过了好久才意识到明月号已经从那条路线逃脱了。

“那现在怎么办？”南希说，“他们肯定会追过来……要想不被抓住我们该怎么办？”

“他们想要我回去。”李小姐说，这趟行程中她第一次面露迟疑之色。

“他们已经听到命令击沉明月号的信号了，”李小姐说，“信号员跟他们说的。老师爷说张老爷肯定发觉我走了，他想让我跟明月号通通消失。这样，他就能将三岛都收入囊中了。”

“可他们不会让他得逞的。”提提说。

“那如果他们打起来了呢？”李小姐说。

“那些帆船已经离我们很近了。”罗杰说，“喂，那是怎么回事？”

“起风了。”约翰说道。

“我不是说这个。”罗杰说，“快听！又传来了！”

“咚！”锣声从远处传来，“咚……咚……”

“是从议事厅的方向传来的，”李小姐说，“张老爷要接替我的位置了……没有所谓的李小姐了……也没有师爷了……只有响十声锣的张老爷。”

“您手下的人肯定不情愿的，对吗？”南希问道，“您向来都有二十二声锣的礼遇……”

“咚……咚……咚……”遥远的龙镇锣声不断传来，那天早上之前，李小姐还和她的先父一样，统治着那块土地。

“咚……咚……咚……”

“十声锣的老爷！”李小姐不屑一顾地说。

这时，他们又听见一声锣响，接着又是好几声。

“十三响，”罗杰数道，“十四……十五……十六……”

老阿妈的眼泪再次夺眶而出。李小姐听着锣声，好像根本不相信自己的耳朵。老师爷看着她，摸着自己的胡子。李小姐望着远处的内陆，她的视线越过死水和锚地，直抵低洼处那高过树梢的旗杆。在那儿，每当礼炮结束之时，李小姐那面印有金龙的黑旗都会升向天空。

罗杰还在数着咚咚响着的锣声：“十九……二十……二十一……二十二！”

李小姐倒吸了一口冷气。锣声终于停了下来，提提用望远镜看到一面旗帜高过树梢，但不再是那面印着金龙的黑旗了，而是橙绿两色的旗帜，那正是张老爷的虎旗。

“他告诉他们我死了。”李小姐轻轻地说。

突然，远处传来步枪的声音。老师爷面不改色，但他的视线与李小姐的相遇了。

“龙镇打起来了。”她喃喃道，手里紧紧抓着那本贺拉斯的书，好像那是个枪套，里面可以拔出一支枪似的。

老师爷开口说话了，他说得很小声，同时眺望着远处的死水。远远望去，他们看到了高过衙门大门的塔楼，要是通过望远镜，还能看到树梢上方换上去的虎旗。

李小姐也开口了，声音和老师爷的一样轻：“他认为张老爷和吴老爷就谁成为老大而打起来了……或者是龙岛的人在跟他们两方对打……三岛的和平已经走向尽头……我父亲建立的事业已经破灭了……他说我父亲已经入土，而张吴二人没有能力联合起三岛……只有他女儿我，李小姐可以……”

身后大船的船尾已经有了风，紧接着，明月号的帆也涨满了。帆船飞快地追了上来，明月号也开始往前驶去。

“砰！”

离他们最近的一艘帆船青烟弥漫，什么东西砸入水中，溅起的浪花都甩到了明月号的艉楼之上。

“他们下次就会打中我们了，”约翰说，“我们必须再次用那两艘小船逃生了。”

李小姐如箭一般从艉楼上下来，然后从船舱里拿出一捆黑色的东西。

“让他们瞄准这个打。”她说。

南希立马到了升降索那儿，就在这时，第二颗加农炮弹呼啸着掠过头顶，将李小姐那面黑底金龙旗从明月号的桅顶打落下来。

“天哪，看他们怎么开船的！”罗杰说道。

两艘大船改变了航道，另一艘船迎风而上，差点撞在一起。另外两艘船的舵手也不再控制舵柄了。船上，四个人似乎都向同一个方向跑去。突然，其中一艘帆船上，有个人开始不停地鸣钟，另一艘帆船上的人也跟着效仿起来，再接着，四艘船上所有的钟都响了。现在很难数清到底响了多少次钟声了，因为它们并不是同时开始的，但南希猜到了其中的寓意。

“一共二十二声，”她转向李小姐说，“这是为您敲响的。”但此时李

小姐又不见了。她拿着自己的弹带出来了。不过，她将皮带往弹匣上扣紧的时候遇到了点问题。

“我现在就要回去。”她说，“他不是跟他们说我死了吗？那就等着瞧……”

“噢，听着，”弗林特船长说，“您回去没事吧？”

“肯定没事。”李小姐说，“那个姓张的，只有十声锣响的张老爷，竟敢坐在我父亲的位子上颐指气使。”

“那回剑桥的事怎么办？”提提问道。

“我不回去了。”李小姐说。

“那您的书呢？”弗林特船长问道。

“我不需要了。”李小姐说，“你们坐船回家时可以继续学习拉丁语。”

老阿妈现在又哭又笑，老师爷已经从艉楼上慢慢下来了，手指摸着自己的胡子，嘴巴里说着什么，像是咒语。

“他在说什么？”罗杰问道。

李小姐犹豫了一会儿。“Vir pietate glavis，”她用拉丁语说，“他在引用孔子的语录呢。他谈了对父亲的职责。他说得没错，这儿才是我的地盘。”

阿妈和老师爷爬到了舢板上。

“再见了，罗杰。再见了，提提。再见了，苏珊。再见了，佩吉。再见了，约翰船长。再见了，南希！”他们也都向她道了别，李小姐随即下到舢板上。

“您会杀了张老爷吗？”罗杰问道。

“不会，”李小姐说，“张老爷还能派上用场，让他当个享受十声锣的老爷，没问题，但二十二声锣，不行！”

“把他关在扣押弗林特船长那样的笼子里。”南希提议。

“但让他留着那些金丝雀。”提提说。

“没问题，”李小姐说，“把他跟金丝雀一起关在笼子里，将来再把他放出来。再见了，我的好学生，再见！”

舢板逐渐驶向那艘最大的帆船。明月号慢慢转向，驶进风中，主帆在他们头顶随风起舞。

“天哪！”弗林特船长跳向艉楼，“谁在掌舵？我们简直跟那些帆船上的人一样糟糕。约翰，把前桅大帆往后拉。还有你，南希，过来帮个忙，把主帆收起来。我们先停下来，看看是什么情况。”

“现在我们要怎么做？”罗杰问道。

“风很适宜。”苏珊说。

“先停在这儿。”弗林特船长说，“虽然我们现在做不了什么，但看不到李小姐安然无恙我就不能走。那个张老爷可能会出其不意，尽管我觉得他不大可能得逞。连他的自已人都反对他。你们刚才也看到了，当李小姐把旗帜拿出来后，张老爷船上的人是什么反应……我说，现在我们就在这儿待着，等她回家。我们盯着那根旗杆……”

他们跳上明月号的艉楼，小船在海浪的作用下轻轻摇曳着。他们盯着李小姐、老师爷、阿妈和信号员登上的那艘最大的船，看到他们调整风帆，几声命令后，四艘帆船全部转向，朝死水的入口驶去，那里还有更多大船。风力已经增大，船队开始全力进发，赶往现场。

“他们为什么往那边走?”约翰说。

“他们一旦驶入内河，就没有水流了。这是李小姐上岸最快的方法，再说她想阻止其他的船从里面出来。”

“可怜的李小姐。”提提说。

“说不准。”弗林特船长说，“她现在困难重重，但她知道怎么处理。一个人有目标，又知道达成目标的方法，那可真是一件快事。要是她不老想着去剑桥该多好……”

“我说，”罗杰说，“你们看到吉伯尔了吗？我知道要是有机会的话，它也想着能来观战呢。幸好那个老师爷没看到它。你看它现在在干什么!”他们看到猴子坐在一卷绳子上，一本正经地用手指摸着它那根本不存在的胡须，它在学老师爷的样子呢。

他们看着大帆船驶入港口，穿过沼泽，慢慢往上游驶去。他们看到出河道的帆船纷纷调转船头，加入他们的返程队伍。他们看见船队离龙镇越来越近。突然，响起一阵枪声。

“打起来了吗?”南希说，“天哪，我真希望她能赢。”

“听上去不像是打仗，”弗林特船长说，“声音太整齐划一了。”

“是二十二声枪响。”罗杰说。

“她真聪明。”弗林特船长说，“她一上岸，张老爷就没了手下帮他卖命了。就是那样。提提，你留意那根旗杆。”

半小时后，提提一只手拿着望远镜，另一只手挥舞着。虎旗已经坠入林子，黑色的金龙旗又升了起来。紧接着，“咚……咚……咚……”他们听见了衙门里传来的锣声。

“她成功了！”弗林特船长说，“二十二声锣的李小姐重新夺回了属于自己的宝座。这时候我可不想成为张老爷啦。关在那笼子里实在是太难受了，里面连凳子都没有，只有一根该死的棍子……好啦好啦！南希船长，将前桅大帆升起！约翰船长，升主帆时看着点！升帆！我们要上路了……”

明月号

结　局

好吧，也不算结局。借助李小姐父亲年代久远的海图、两只袖珍罗盘、六分仪和航海历，他们到达了新加坡。他们在这里发了一封电报，小心措辞以便不惊吓到他们的妈妈，只说他们一切都好，而且换了艘新船。“我们见到他们时再告诉他们其余的事情。”南希眼里闪着光说。他们配备了航海图、导航灯和安放在罗盘箱里的罗盘，继续航行。你们也许在报纸上读到过康沃尔圣莫斯港的人一天早上醒来，看见一艘中国式小帆船，桅顶坐着一只猴子，在港口靠岸停泊。